青の炎

第一章

往黑暗中去

微阴的天空中，成群的鸢鸟和乌鸦乱舞不休。迎面的风将脸颊吹得冰冷。刚刚早上 8 点左右，134 号公路上的车辆并不多。

栉森秀一轻快地踩着公路自行车的脚踏。

今天的相模湾也是风平浪静的样子。层层叠叠的波浪拍打过来。愈是靠近海岸，浪头上愈是显出白色的泡沫。

山风从左边吹来，所以即便沿着海岸线前进，也只能嗅到隐约的潮水气息。

如果回头去看，应该会在江之岛对面隐约看到富士山的轮廓吧。

每次和搬到东京市区的老朋友见面，他们总是会说，“你这条上学的路真是太让人羡慕了”。只不过，每天都骑在这条路上，也就变得司空见惯，没有任何感动了。眼下这时候，整个心思都在担心今天会不会迟到。

每次大腿肌肉用力的时候，就会感觉到血液在尚未完全清醒的身体中流动，颇为舒畅。从初一的时候开始，整整 4 年时间都是骑自行车上学，夸张点说，差不多到了人车一体的境界。

自己这辆爱车，是3个月前刚刚新买的松下公路自行车。钛合金车架，前叉是抗冲击性优异的碳纤维。虽然只能算是钛合金自行车中的基本款，但标价也要24.5万日元。

小学生时代就熟识的自行车老板给自己打了很大的折，但整辆车买下来也要把自己打工攒下的钱花个精光。最终秀一决定只买车架和把手，剩下的部件还是继续沿用之前骑的老公路车零件。

涂装的费用也省了，所以最后的完成品是个外观委实寒酸的半成品：黑色的坐垫、前叉、缠着黑色胶带的把手，装在带有松下LOGO的金属车架上。不过，自己对外观并没有任何要求。自行车的真正价值，只有骑上去的时候才会明白。

近年来山地自行车大受欢迎，不过论到在公路上骑行，还是远远比不上公路自行车，平均时速能有5千米的差异。只要不是越野或者速降，山地自行车的悬架会带来很大的能量损失，实际上性能并不好。肌肉产生出的宝贵能量，应该全部变成推进力，连1尔格都不能浪费。这是秀一的信念。

尽管速度相当快，心率却没有上升太多。强健的大腿四头肌有规律地收缩，像水泵一样不断泵出血液。可以说大腿是自己的第二心脏。也许只要一直骑在车上，即便心脏停止跳动也能活下去……

忽然间，一个怪异的想法闪过脑海。

秀一想象出这样一幅场景：一群心脏坏死、面色惨白的人，骑着自行车飞驰在道路上。这像什么来着……就像是无法鼓动鱼鳃，只能不停游泳以免窒息的鲨鱼吧。

如果只要腿在动就能活下去，那么身体也没必要移动。骑在健身自行车上，吃饭、上课、排泄、睡觉。一边慢慢踩着脚踏，一边迷迷糊糊地过日子。宛如连续飞了好几天，只有在下降到紧挨海面的时候才能获得刹那假寐的候鸟一样……

秀一猛然回过神来。

一辆蓝色斯巴鲁力狮擦身而过。

骑的速度这么快却还在胡思乱想，难免会发生大事故。直到现在，自己的意识也还有一半在沉睡。秀一通过鼻子向肺里满满吸入冰冷的空气，让自己清醒起来。

眼下刚好来到稻村崎附近。放眼眺望大海，才到这个时间，就已经有了冲浪者。从他们精神焕发的样子推测，大概是从外地来的吧。一大清早的，想想还真是辛苦。

可还是想睡觉。秀一把哈欠硬生生憋了回去。昨天晚上熬夜的后果显现出来了。

做完作业和Z会的函授课题，躺到床上的时候差不多已经过了半夜1点。但再过不到1个小时，他又醒了。

之所以早早放弃再度入睡，大约是因为不想再做一次同样的噩梦吧。秀一有种不明所以的不安。他光脚离开寝室，来到走廊。尽头处的房间当年是祖父母的卧室，如今却成了家里最忌讳的场所。

侧耳细听静寂的环境。只能听到挂钟秒针的声音，从玄关传上楼梯，二楼都能听到。

秀一下到一楼，在厨房喝了水，但神经还是紧绷着。去车库是因为忽然很想喝几口偷藏的波旁威士忌。一开始只打算喝半杯，结果又喝了第二杯、第三杯。他又顺便在互联网上刷了些暗网信息，回过神来的时候已经快天亮了。

结果就是，通常本应该闹钟一响就醒过来，今天早上却在蒙眬的状态中下意识伸手按掉了铃声。如果不是遥香喊醒自己，就要再一觉睡过头了。

时间远比往常紧张，不过顽固遵守平时的习惯，可能也是个问题。

早上的忙碌时间里，母亲飞快做了早饭，双份煎蛋的培根、两片面包，还有两杯咖啡。从早上就开始运动，不吃这些，撑不到午饭时间。虽然有点睡眠不足，不过食欲并不会减少。

吃早饭的时候他也在侧耳细听二楼的动静。静悄悄的没有一点声音。

遥香先吃完了早饭，不耐烦地说了一声“哥哥，要迟到了”，出门去了。

秀一用小小的牙刷仔仔细细把一颗颗牙齿刷干净，再用牙线清洁、用李施德林漱口，总算把嘴里残留的酒精味道去除干净。

如果可以的话，他很想等到母亲上班的时间，一起出门。就算时间再短，把母亲一个人放在家里也让他不安。但如果真这么做，那就真要迟到了。他又确认了一遍二楼的状况，才在最后一刻卡着时间走出位于鹄沼的自家家门。

原本以为能在七里浜附近追上江之电的“迟到电车”，结果连影子也没看到。过了稻村崎，江之电就离开134号公路，沿山侧前进。所以也搞不清到底有没有追上了。

“迟到电车”抵达由比浜是在8点41分，所以绝对赶不上40分开始的班会。下雨天如果要乘坐江之电上学，需要坐前一班，8点05分从鹄沼发车、29分抵达由比浜的电车。

经过海岸皇宫酒店的时候，秀一习惯性地看了一眼手表。睡意顿时烟消云散。已经 8 点 37 分了。只剩下 3 分钟了。

就像是最后一圈的钟声响起、开始冲刺的自行车竞技选手，秀一用尽全力踩动自行车脚踏。

刹那间秀一涌起奇异的感觉。他想起噩梦里拼命踩动脚踏的时候。一切都是怪异的绵软感，一切都不可靠。就连本应该强韧坚固的车架也是歪歪扭扭的，钢圈和辐条也承不住重量软塌下去，结果秀一头朝下摔落，陷进地里……

不过在现实中，保养良好的公路自行车牢牢承受住秀一的腿部力量，顺利加速。

开始提升到和周围的汽车相同速度飞驰，空气阻力便急剧增大。秀一向前深深俯下身子，握着把手的上臂和背肌，以及与风压抗衡的大腿肌肉，紧紧地绷起来。

冲过镰仓海滨公园左转，速度几乎不降。

右前方可以看见由比浜高中的米色校舍。预备铃声已经在响了。

步行上学的学生急急忙忙地冲进校门。自行车也被一辆辆吸进去。秀一犹如风一般从当中穿过。

他差不多一头栽进停车场，把自行车停住。虽然在学校里不至于被窃，但毕竟是宝贝自行车，所以秀一还是和平时一样，用结实的链条锁把车牢牢固定在铁架上。

拿上书包出了停车场，好多学生都把头探出教室窗户，俯视这边。他们都已经安全抵达了，自然要兴高采烈看别人急急慌慌的样子。

秀一望向二年级 A 班的教室，果然也看到同班同学的面孔。“无敌的”大门发现了秀一，抬起左手指指手表。纪子笑嘻嘻的样子，站在下面也能看得到。“盖茨”兴奋地挥着手臂，像是反败为胜的三垒教练。

已经到了这里，如果最后还是迟到，只会让这些家伙更加乐不可支。秀一混在几个学生中间，朝教室的方向冲刺。他斜眼瞥了一眼教师办公室，看到也有老师探出身子朝这里看。

秀一在毫无装饰的铁皮鞋柜前面 2 秒钟脱下鞋子，穿上室内鞋，一口气跑上楼梯，冲进二楼的教室。然后刻意缓缓走向自己靠窗的座位，掩饰自己气喘吁吁的样子，把书包放到已经与当代高中生体型不合的矮小书桌上，然后就趴了下去。

“一早就练铁人三项？”

旁边座位的福原纪子戳了戳他的腰。感觉不像是指甲，很尖。不会是拿自动铅笔戳的吧？

“对啊，一直游到稻村。”

秀一依旧趴着，回了一句。周围座位上响起笑声。

伴随着哗啦啦的声音，教室的前门打开，“哈巴狗”——班主任犬饲博之走了进来。

“哈巴狗”用平时一样干巴巴的声音点名。一如既往，缺席的只有石冈拓也一个。

班会开始了。不过似乎并没有什么重要的事情需要传达。自己那么拼命狂奔就是为了赶上这个？秀一不禁感到一股莫名的空虚。

“哈巴狗”大概是想过渡一下，絮絮叨叨地说，“差不多也该熟悉新班级了，不过 4 月份是个相当重要的时期”，把 10 分钟的班会时间用到还剩 3 分钟，这才离开。

“哈巴狗”一走，教室里顿时喧闹起来。

“栉森，难得看见一回，千钧一发啊。”

“盖茨”来到秀一的座位边上。他是镰仓小酒馆的儿子，本名叫笈川伸介，不过现在已经没人叫他这个名字了。他的造型和微软总裁一模一样，眼镜也好、发型也好，都让人觉得他是在有意模仿。

“有事吗，‘盖茨’？”

秀一故意强调最后那个“茨”字的齿擦音。

“你也够了，别这么叫我。特别是那个发音。”

“盖茨”夸张地摆出苦脸。

“都是因为你，一年级有些学生乱传我是同性恋。”

“我觉得，在地球上，不管你去哪个高中，都会是这个外号。”

“对了，‘101’有货了，你要吗？”

“盖茨”迅速转入推销话题。

“3800块。①”

秀一一说，“盖茨”就摇摇头。

“4500块。”

“老主顾不打折？”

“想得美。”

昨天乘兴喝得多了，没剩下多少，“101”又是其他地方搞不到的稀罕货。秀一算了算本月的收支，只能不情不愿地点点头。

“好，明天带来。一手交钱一手交货。”

---

① 本书中出现的货币单位皆为日元。1000日元约为65人民币。——编者

"盖茨"露出满意的笑容，回到自己的座位上。

"毒品交易？"

纪子又来插嘴。

"新的生发剂。"

"没看出脱发呀……？"

这回她揪了揪秀一的头发，秀一顿时冒火，想要摸胸报复，不过想起纪子以前的模样，还是决定算了。

"其实是新的咖啡。"

"睁眼说瞎话。我一开始就知道了。'盖茨'同学是酒馆的儿子吧？"

"知道还问。"

"酒鬼。"

"对了，别叫'盖茨'同学。"

"为什么？"

"比方说，'四郎''纳尔''渣'这些外号，也都加上'同学'？"

"有问题吗？'四郎'同学、'纳尔'同学、'渣'同学，有什么不对的？"

被提到名字的人全都听到了纪子的话，一个个露出苦脸。

"你知道这些外号是什么意思吗？"

秀一有点发愣，盯着纪子问。

"意思？"

果然是新来的，对班上的情况一无所知。纪子一脸茫然。

她本来五官端正、眼睛很大，一旦露出这样的表情，便显得格外天真，所以班里有好几个隐藏的粉丝。秀一有一年没见过她，这个月第一次看到的时候，也对她的变化吃惊不小。

“那，都是什么意思啊?”

“……回头再告诉你。”

这时候刚好教国语的日野原老师进来，秀一转回头，拿出课本和笔记本。纪子又嘀嘀咕咕了一阵，不过秀一都没理会。上课的时候尽可能集中注意力，免得在考试之前浪费时间准备，这才是聪明的做法。

“最近大闹东京的大盗被抓，按他的供述，在伸手不见五指的黑暗里，只要有一根棍子，他就能跑好几里。用那棍子探在身前，不管是田地还是什么地方，都能如履平地。我读到这则新闻的时候，不禁感到近乎畅快的战栗。”

“无敌的”大门被点到名字，流利地朗读课本。这家伙的口齿清晰，长相也能迷倒一大片，简直能当新闻主播。

“黑暗！我们在那里什么都看不到。而更为深邃的黑暗，则以连绵不绝的波动，从四周挤压过来。在那之中，就连思考也无法进行。为何能踏入那不知何物所在之处？当然是因为我们即使爬行也要前进。但那是充满了苦涩、不安与恐怖的一步。为了勇敢踏出那一步，我们也许不得不去呼唤恶魔。赤脚踏上荆棘吧！珍视那通向绝望的热情……”

《柠檬》给人的印象是，梶井基次郎具有近乎病态的纤细感性，不过看到照片，却和日本史教材中的近藤勇相似，反差委实不小。

“……在深邃的黑暗中品尝到的这种安宁，到底意味着什么？此刻我避开了所有人的眼睛——此刻我与巨大的黑暗成为一体——这就是我心中的感情吗?”

《黑暗绘卷》这篇文章中基本上没有什么生僻的词语，但却很难把握它的准确含义。

为什么会“不禁感到近乎畅快的战栗”？“通向绝望的热情”是什么？对于这些问题，课堂上自然也做了相应的解说。不过秀一常常并不想太过深究。老师的解释真的合适吗？作者已经过世了，这是怎么确定的呢？即使说大体上没有什么差异，但在简化的过程中，难道没有丢失多样化的含义，没有将作者的意图矮化吗？

往黑暗中去……

A leap in the dark...

不知不觉中，秀一的大脑被上课之外的灰暗思考所占据。

往黑暗中踏出第一步的人，有哪里不对吗？

秀一意识到，技术问题才是关键。事迹会不会败露，以及有没有留下能在法庭上定罪的证据。只要能保证这一点，就算是自己，应该也没有不做的理由吧。

良心的谴责、内心的愧疚，这些词汇只不过是空洞的字眼而已。初二暑假读的《罪与罚》，以现代日本的生活实际来看，真实性未免太过稀薄，呆板无聊。如果说类似的故事，倒是江户川乱步的《心理实验》好上不少。大体而言，基督教式的强迫观念与斯拉夫式的忧郁烦恼等等，能有几个日本人感同身受呢？

同样是研究书目，《菊与刀》就有趣得多。如果像本尼迪克特说的那样，西欧是“罪文化”，日本是“耻文化”，那么在日本，没有败露的犯罪，不就等同于不是犯罪么？换言之，日本人也许是全世界最适合完全犯罪的民族。

……而且，如果要做，显然现在做最为有利。等到 3 年后，到了 20 岁，就可能面临极刑。即使是现在的 17 岁，如果少年法突然修订，量刑也会大幅强化吧。

如果国会真的决定修订，冲击国会的少年犯罪也会激增吧。

秀一想象出这样一幅景象：在“不知所措的法务省高官”这个新闻标题下，秃顶老男人们在记者招待会上不停擦汗的样子。

……不过话说回来，以败露为前提的计划，未免太蠢了。如果要做，就必须以完全犯罪为目标。

抛弃合理的判断，听任激情操控而亮刀杀人，和浅野内匠头有什么区别？如果不是为了幸存者考虑，那说到底又是为什么犯罪呢？

秀一尝试想象自己被逮捕的情景。媒体一定会无视人权，死缠烂打。母亲和遥香大概连门都出不去。厚颜无耻的记者守在校门口，连纪子、大门、“盖茨”都躲不过麦克风……

当然，如果只是预想最坏的下场，那么一开始就不会涉足危险。这是关乎生死的胜负。要做，就必须胜。

问题在于，自己是否敢冒这个风险。

有没有往黑暗中踏出一步的胸怀。

宣布下课的铃声响起。秀一沉溺在幻想中度过了 50 分钟。大概是因为平时表现良好的关系，一次也没被点到名，可以说非常幸运。

10 分钟的休息时间，有的去上厕所，有的三三两两聚在一起闲聊。不过秀一还是继续坐在椅子上，维持着上课时的姿势。

“我说你，上课的时候开小差了吧？”

纪子把腰靠在自己的桌子上，低头看着秀一问。

“50 分钟一丝杂念都没有，我是佛祖吗？”

“胡说八道。整整50分钟一直都在发呆……你在想什么?”

“你连别人脑子里面想什么都要管?”

“说说又有什么关系啦。”

“主要是一些很猥琐的事。想听吗?要不要细细讲给你?”

“骗人。”

“凭什么说我骗人?”

“因为你的表情超级恐怖。我实在不想看到你那种表情。”

那就别看啊,秀一想。

“而且中间你还奸笑了一次。那么可怕的笑脸,我第一次看到。”

恐怕是在想象“不知所措的法务省高官”时下意识笑出来了吧。不过,尽管没有刻意防备,但心里想的事情直接呈现在表情上,这还真是出乎自己的意料。今后一定要多加注意。

“我说你啊,难不成整整50分钟都在看我?”

这么一说,纪子的耳根稍微有点发红。

“……怎么可能!全班同学我都在看!”

“看黑板啊,黑板!”

秀一硬生生转过话题,当成笑话处理,但是总觉得有点尴尬。

感觉着旁边监视的目光,第二节到第四节课至少表面上都在认真听讲。所以到了中午休息的时候,秀一比平时更加疲劳和饥饿。

今天没带便当,秀一去小卖部买了面包,回自己的座位上吃。他本想一个人安安静静吃东西,可是一抬头却看见大门和纪子在对面坐着。习惯真是可怕。

“栉森，怎么了？这么严肃的表情。”

“无敌的”大门一脸悠然，像是反刍的牛一样，一边吃着烤面包一边说。小学一年级开始就是同学，已经认识了十多年，从没见过这家伙皱眉头。

“对对对，今天上课的时候一直就是这个表情。”

纪子拿筷子把切成一口大小的春卷往嘴里送，忙不迭地附和。看起来很好吃的样子，不过估计是冷冻食品吧。

“牙痛。”

“你不是经常炫耀自己小时候连颗龋齿都没有吗？”

“头痛。”

“宿醉？”

“废话真多。是个人多少总有点烦心事吧。你们这种有个幸福大脑的人另当别论就是了。”

“什么叫幸福大脑啦？”

纪子面带愠色。

“你说的‘你们’，难不成连我都算在里面了？”

大门把吃完的烤面包包装纸揉成一团塞进纸袋，嘴里含糊不清地说。纪子瞪了他一眼。

“当然算你。再怎么双重人格，对纪子一个人，我也不会说‘你们’……痛！”

秀一缩起被纪子踹开的腿，把剩下的可乐饼面包塞进嘴里。

“反正我不是‘无敌的’大门。我有烦恼，也有敌人。”

难得连大门都露出一言难尽的表情。

“以前我就想问，为什么管大门同学叫‘无敌的’大门？”

纪子像是鱼儿咬饵一样，调转了矛头。

“我起的外号。初中的时候。”

秀一最后吸了一口咖啡牛奶，把盒子压扁。

“这家伙不知道有什么特异功能，人人都喜欢他。全天下没有一个敌人，所以叫‘无敌的’大门。”

“真是多谢了栉森起的古怪外号，把我害惨了。”

大门接过话题。

“这个外号很快就传开了。初三的时候，外校的混混跑到校门外面问，喂，那个号称‘无敌的’大门，是哪个家伙？”

“没错没错，有的有的。那家伙可厉害了。体重大概超过200斤了吧？武藏川部屋①什么的不来挖人真是可惜了。”

“你太过分了！”

纪子瞪了秀一一眼。

“大门同学真可怜！”

“谁让他起了那么一个听起来很牛气的名字，大门刚。不过好好解释一下，人家也就明白了吧？后来你不是说人家还挺同情你的？”

“解释到那个程度，着实费了我很大工夫啊。”

大门苦笑着说。秀一觉得，如果换了自己，大概早就火冒三丈了吧。这家伙果然是“无敌的”。

三个人和平时一样，差不多同时吃完了午饭。秀一站起身来的时候，纪子说：“有点事情想问你。”

“干吗这么严肃？你不是一天随随便便都能问上三百回的吗？”

---

① 所属于日本相扑协会的相扑力士培养机构之一。——编者

“唔……这个……”

纪子有点吞吞吐吐的，大门很识相地说了一句，“我还有事，先走了”，离开了教室。

“要告白吗？先声明啊，我可没想法。”

“不是……”

本以为纪子会生气反驳，没想到她只是放低了声音说：

“是石冈同学的事。”

这个出乎意料的名字让秀一怔了怔。

“这段时间他好像不怎么来学校……石冈同学，是你的好朋友吧？”

“别说的那么恶心。”

“现在还是吗？”

“和他算是从小学认识的孽缘。”

纪子有点犹豫要不要继续说下去。

“我听传闻说，石冈同学不来学校，是因为初一的时候家里出了事。而且……据说那事情的起因是你挑唆他的。”

秀一感到自己脸颊的肌肉绷紧了。

“那你听说我挑唆他什么了？”

“家庭暴力什么的。说他打了父母和哥哥……不过，对不起！那些肯定是别人造谣的。”

纪子挤出笑脸。

“因为没理由那样的呀，对吧？”

秀一沉默不语。纪子有点不安。

“抱歉，问了你奇怪的问题。别生气啊。是我犯蠢。明知道不可能有那种事的嘛。”

"如果有理由的话呢?"

"嗯?"

"我是说，如果我有正当的理由，挑唆石冈家庭暴力呢?"

纪子的笑僵住了。

"正当的理由……家庭暴力怎么可能有正当的理由!"

"所以说，如果有的话。"

"不要开玩笑，我是在认真问的。"

"我也是在认真回答。"

纪子的脸上显出一种和方才不同的赤红。她甩过头，走出教室。那天后来回到教室，她也没有再和秀一说一句话，也不看他一眼。

班会 3 点半一结束，秀一便拿起书包出了教室。刚进高中的时候倒也加入了美术社，不过最近已经完全成了幽灵社员。

纪子已经先走了。从这个月开始，她也成了美术社的社员，大概每天都会认真出席，画那些色彩极度饱和的油画吧。

也许最好是去一趟社团，找到纪子，把刚才的话解释清楚，但秀一并不想去。

而且今天还有事，必须早早回去。

秀一骑上公路自行车，沿着 134 号公路，按照和早上相反的方向疾驰。隔离栏外面，海岸沿线都是非法丢弃的垃圾山。塑料桶、被褥、锈迹斑斑的自行车等都堆在那里。特意到这种地方来丢大件垃圾的人，脑子真是很有问题。秀一觉得这些垃圾山正是人类劣根性的完美表现。

他的视线从海边转回到前方。轻风已经变成了强风。才这个时间就早早吹起海风了吗？

不用像早上那么着急。秀一悠闲地踩着脚踏，又陷入思绪中。

往黑暗中踏出一步……

想到自己在国语课上半带认真地思考过这件事，不禁想要苦笑。

当然，这是不现实的。单纯只是在幻想中排解抑郁罢了。

往黑暗中的一步。那也是危险的走钢丝。虽然有少年法这种安全网，但失败的风险也未免太高了。就算成功进行了完全犯罪，心理的、精神的负担，应该也会大到无法想象。烙在心上的烙印，恐怕穷尽一生都不会消失。

秀一骑着公路自行车，苦笑起来。思考这个问题，本身就很蠢。

道路朝向稻村崎方向攀升。秀一的背肌和腿部开始发力。尽管不是剧烈运动，背上也微微出了汗。

不过，幻想和执行，完全是两个问题。如果只是思考执行的方法，那并没有害处，反而说不定可以缓解压力。

消除压力啊，消除压力。刚好就像是石冈拓也那样……这次大概也不妨当作某种形式的代偿行为吧。

完全犯罪的门槛太高了。

过了坡顶，下坡的时候公路自行车开始加速。

真是这样吗？秀一又想质疑自己刚才的想法。完全犯罪的案例，真的那么少吗？

在推理小说中，天网恢恢……疏而不漏之类的结局非常多。也许是作家的道德水准比较高，通常都会遵守罪行败露、诡计曝光的规则。但在现实中，不是有许多罪犯，尽管犯下重大罪行，但还是逃过惩罚，逍遥法外了吗？

接近江之岛的时候，秀一中断了思考。天空中都是厚厚的云，看不到富士山。

在小动右转，离开134号公路，和江之电平行骑了一段舒缓的上坡，又和江之电分开，在诹访神社前方左转，经过江之岛附近的境川河口。

从几间商店中间穿过，在公路自行车上站起来骑行登上陡坡，越过江之电的鹄沼站道口。

狭窄的小道从郁郁苍苍的松柏与石砌的豪华别墅间穿过。像是阻止陌生人入侵似的，四周静悄悄的，几乎没有人的气息。

秀一想起过世的祖母曾经和自己说过，鹄沼是藤泽市代表性的高级住宅区，但和镰仓不同的是，这里的居民大部分都是战后不久搬过来的，那时候的地价几近白送，所以有种强烈的“鹄沼人种”气质，讨厌相互干涉，很少和邻居往来应酬。再加上近年来鹄沼和镰仓一样，老夫妻单独居住的情况越来越多，大概也是这里安安静静的原因之一。

不过，现在也是世代交替的过渡期。在距离栉森家很近的地方，就有人为了支付遗产税卖掉一幢房子，原地又新建了17间住宅出售。

不久秀一回到了自家。栉森家的房子是很老的木制建筑，不过占地将近200坪。秀一停下自行车，打开黑色铸铁的大门。

开启车库的卷帘门，把自行车推进去，然后关上门，穿过直通家里的门。去玄关放鞋子的时候，发现没有母亲和遥香的鞋子。

他像猫一样蹑手蹑脚悄悄来到二楼，侧耳细听。

什么声音都听不到。

来到最里面的房间外面，把耳朵贴在门上。

透过厚厚的木门，能听到微微的鼾声。

尽管是极其厌恶的声音，但却半晌挪不开耳朵。仿佛下一秒就要起床的感觉，让秀一紧紧握住拳头。然后，他又悄悄返回自己的房间。

放下书包，坐到桌子前面。

回到家里刚刚几分钟，精神就变得极其烦躁。即使想要从不快的事情中摆脱出来，却也知道自己做不到。因为自己就是这样的人。完全没办法面对问题视而不见。过往遇到的各种难题，都是靠自己努力想办法解决的。

秀一思考有什么方法拔掉插在栉森家咽喉里的棘刺，去除这个令人不快的异物。在想象中不断模拟完全犯罪的过程，终于逐渐让情绪稳定下来。

为了保持自己的精神稳定，可以的话，还是想尽可能避免直接下手。最好是设置陷阱，等待猎物自投罗网。没有百分之百的成功率也没关系。就像是推理小说里说的偶然性犯罪那样。

比如火灾怎么样？老旧的木制住宅，内部电线漏电起火，没人会觉得奇怪吧……不，相比漏电，可能还是睡觉抽烟这个原因更容易伪造。用某种能够彻底燃烧的材料制作定时起火装置。陷阱越简单，越不容易被发现。比如说，把点燃的香烟架在边缘较厚的烟灰缸边上，让它保持平衡。点燃的一头放在内侧，燃烧一段时间以后，香烟变轻，掉到烟灰缸外面，然后只要在外面放上报纸，就足够引发火灾了吧。把容易燃烧的东西按照不会引起怀疑的顺序依次放好就行了。

趁着白天三个人都外出的时候，圣洁的火焰便会把那个醉到不省人事的渣滓烧得干干净净。

问题在于，这个办法做不出时间较长的定时装置。最多只有几分钟而已。这也就是说，必须在上学的某一天，悄悄从学校溜回家，安排好一切，然后再悄悄返回学校，而且不能被任何人看见。

关于不在场证明，秀一更加仔细地构想了一番，感觉似乎并不是不可能。

但这个计划还有一个可以说是致命的难点：祖父母建起的这座老宅，至少会被烧掉一部分。虽然和邻居家相隔了一段距离，中间又有林木，火势不至于蔓延，但是小道狭窄，消防车开进来要费不少工夫，弄不好就会被全部烧掉。

秀一很喜欢这幢房子。虽然房龄已经超过了四十年，但应该还能再住五十年以上。坚固的屋梁、厚重的楼梯、黑亮的走廊，甚至那整块整块的门板，都积淀了孩提时候的无数回忆。而且如果房子烧了，一家三口又能睡到哪里去呢？不行。这个方案否决。

最稳妥的方法也许还是常规杀人之后把尸体仔细处理干净吧。

本来就是突然出现的人，再突然消失不见，应该也不太会有人感觉奇怪吧。这种情况其实是最好的。只要没有尸体，警察应该也不会当作杀人案来处理。警察局里登记失踪的人口数量应该很多，只要没有人在乎和关心，警察肯定也不会多留心的。

至于如何处理尸体，应该也有办法。趁夜运去镰仓阿尔卑斯的山谷里，深深埋到地下，大概很久都不会被人发现。

为此，不能把尸体运过去之后再急急忙忙挖坑，而是要预先挑选好人迹罕至的地方，挖出足够深的坑洞，铺上防水布，再用树枝之类的东西遮掩。有本书里提到过，人类的尸体只要埋到3米深的地下，即便是警犬的嗅觉也闻不出来。如果只是把尸体丢进洞里、用土埋起来，最危险的掩埋时间也可以大幅缩短。

而且，这个方法最大的优点在于，万一挖坑的时候被什么人看到，也可以随时停止。因为那时候还并没有杀人。

还有一点，镰仓周边随便挖一挖就能挖出人骨，大概是古战场多的缘故。学校附近的和田塚就是如此，在简易审判庭旁边修建麦当劳的时候也曾经发生过临时中断施工的闹剧。就算是今天，挖出一两具白骨尸骸，大概也没人觉得奇怪吧。

虽说只要做一下同位素测定，马上就能发现是新骨头。

不过，难点在于之前的阶段。秀一咬住嘴唇。

终结生命大约不难，难的是怎么搬运尸体。唯有这一条，没有汽车，实在做不到。

思来想去，还是找不到有效的方法。

如果实在没办法把尸体从家里运出去，那么只有趁活着的时候把人引到什么地方再动手了。然而这样的话，杀人的难度显然大了许多。

趁睡觉下手自然不用多说，但如果正面动手，秀一没有必胜的把握。

他觉得自己的体力应该可以胜过。虽然不喜欢打架，但也许是因为果断坚决，他从小就很少打输。初中还有过柔道的经验。而且他每天的生活都很规律，总比作息紊乱、自甘堕落的家伙强。

但是，物理上的体格差异却是压倒性的。真想要干掉对方，除非出其不意，或者从背后下手吧。

电视剧里经常会有从背后把人推到铁轨上的场景。然而至少在这一带附近，秀一想不出有什么地方能够避开他人的视线做到这一步。

想到最后，秀一想起了那把刀。

用那把锋利的刀子，杀人肯定很容易。一开始拿到手的时候，也是因为不习惯，不小心摸到刀刃，结果割破了手指。知道自己有那把刀的，只有石冈一个。也就是说，即使警察来调查，也找不到任何证据能把自己和那把刀联系在一起。

……不行，这终究还是最拙劣的方法。

不管再怎么垃圾的人渣，只要是被谋杀的，警察就必须展开正式调查。而且近年来有种不妙的趋势，看到用刀就会联想到少年犯罪，因而或迟或早，自己必然会受到怀疑。

秀一叹了一口气。要想一个完全犯罪的方法，比《大学入试3000问》的最高难度数学题还棘手。

在秀一沉思的时候，玄关处传来开锁的声音。外面的人似乎是在屏着呼吸，小心翼翼地转动门把。

秀一走出房间，来到楼下。

“哥哥？”

那是遥香担心的声音。她一直站在门外，直到确定来的是秀一之前，都没有进来。

“还没到5点吧？”

秀一看看手表说。

"没参加社团活动?"

"顾问老师今天休息，大家就早走了。"

遥香像是终于放了心，脱下鞋子，换上室内拖鞋。秀一不禁暗自嘀咕，最近初中的田径部这么轻松吗？只因为顾问老师不在，大家就随随便便解散了？

"这种时候应该喊上朋友去藤泽打发时间吧。打游戏啊，吃汉堡啊，什么都行。"

"想是想过，不过我想哥哥应该回来了。"

"笨蛋。我要是不在，你怎么办?"

"那就再出去呗。"

背后的楼梯嘎吱响了一声，遥香的脸上闪过害怕的神色。秀一迅速回头。

没有人。毕竟是古老的木制建筑，大概是湿度太大了吧。

"我可不是吓唬你，一旦开了门，谁也说不准会发生什么。"

秀一的语气颇为严厉。遥香有点沮丧。

"哦……"

"以后如果没有社团活动，就去图书馆写作业。没到六点绝对不许回来。"

"嗯。"

看到遥香的表情，秀一放缓了语气。

"怎么了？是因为什么原因想要早点回来吗?"

遥香低下头。

"我觉得如果妈妈回来早，就是她一个人在家了。"

"你笨蛋呀，谁让你担心那个了。"

"可是——"

“没有可是。就算有你在，你又能帮什么忙？”

“……说是这么说……”

秀一叹了一口气。再说下去就是折磨妹妹了。

“到我房间一起看书吧。”

“真的？”

遥香顿时露出开心的表情。

“你不是说数学不懂吗？我教教你。”

“嗯。”

“不过你要帮我泡红茶。”

“好的。”

遥香瞥了一眼二楼，跟在秀一后面上了楼梯。遥香的房间靠里，在秀一房间的隔壁。她像是逃回巢穴的山猫一样迅速开门进去，然后又把门反锁上。

秀一开着自己房间的门。遥香迅速换好衣服跑出来，在洗手间洗了脸和手，又飞快跑下楼梯，去了厨房。

趁着这个时间，秀一把课本和参考书摆到桌上，又把房间角落里的玻璃矮桌和坐垫搬过来，给遥香预备上。

也许是自己更想和遥香在一起吧，秀一意识到。最近自己一个人待在房间或者车库里的时候，总会幻想各种各样的杀人计划，无法得到任何建设性的成果。

遥香端着托盘走上楼梯。她用轻快的语气说，“我进来啦”，和刚才判若两人。她把托盘放到玻璃矮桌上，里面有一个茶壶和两个杯子，还有一个装了小饼干的小玻璃碗。

“这是什么？”

秀一一边关门，一边用下巴示意饼干。

“回来路上买的。学校附近的店里。”

“嗯……”

秀一没有问为什么。遥香肯定也不想一个人待着。

接下来两个人看了半晌的书。秀一做完了作业，一只手端着茶杯，开始教妹妹数学。

“……所以接下来只要代入二次方程的公式就行了。”

“嗯，是吗……”

遥香一脸茫然地听着。

“到这里为止，没什么困难的地方吧?”

“嗯。”

“那你为什么还是一副不太明白的样子?”

“嗯……”

遥香犹豫了一会儿，这才很害臊地说：

“用分数去除，为什么会比除之前更大呀?”

“哎?”

秀一惊呆了。

“你看，一般来说，做完除法，不是应该比没做之前小吗?为什么分数的时候会变大呢? 其实从那个地方开始我就不太明白……”

遥香的声音越说越小。

“这个……是小学的知识点吧?”

“嗯，可是，上课只教计算的方法，没有说为什么。”

秀一半天不知道说什么才好，看起来不得不从头开始教起。

“也就是说，你其实不知道用分数除的真正含义?”

“啊，大概是吧。”

遥香有点开心地说。秀一感觉自己发现了日本学校教育的根本缺陷。

“除法运算本身，有两个意义，你知道吗？”

“啊……？”

“假设你们班上有36个学生。”

“39个哦。”

“假设36个。”

秀一恶狠狠地说。

“为了准备文化节，要分成9组。每组有多少人？”

“4个人。”

“没错。$36\div9=4$。也就是说，把36等分成9份。那么，下节课是体育。要打棒球。棒球的一队需要有9个人。那么可以组几支队伍？”

“4支。”

“非常正确。”

“哥哥，你是觉得我太蠢了吗？”

“没那回事。那么，接下来用式子来表示，就是$36\div9=4$，没错吧？可是，这一次并不是要分成9等份，对吧？”

“嗯……是啊……”

遥香陷入沉思。

“所以第二个意义，是要计算36中能凑出多少9。”

“第二个意义？”

“比如说，$5\div\frac{1}{2}=10$。可是如果对你说，把5分成$\frac{1}{2}$等分，你也不知道这是什么意思吧？但是，让你数数5当中有多少个$\frac{1}{2}$，这是可以的吧？”

“啊，是这样啊。”

遥香好像有点理解了。

“所以，用分数去除的时候，可以用第二个意义去理解。”

秀一并不讨厌教别人，这对他也是一种休息。至于遥香，虽然是在学自己头疼的科目，不过看起来也很开心。惬意而幸福的时间，就像是麻烦尚未降临到这个家庭之前，充满温馨……

遥香笑着正要说什么的时候，走廊深处突然传来用力摔门的声音。悠闲的时间刹那间冻结。

沉重的脚步声。含混不清、令人不快的嘟嘟囔囔。不知羞耻开着门小便的声音。还混杂着吐痰的声音、野兽般的嘶吼声。

遥香握着铅笔，低下头，像是在忍耐什么。

脚步声慢慢返回深处的房间。

“别在意……不用管他。”

秀一说着，敲了敲遥香的头，但刚才的愉悦心情已经烟消云散了。

又过了大约30分钟，母亲友子回来了。

“抱歉，回来晚了。正要打烊的时候来了客人……”

友子用关切的眼神望向来到玄关迎接的两个人。

“没事吧?”

秀一明白母亲的意思。他点点头，友子显得松了口气。

“我马上做晚饭，一会儿就好。”

友子拿着手提包直接去了洗手间洗手，然后用不输于遥香的速度换了衣服，一边卷袖子，一边走向厨房。

她在距离镰仓站很近的进口家具店上班。继承家业的店主是友子短期大学时的好友，所以在店里忙碌的时候，她会去店里帮忙。

友子在美术方面很有天分，曾经想要去读美术大学，如今则是以装潢设计为业，收入养活一家三口还绰绰有余。

30分钟左右做好了晚饭，三个人围坐在厨房的餐桌边，桌上有好几样菜肴，简直不像是这么短的时间里能做好的。

凉拌鲣鱼片，麻婆豆腐，鳕鱼子配山葵，还有咖喱粉混合的三色意面，芋头汤……

友子最大限度地发挥美学天赋，不管哪道菜肴都像是美食杂志般精致。实际上，友子确实有一种把菜肴做成“看似十分美味”的才能。

以前请来栉森家吃晚餐的人，看到摆盘精致的菜肴，都会从心底发出赞叹。满怀期待的笑脸，在吃下第一口的时候，便会刹那间僵住。顿了一拍之后，则是一边夸赞好吃好吃，一边带着言不由衷的笑容，向下一道菜伸出筷子。

“好吃吗？”

友子一一望着默默进食的孩子们，笑嘻嘻地问。

“视觉盛宴，视觉盛宴。”秀一回答说。

“味道呢？”

“舌头在休息。”

“哥哥你在说什么呀。”

遥香喝着芋头汤说。

按照媒体的说法，“独食化”正在社会上急速蔓延，一家人聚在一起吃晚餐的机会日渐稀少。不过，在栉森家，早餐和晚餐必定要在一起吃，这是不成文的规矩。应该说幸运的是，在镰仓，不管哪家店铺，关门时间都很早，所以友子也能赶在晚餐之前回来。

对秀一来说，这份团聚的时间，比任何东西都重要。不管发生什么事情、付出怎样的牺牲，都必须守住这样的时刻。

坐在厨房里面的遥香，突然停下筷子。秀一顺着妹妹紧张的视线望去。

厨房门口，站着一个高大的男子。

他穿着皱巴巴的衬衫和七分裤。日晒与酒精的累加效果，造就了一张黑黑的脸庞，在昏暗的走廊里，看起来只有眼睛在发光。

“什么事?”

友子开口问，但没有得到回答。

男子搔着鼓起来的肚皮，低头穿过180厘米的拉门上沿，走进厨房。

在厨房灯光的映照下，才能看清男了的相貌。

浓密的八字眉下面，大大的眼睛一眨不眨地扫视三个人。黄疸让他的视线显得相当诡异。脸颊和鼻子红得怪异，散布着细细的紫色血管。厚实的双唇间露出凌乱肮脏的牙齿和萎缩的牙龈。

“要吃饭吗……?”

友子的声音在颤抖。男子又走近了一步。

秀一猛然拉开椅子站起身，全身绷紧，双手握拳。

遥香倒吸了一口气，抓住秀一的衬衫下摆。

男子像是没把秀一放在眼里，用鼻子哼了一声，朝友子用嘶哑的声音说：“酒。”

友子从橱柜里拿出盒装的烧酒和玻璃杯，递给男子。

男子一脸理所当然地接过来，转身的时候瞥了秀一一眼。

秀一的身子在恐惧中刹那僵住。

视线相交了大约一秒。然后男子像是什么都没发生一样，离开了厨房。

即使男子离开了半晌之后，也没有人说话。

大家都彻底失去了食欲。辛苦做出来的菜肴，大半都浪费了。

最终，秀一把自己的餐具送去了水槽。其他两个人也跟着效仿。友子洗碗。遥香也和平时一样，开始用干布擦拭。

“……刚才的烧酒，”

秀一在厨房的椅子上蜷起一条腿。

“是专门买给他喝的？”

友子一言不发，继续洗碗。

“是的吧？其他人谁也不会喝那东西。他给钱了吗？”

没有回答。

“为什么连酒都要给他买啊？”

“什么为什么……”

“说起来，那家伙为什么会在我们家里？和他已经没有任何关系了吧？早就离婚了。”

“话是这么说，可是他说自己没地方去。”

“难道要让他一直住下去？”

“当然不会一直住。”

“不快点处理，说不定就会一直赖下去了。什么时候赶他走？”

“赶他走……那个还不知道呢。再过一阵，等有地方去了……”

“有地方去？你真是这么想的？是不是太糊涂了！”

“哥哥，别说了。”

遥香插话道。

秀一冷静下来，看到遥香噙着泪水，哀求地看着自己。友子也是背对自己，低头洗碗。但仔细看去，她手上的海绵一直在擦同一个碗。

“……不要逼妈妈。”

秀一沉默了半晌，说了一声“对不起”，悄悄走出了厨房。

他痛恨无能为力的自己。尽管并不想对母亲撒气。

楼上传来像是棒球比赛的声音。走上楼梯，最里面的房间门虚掩着，漏出凹形的灯光。

越是走近，声音也越来越嘈杂。观众在呼喊，一名解说员正在兴奋地说着什么。嘈杂的声音十分刺耳。

肯定是从一楼的哪个房间搬走了小电视机。

秀一感到心底燃起一股狂暴的冲动，犹如赤红的火焰。他真想马上冲进最里面的房间，把那个男人打翻在地，拖到玄关外面……

但是，他很清楚那是不可能的。

秀一在原地伫立了很久。

想，好好想，想个办法。

该怎么做才好？

该怎么做才能保护家人？

第二章

车库

“请在这里稍等片刻。”

20 多岁的女性业务员把秀一引到入口附近的小房间。看起来就像是用预制板简单隔出楼层的一块地方而已。六叠大小的空间里，放了一张细长的胶合板桌子和六张钢管椅。与其说是为了接待客户，不如说更像是商谈用的会议室。

“加纳很快就来。”

秀一微微鞠躬，坐到椅子上。事务员透过无框眼镜扫了他一眼，点头致意，关上了门。

秀一低头看看自己的打扮。虽然是星期天，但他还是故意穿上了由比浜高中的校服。学校校服是对成人社会恭顺的标识，更容易获得同情。其中有这样一层计算。

刚才的事务员显得对他很感兴趣。确实，高中生一个人来拜访律师事务所，肯定是极少见的情况。

秀一从裤子口袋里掏出手帕，擦掉肩膀和手上的水滴。鹄沼一早就在下阴郁的雨，到了横滨也是一样。手帕一下子就湿透了。

“久等了。”

敲门声响起，走进来40多岁的男子。秀一将湿透的手帕塞进口袋，站起身。

“你好，我是加纳。”

男子递出的名片上写着“律师　加纳雅志”。

“初次见面，我是栉森秀一。”

“嗯。你是栉森清藏先生的孙子吧。”

“是的。祖父4年前过世了。”

“这样啊。你的祖父我记得很清楚，好像是10年前了。那时候事务所刚刚搬来这里，接受了他的委托。”

加纳律师示意秀一落座，自己坐到对面。

他的身高比秀一略矮，面庞端正，浓眉宽颔，声音中也充满力量，但土灰的脸色和充血的眼睛显出慢性的疲劳。灰色头发油腻腻的，贴在额头上。西服领子上都是头皮屑。感觉像是忙得连整理仪容的时间都没有。

律师这个职业的工作果然很繁重吧。就像今天，明明是休息日，但似乎要接待其他客户，不得不开门。

秀一在祖父留下的通讯录中看到加纳律师的名字，试着打电话过去，得知今天事务所刚好开门。对秀一而言，这很走运。因为平时要上课，单单往返横滨就需要花费不少时间。

“你说今天想咨询一些法律上的问题？”

“是的。我想了解，当有外人赖在家里不走的时候，要怎样才能把他赶出去？”

加纳律师的神色微微一动。

“外人？”

“是我母亲的前夫……再婚的。”

加纳律师点点头。似乎已经预见到这个回答。

“曾根隆司?”

“是的。”

本来只要听到这个名字就很厌恶，但从律师嘴里说出来，不禁有种释然的感觉。也许是因为自己的烦恼得到专业人士理解的缘故。

但反过来说，10年前处理的事情，还能立刻报出名字，大概也说明这个对象相当棘手。

“是吗？果然……”

加纳律师抱起胳膊。秀一突然担心起来。

“那个……非法占据我家房子的状态，是叫非法入侵吧，能赶他出去吗?”

“嗯，话是这么说……你母亲住在房子里?”

“是的。母亲和妹妹，一共三个人。”

“那么户主就是你母亲了。所以只要你母亲向法院起诉，就可以要求对方交出房间。”

很正式的回答。当下恰恰是因为做不到这一点才束手无策，不过知道走投无路的时候还有法律做后盾，至少稍微安心一点。

“不过，为什么放曾根隆司进来？我觉得一开始就明确拒绝，也不至于留下后遗症。”

“嗯。如果我在家，绝对不会让他进到玄关里面。只是那天遥香从学校回家的时候，他突然来了，然后硬闯进去……”

“遥香是你妹妹?”

“对，现在是初二的学生。她本来有社团活动，一般都比我回家晚得多，唯独那天碰巧提早到家了。”

“是碰巧吗？”

加纳律师的眼神很锐利。

“什么意思？”

“曾根是不是预计到你妹妹哪天会提早到家？比如说，如果多次去学校蹲守……”

秀一感觉自己身上冒出了冷汗。自己一直没有怀疑过这一点，实在太疏忽了。那家伙在去自己家之前，到学校蹲守过遥香吗？而且还蹲守过不止一次？

如果真的那么做过，那么他只是单纯想要找个闯进家里的机会吗？还是说，出于别的动机……那个混蛋会不会对遥香怀有什么污秽的欲望？

“曾根是什么时候出现的？”

加纳律师的声音把秀一拉回现实。

“10天前。”

“那就是4月初的时候吧。后来曾根就一直住在你家？”

“是的。”

“你母亲为什么没有让曾根出去？”

“那是……”

秀一也不知道。母亲为什么没有用决绝的态度拒绝曾根呢？

“我母亲好像也不知道该怎么办。看起来她希望那个人自己离开……”

秀一想要解释，却不知道怎么让加纳律师理解。听起来就像是离婚的夫妻想要破镜重圆，但反对的孩子寻找各种借口破坏一样。

“其实我能想象出来。”

“嗯?”

“在给你母亲和曾根隆司做离婚调解的时候，见过他很多次。我很清楚他是什么样的人。我不认为到了今天你母亲还会想和他复婚。”

秀一想，来找加纳律师果然是正解。如果是完全不了解情况的人，自己就必须从头解释曾根是什么样的人，也不会找到这么强有力的支持者。

“不管怎样，说到底还是看你母亲的态度。如果没有你母亲的委托，我也不好采取行动。”

加纳律师完全理解现在的情况。

“我想最好还是你母亲来一次。我知道你比实际年龄成熟可靠，但毕竟还是未成年。虽然我不该说这种话，但那种男人住在家里，恐怕不是什么好事。不管是对你，还是对你妹妹。”

秀一点点头。

“老师，今天我还想请教另一个问题。”

平时喊习惯的“老师”，在这个场合有着不同的含义，有种微妙的违和感。

“什么?”

“我想了解 10 年前母亲和那个人离婚时的经过。还有那以前的事情，如果您还记得……”

“唔，那个啊。”

“当时我只有 7 岁。母亲也不想提及那时候的事。”

加纳律师抱起胳膊。

“问了之后要怎么样?”

"不知道。只是在想，能不能找到什么解决问题的头绪。"

秀一从校服口袋里取出学生手册，把带照片的学生证拿给加纳律师看。

"这个大概也不能当证明，总之先请您看看。"

加纳律师苦笑了一下。笑起来的时候，眼角皱起许多皱纹，出乎意料地有种老好人的感觉。

"哎，我并没有怀疑你的身份。行了，我就说说能说的吧。"

敲门声响起，刚才的事务员打开门，捧着盘子进来，把茶杯放到桌上，优雅地鞠了一躬，静静地出去了。秀一感觉她像是在对自己微笑，大概是纪子所说的被爱妄想吧。

"我听到的经过是这样的……你的父亲，好像是在交通事故中去世的?"

加纳律师喝了一口茶。

"是的。"

"留下你的母亲独自抚养年幼的孩子，后来通过朋友的介绍，认识了曾根隆司。他是房产公司的营业员，一开始看起来也是挺友善的人。"

那个人的形象隐约浮现在秀一的记忆角落里。西装笔挺，头发梳理得整整齐齐。脸上始终笑嘻嘻的。四四方方的大脸庞上生着一对八字眉，标准的正直相貌。笑起来的时候也不会失礼地张大嘴巴，不过现在回想起来应该是为了掩饰不整齐的牙齿吧。

那人弯腰伸手的时候，年幼的秀一躲到了母亲身后。他本能地感觉到那个人身上有种不可信任的东西。脸上虽然挂着笑，眼神却很可怕。他如今的外形和从前毫无相似之处，唯有眼神从没有变过。

“总之，离婚调解困难重重。我和你母亲谈过很多。有一次我曾经问她，为什么和曾根这样的男人结婚。你母亲那时的回答让我印象很深，到今天还记得。”

加纳律师似乎也在回忆当年。

“你母亲和曾根结婚的最大原因，大抵是因为和你的祖父栉森清藏先生相处不太融洽。他是大正时代出生的人，为人相当严格，连一双筷子怎么放都要讲究。你母亲自从结婚以后就一直过得很压抑，想要尽早离开栉森家。但是清藏夫妻宠爱你这个孙子，要脱离户籍就需要有合适的理由。在那种情况下，你母亲结识了看起来颇为绅士的曾根，结果受骗上当。你母亲说，这真是自作自受了。”

秀一低垂下头。

“那次的婚姻十分失败。曾根隆司这个人，表面上温柔体贴，实际上好吃懒做，酗酒、赌博、沉迷女色，可以说是最渣的男人。他时常旷工不去上班，领了工资也不会补贴家用，反而盗用你母亲的存款。从早到晚喝酒、家暴，你母亲和年幼的你都挨过打。”

沉睡的记忆苏醒过来。这一次远比刚才的记忆鲜明。

从小学回到家，曾根正在公寓的六叠[①]间里喝酒，身边倒着一升装的空瓶。他满脸通红，就像是日本猕猴，双眼发直。

秀一本来没有在身边见过喝醉酒的人，但也意识到应该躲远一点，便轻轻溜进公寓，把书包放到自己桌上，打算马上离开。

但就在这时候，他感觉到背后有危险的气息。回头一看，曾根站在身后。他用可怕的眼睛俯视秀一，怒吼一声“你他妈回到

---

① 六叠即六张榻米大小。一叠约 1.62 平方米。——编者

家也不打招呼?”，紧接着狠狠一拳打了下来。

秀一被打飞出去，在地上滚了几圈，额头撞到柱子上。除了疼痛，鲜血从双手间不断滴落的景象更让他震惊。

之后发生了什么，秀一不记得了。但那时候的伤口，至今还淡淡地留在额头上。

“你母亲之所以下决心离婚，也是因为最担心你。她害怕照那样子下去你说不定会被他杀了。”

对年幼的秀一来说，曾根隆司就是恐怖的化身，当然不敢亲近。而这样的秀一更受到曾根的虐待，陷入恶性循环。

封印的记忆重新被唤醒，与此同时肾上腺素也开始分泌，心跳加速，掌心也渗出汗水。

接着浮现出来的影像是书包。“曾根秀一”这个令人厌恶的名字上，“曾根”两个字被涂掉了。那是秀一在冲动的驱使下用马克笔涂掉的。结果后来被曾根看到了。秀一意识到危险，连忙逃出家门。

他光着脚躲在公园里，连大气都不敢出，后来看到母亲带着遥香来找他。然后三个人坐上出租车，直接去了鹄沼的祖父家。汽车颠簸了很久，秀一记得中途还不得不停下来让遥香呕吐。

从那以后，直到今天，一直住在那里……

“你母亲带着你和妹妹逃到了清藏先生的家里。清藏先生委托我处理你母亲的离婚事宜。在这件事之前，清藏先生也曾经委托我处理若干民事诉讼相关的事情。”

秀一喝光了变冷的茶水，试图平静自己的心情。

“后来很快就离婚了吗?”

“没有。刚才说过，困难重重。不对，说困难重重都是轻的。”

加纳律师的表情变得很复杂。

“作为律师，我应该充分保护自己的客户。但是对于那种人，当时能采取的手段实在有限。”

“那家伙做了什么吗？”

“啊，不是，他并没有采取明显的暴力行为。他在这些事情上非常狡猾，绝对不会让警察抓到把柄。他只是闯到鹄沼的家里，赖在玄关不走，不断威胁辱骂。这就已经很让人吃不消了，他还会蹲守在半路上，逼得你母亲后来几乎没办法出门。”

“这是跟踪骚扰啊。”

“放到现在是有这样的说法。”

“近年来经常有判决禁止接近受害人半径 100 米的范围。”

“当时还没有那样的认识。不过向法院解释了情况之后，作为临时处理措施，也获得了行为禁令……行为禁令，是针对某人，禁止其做出某种特定行为的禁令。在你母亲这件事上，就是禁止曾根进入栉森家。但是，他确实太狡猾，事先就预料到这一点。你们逃离之后，他就搬出了公寓，变成居无定所的状态。工作当然在更早之前就没了。”

“什么意思？”

秀一没有理解话里的逻辑。

“也就是这样一种情况：法院的禁令，必须要送到对方手上才能生效。”

秀一想了一会儿才明白过来。秀一重新认识到自己要对付的是什么样的人，不禁愕然。

“警方有民事不介入的原则，离婚调解状态下的夫妻问题，他们不会干涉。”

“那个人很了解法律？”

“唔，关于这些地方的法律漏洞，他大概是在房产之类的纠纷上了解到的吧。”

加纳律师叹了一口气。

“如果不是清藏先生那么刚毅的人，真不知道会变成什么样子。”

“不过，最终还是成功离婚了呀。那家伙最后放弃了？”

“没有。”

加纳律师摇摇头。

“如果发起离婚诉讼，当然能赢。但是你的祖母春女士非常担心他危害家人，所以很遗憾，最终是用钱解决的。清藏夫妻拿出了养老的积蓄、解除了保险，给了曾根一大笔钱，这才终于办完了离婚手续。”

太不合理了。本来不是应该母亲这一方要求抚养费才对吗？

不过，祖父也许认为，不管花多少钱，只要能和那个男人切断关系就值得吧。祖父母付出那么大的牺牲，放弃了老后的享受……把儿媳和孙辈的幸福放在首位。

秀一回忆起祖父母晚年的简朴生活。在他的记忆中，祖父母从来没有出远门旅行过。他们总说自己喜欢散步，没有地方比鹄沼和镰仓更好。

祖父母的默默牺牲换来一家的幸福。秀一在心中双手合十。

然而那个瘟神还是厚颜无耻地出现了。完全不遵守他和祖父母的约定……

秀一意识到加纳律师正在看着自己。自己也许露出了非常可怕的表情。

他努力把绷紧的表情复原。

回去的时候，横滨站还在下雨。

这个时间，曾根隆司应该在横滨鬼混。正因为如此，秀一才能离开家里。

那个男的就在直线距离不远的地方活动。单单这么一想，心里就很烦闷。

坐东海道本线转江之电回到家的时候，已经快傍晚了。

看一眼厨房，友子正在做白菜卷。不放任何带有甜味的番茄酱，也不用番茄泥，而是以番茄汁为主，加入大量红葡萄酒焖煮，这是栉森家的独特做法。不仅外观诱人，味道也堪称逸品。大锅里咕嘟咕嘟地冒着香气。

友子看到秀一，露出放松的神色。曾根果然还没回来。遥香好像去朋友家玩了。

“去哪儿了？”

友子问。

“横滨。”

秀一若无其事地回答。

“和朋友一起？”

“不，我一个人。”

“呵。”

友子露出有点意外的表情。

“去看电影？”

“不是，去见律师。”

秀一观察母亲的反应，友子似乎并不觉得吃惊。

“律师？由比浜高中的学长？”

“是加纳先生。妈妈，你很熟悉他吧？和那家伙的离婚，委托他处理的。”

友子默默把香草叶放进大锅里搅拌。

“我去请教该拿那家伙怎么办。”

“……哪里来的钱？咨询费很贵的吧？”

“我带了一些钱去，但是他说不要。一块钱也没收。”

“为什么？”

“因为我是高中生吧。”

“没这个道理。要是高中生就不收钱，律师事务所也开不下去吧。”

“这样的话，大概是因为他觉得离婚调解的时候没有尽到责任吧。”

友子望向秀一。

“什么意思？”

“因为最后还是花钱解决的吧？给了他一笔钱。所以加纳先生觉得有点愧疚。”

友子在水龙头下洗了手，取下围裙。

“然后呢，加纳先生还说，想和妈妈谈一次。”

“为什么？”

“谈什么不是很显然的吗？要赶走那家伙，必须妈妈起诉才行。”

“哦。”

秀一对母亲不温不火的态度感到很焦躁。

“不要只是‘哦’啊。和加纳先生好好谈一谈，他说他会帮忙的。”

“是啊，过段时间让我想想。”

“过段时间？”

“总之现在还没到时候。再等等吧。”

“为什么啊？加纳先生也说了，那种男人放在家里，对遥香也很不好。”

“我知道。”

“知道了然后呢？我真是搞不明白！”

秀一心底突然生出一股怒气。虽然知道不该责怪母亲，但还是忍不住脱口而出。

“你不会是还想和那家伙复婚吧？”

话一出口就很后悔，但已经迟了。

友子睁大眼睛看着秀一。秀一做好了被母亲怒骂一顿的准备，但友子只是默默走出了厨房。

秀一产生了强烈的罪恶感。母亲眼中没有愤怒。这一点让秀一最为后悔。母亲的眼中，只有无限深邃的悲伤和疲惫。

吃过晚饭，秀一在房间里做完一天的功课，去了车库。

友子至今没有买车，这也是因为当年秀一的父亲死于交通事故的缘故。去镰仓上班的时候，一直都是坐江之电。

所以，虽然车库的空间很大，足够放下三辆小型汽车，但慢慢却变成了堆满杂物的大仓库。

初一的暑假时，秀一尝试把这间车库清理干净。

他首先花了一周时间，把看起来还能用的东西分出来，摆了个摊位，低价卖给同学和邻居。剩下的大型垃圾，再联系环卫所花钱处理掉。差不多算是收支平衡。

然后秀一又用了两天时间打扫脏兮兮的内部。常年堆积的尘埃让水泥地成了一片漆黑，一开始秀一也不禁束手无策。

他断定一般的方法太费时，决定采取略微激进的手段。秀一把水管拖到车库，将三个水龙头整整开了一天。积累下来的巨量尘土总算被冲刷掉了。等差不多能看见水泥地面的时候，秀一蹚着没过脚踝的水流，再用刷子清洗。

墙壁和天花板倒不是太脏，最难对付的是卷帘门内侧。秀一对它也投入了大量的物力，在洗涤剂、刷子、冲水的轮番攻击下，总算弄干净了。

友子白天上班，看不到秀一奋战的样子。不过走进焕然一新的车库，也情不自禁发出赞叹。只是过了一阵，收到当月的水费账单的时候，倒是发了一通脾气。

母亲预先已经答应过秀一，只要他把车库清理干净，就可以自由使用那个空间。随后的三年间，秀一搬进来各种东西。房间里装不下的大型工作台、能放松的躺椅、冰箱，等等。其中大部分都是别人不要的大型垃圾，捡回来在院子里清洗干净之后放进来的。

也多亏了这样，现在就算到了深夜，也可以调整自行车、画画、改装电脑等等，自由做自己想做的事。虽然熬夜到几点都没人责怪，不过第二天睡眠不足，到头来苦的还是自己。在自己对自己行为负责的原则下，秀一也尝到过好几次苦头了。

现在，秀一正靠在躺椅上，打量车库内部。

靠近卷门的天花板下面，用钩子挂着目前没用的自行车车架。正下方是摆放松下公路自行车的空间。

旁边的墙壁上有道门通往住处，墙上挂着自己画的油画和水彩画。秀一最拿手的是以下雨和落日为主题的风景画。画架上也摆着还没画完的画。画的是相模湾的夕阳，只是画到一半失去了兴趣，也就丢在那里了。

秀一现在坐的地方，内侧放了两张长桌。

对面右边是电脑桌。上面放着三个机箱（其中一个是空壳）、两台显示器、一台打印机、两个音箱。

他把附近人家当作大型垃圾扔出来的餐桌桌脚切短了大约10厘米，在打算摆放重物的里面一半贴上9毫米厚的软垫，外侧贴上软木质的贴纸，充当键盘的防滑垫兼鼠标垫。

左边是结实的工作台。除了一整套正式工具之外，还有老虎钳、线锯、研磨机等等。再旁边是小型冰箱。

内侧墙面上用螺栓固定了三块长杉板，兼做书架和CD柜。上面混放着书籍和CD，还有以前热衷的飞机模型、怪物手办等等。

秀一打开电脑，伸手选了王菲的CD，插进光驱里。

电脑扬声器里流淌出通透的歌声。完美的高音，无愧于亚洲歌后的称号。以前唱的是粤语歌，自从改为普通话之后，仿佛变得更加优雅和动情。虽然两种语言都听不懂，不过反复出现的“我快乐”这一句却让秀一相当喜欢。

打开空的电脑机箱，取出偷藏在里面的波旁酒。深灰色的标签上写着独具特色的I. W. HARPER101。101表示的是标准酒度，换算成酒精度需要除以2，也就是50.5度。和最畅销的40度金标波旁酒相比，还是这种更为浓烈香醇。

把101倒进烈酒杯，从冰箱里取出冰块和冷水，倒进大玻璃杯。先喝一口101纯酒，在口中充分品尝过香醇的味道之后，再用冰水混合咽下。秀一甚至能感受到波旁酒特有的火团般感触落进胃里。

吐出一口火热的呼吸，微醺如约而至。

抽烟的危害太大，秀一不打算碰，不过适度的饮酒能够缓解神经的过度紧张。只要不过量，对健康也不会造成影响，只要是有自控力的人，就算尚未成年，喝酒也没关系。这是秀一的理论。

他扫过书架上的一排书脊。基本上都是国内外的推理小说。本格作品很多，不过秀一从很早以前开始，最喜欢的就是以罪犯的角度描写罪行的小说，也就是所谓的“倒叙派”。

他抽了几本出来，大致翻了翻，没找到什么能供参考的内容。

如果真打算动手，应该看的不是小说，而是相关的专业书籍吧。

虽然也意识到这一点，但具体该看什么专业书，秀一毫无头绪。满大街都是顶着“杀人指南”一类标题的书，实际上应该不可能卖什么真正有用的杀人指南吧。

思来想去，秀一决定还是在网上查查看。他自己从房子里拉了一根电话线到车库。

通过搜索引擎寻找各种网站，秀一一边浏览一边思考，慢慢整理自己的思路。

没有任何大学会开设“杀人学”这种成体系的学科讲座。所需的知识只能根据相应的计划逐一查找。

不过，不管任何情况，唯有一个专业领域是必须的。

法医学。

围棋、将棋之类的动脑游戏，必须预测对手的下一步，才能拟定自己的战术。与此类似，要实施完全犯罪，也必须预先掌握警方的手段。

想到这里，秀一搜索了法医学相关的网站主页，但并没有获得想要的信息。这方面的内容也许只能去书店或者图书馆查阅相关书籍了。

……不过，自己调查这些事情，到底是有多认真呢？

已经喝完了第三杯 101。醉意让头脑有些昏沉。

绝不能让那家伙再这样为所欲为。唯有这点决心不会动摇。

当然，必须从合法的手段开始依次考虑如何实现这个目的。总而言之，首先还是要说服母亲去和加纳律师商谈。

但是，如果最后剩下的选项只有“抹杀”……

秀一叹了一口气。

不切实际的幻想也就罢了。他并不认为自己真的能在现实中杀人。

沉溺于荒诞无稽的想法中，说到底就相当于自慰而已。

认真一点！现实一点！好好想想到底要怎么解决目前面对的问题。

急着想找一个彻底的解决方法，那是天真的小孩想法。想要让曾根迅速从眼前消失，那是做不到的。目标应该是想办法改善状况，让情况变得至少能让人忍受。

那么，目前最应该做的是什么呢？做什么才能在曾根的魔爪下保护家人呢？

一个想法逐渐在头脑中成形。就算一切顺利，也只是治标不治本的办法，但说不定会有很好的效果。

为此，首先需要在网上搜集信息。秀一再度返回搜索引擎的页面，输入自己想到的关键字，开始查阅信息。

就在他开始集中精神的时候，突然吓了一跳。玄关处传来声音。

是曾根。

现在才回来，肯定是今天很走运。如果输了，只会剩下回来的车票钱，不可能这么晚。大概是赌赢了钱，不知道在哪个小酒馆里举杯庆祝狗屎运吧。

秀一侧耳细听曾根用他自己擅自配的钥匙打开门走进家里的动静。

等了一会儿，秀一关上车库的灯，打开门。

家里一片漆黑。二楼走廊里传来曾根旁若无人的脚步声。结实的地板咯吱作响，暗示着他的超量体重。

母亲和遥香应该都在床上听到了这个声音。想象两个人畏惧的模样，秀一有种难以忍受的心情。

曾根打开走廊尽头的房间门，进去了。

秀一又等了一会儿，没再听到任何动静。不久以后，传来激烈的鼾声。

秀一来到尽头的房间外面，静静地关上门。他轻手轻脚下了楼，返回车库。

怒火翻腾。

为什么就因为那种人渣，每天都要过得这么辛苦?

这世上确实存在早死早好的人。抹杀那样的人，不应该受谴责。而且，把有害于社会的垃圾一扫而空，这不是值得赞赏的行为吗？

秀一看了一眼电脑屏幕。还是联网的状态。他想起自己本来正在搜集信息，于是开始再度浏览医学相关的网页。

必要的知识慢慢积累，大致的计划逐渐成型。问题在于如何弄到必需的药物。那种药物虽然不是违法的药品，但市面上并没有销售，通常只能通过医生的处方获得。

思来想去，要买那种药物，好像也只能通过网络。

自从出现过利用网络销售的氰酸钾自杀的案件以来，警方便开始严厉取缔非法贩卖药物的网站。寻找这些被称为“药店”的网站，变得相当困难。以一般的检索方法，怎么也找不到。

秀一用“krac”“krack”“crack”“warez”“糖豆”等流行的黑话做关键词，逐一查阅可疑的暗网、BBS，寻找相关的链接和 URL。

三个小时之后，终于找到了一个网站。那是私人设立的服务器，只能在特定的时间访问。

画面背景一片漆黑，红字标题“K’s Convenience Pharmacy”浮在上面。不知道是什么人在运营这个网站，不过能订购的药物从褪黑素、百忧解、米诺地尔之类的一般药物，到听都没听说过的东西，应有尽有。

秀一飞快浏览庞大的列表。“Cloud9X”“5-HTP”“St. John’s Wort”……里面好像终究没有包括毒药和精神药物，不过却有不少在日本国内原则上必须有医生的处方才能购买的药品。

一个个看下去没有尽头，秀一直接跳到五十音图的“Sa”行。“海藻酸钠悬浮口服液”“盐酸吡西卡尼”“雷尼替丁片”“山地明”……

然后，秀一终于找到了“氰胺口服液”的名字。

他点击“订购方法”。

订购好像可以直接在这个网页上进行，然后通过银行转账将钱转到指定账户，或者通过邮局汇款，在确认收到款项之后两到三天，就能收到商品。

最后还有备注信息：如果将购买的药品在日本国内批发、零售、转卖、赠送，全都属于违法行为。

秀一陷入沉思。这个网站能相信吗？不知道。先付钱的危险在于对方可能不发货，网站本身也可能从此关闭。

如果只是钱的问题，最坏情况下损失也就损失了。但是，订购的时候，被对方掌握自己地址的危险性，却不能掉以轻心。而且最致命的地方是，在接收商品的时候，自己的住址和姓名全都会暴露。

秀一暂且把“K's Convenience Pharmacy”这个网站放进收藏夹里，决定等到解决了这个问题之后再来订购。

像这样的暗网站点，过一段时间不去访问，很快就会消失。秀一试着点了点以前放进收藏夹的一个网址。

本以为早已经无法访问，但是屏幕上却显示出黑白照片。那是一张稚气尚存的初中生的脸。

当年震惊全日本的刑事案件少年嫌疑犯。网页上不仅列出了他的真名，还公开了住址、籍贯等个人信息。

少年法禁止报道未成年嫌疑犯的照片和真名等信息。但在每个参与者都能随意发送信息的网络社会，这样的规定基本上没有任何效力。即使逐一捣毁日本国内的网站，也只是让他们躲到国外网站上去，就像打地鼠一样。

秀一本来对日本的法律抱有疑问，认为不应该仅仅因为未成年就给予优厚的人权保护。既然犯下那么大的罪行，真实相貌被公布出来也是当然的。

但是，现在他却怀着完全相反的观点观看这张照片。

这是个警告。

如果失败，就会像这样公开示众。

如果到头来真需要付诸最后的手段，那么绝对不能发生任何差错。

第二天星期一，放学以后，秀一急匆匆回家，换上便装，然后就迅速出门，乘坐江之电去藤泽换乘小田急线。

到了新宿站，首先在车站的店里买了两种报纸，然后又在广场的摊位上买了斜纹和印花的领带各一条，还有浅色的墨镜。

出了新宿站东口，秀一又找了一家廉价西服店，买了一套最常见的深蓝色西装、两件防皱衬衫。接着又在鞋店买了款式和皮鞋相同的黑色休闲鞋。

在文具店买了简易印章。随便哪个姓氏都行，于是秀一根据自家所在的“鹄沼松冈”，选了“松冈”的印章。和“佐藤”“铃木”之类的姓氏相比，感觉这个姓氏更真实一点。旁边就是药店，秀一进去选发胶。里面有喷雾、发胶、发蜡等各种商品，秀一犹豫了一会儿，决定还是买最容易使用的摩丝。

他把买好的东西塞进背包，然后从新宿站西口离开。走过高楼林立的街头，钻进新宿中央大楼的地下洗手间。这一带他以前曾经来过一次。

全身都换上西装之后，看看镜子，感觉自己还是挺帅气的。用摩丝把头发固定成三七分，再戴上浅色墨镜。没有多余赘肉的脸庞，多少有点过于年轻的感觉，不过看不出是高中生了。

接下来就有点挑战了。秀一走进咖啡馆，开始研究报纸上的广告。

报纸上有不少“私人邮箱”的广告。秀一没有手机，就用咖啡馆的电话联系，姑且先找了四家。

秀一首先去拜访就在新宿的两家。剩下两家在新桥和上野，秀一希望尽量能在新宿弄好。

第一家在西新宿某幢商铺楼的一楼。正面是大玻璃窗，有种房地产公司的氛围。入口附近有一排小型带锁寄存柜。

戴眼镜的中年女性微笑起身迎接。个人使用，每个月 2500 元。汇款单和无法装入寄存柜的包裹可以代收保管，一天 200 元。

秀一很中意这里，但要签约的时候发现了问题。这里需要驾照或者保险证之类证明身份的东西。秀一借口说今天刚好没带，尝试纠缠了一会儿，眼见得女性的态度冷淡下来。秀一断定这里不行，决定放弃。

第二家在各方面都和第一家形成鲜明对比。它坐落在高架桥后面，歌舞伎町的一角。虽然都是同样的商铺楼，但里面的门面种类明显不同。

从只能勉强容一人通过的狭窄楼梯走上去，在二楼乘上犹如货梯的昏暗电梯。在五楼下来，家居般的铁门上贴着一张小小的纸，上面只有文字处理机打出来的公司名。

敲门进去，里面走出来一个叼着香烟的穷酸相男人。下颌用创可贴贴着脱脂棉，看起来就有一种靠不住的感觉。门口附近堆着私人信箱的柜子，通道窄得就像黄鳝洞。

秀一说自己是刚才打电话来的，于是被带进里屋。房间里毫无装饰，只有不锈钢的桌子和两张椅子。桌上扔着铅笔和填字游戏的杂志，似乎刚刚还在玩。

男人默默指了指墙上贴的使用须知。私人信箱的使用费，每月 5000 元。是刚才那家店的 2 倍。其他费用综合起来也是这家店更高。

秀一说自己想签约，男人就把协议放到了桌上。写下伪造的住址和“松冈四郎”这个假名，按下刚才买的印章。付了半年的 25000 元，拿到了邮箱的钥匙。到最后也没让秀一拿出身份证看。

从昏暗的大楼走到明亮的户外，秀一不禁松了一口气，想要伸展身体。

那天深夜，秀一经过两次“跳转”，连接到“K's Convenience Pharmacy”。即使如此也不能完全防止追溯到自己的日志，但这种程度的风险不得不冒。

秀一按照主页上指定的格式，用假名订购了药品，将今天刚刚签订协议的私人邮箱设置为地址。

星期二，学校里发生了一点小事情。

第四节课是选修的美术。学生们前往美术室，各自画各自的课题。大部分都选了比较简单的石膏胸像素描，而有几个有心创作的学生选择用油画描绘美术室窗外的风景。秀一也是其中之一。

美术老师山田，绰号“米洛舍维奇”，上课时间也忙着制作自己面向展会的作品。只要能在限期内完成课题，学生在上课时间跑去哪里他都不管。

由比浜高中的学生都比较认真，虽然老师的监管不够，但也不至于溜去哪里玩。最多是对素描感到单调的学生低声闲聊，或者躲开别班老师的视线，偷偷溜回教室而已。

秀一从洗手间回来，看到纪子手里拿着秀一的画在看。右手还拿着画笔。

“你可别在上面画机器猫啊。”

听到秀一的声音，纪子回过头，一脸受惊吓的表情。不知为什么，耳朵都红了。虽然纪子喜欢脸红，但还是有点怪。搞不好这家伙真想在上面画些乱七八糟的东西吧。

“……我就是看看。”

“我理解你想学习我这个榜样，但是光靠模仿可不会进步。”

纪子把画放回画架。秀一迅速扫了一眼，幸好发现得早，没有遭毒手。

“抱歉，你的画根本做不了参考。”

“水准太高了吧。”

“我承认技术水准确实不错。”

纪子的画笔堪堪点到画布上。笔尖还蘸着浅褐色的颜料。秀一差点闭上眼睛不敢看，幸好纪子的画笔及时转去指向了窗户。

“如果我的眼睛没问题的话，现在外面应该是晴天。”

“你的眼睛有没有问题我不知道，不过换了谁来看，今天的天气都是大晴天。”

“既然这样，为什么你的画里在下雨呢?”

“米洛舍维奇”抬起头，望向这边。纪子捂住嘴，放低声音。

“一直到今天，美术课上从来没有下过雨。”

“你记错了。”

“我没记错!”

“米洛舍维奇”又瞪了这边一眼。纪子安静了一会儿，又开始追问。

“要是拿这样的画给老师看，绝对会被骂。”

“不会的。‘米洛舍维奇’记不得有没有下雨。”

纪子本来又要大声说话，幸好控制住了。看起来还算有点学习能力。她用压低的声音慢慢说：

“其他的画都是晴天，只有一张下雨，不会觉得奇怪吗?”

“……行了，先不说这事。”

秀一忽然想起来，打断纪子：

“你不是不和我说话了吗?”

自从石冈拓也那件事之后，纪子就没和自己说过话。

“我可没说过那种话。”

纪子显得有点难为情。哈哈，原来是想和好。

“哈哈，想和好?”

纪子哑然，说了一句“……笨蛋!”，愤然走开。

到了下课的时间，秀一把画板挂到美术室角落里用铁丝做的架子上，洗了画笔和调色盘，回到教室。

去食堂的路上，秀一看到了纪子的背影。

只有她一个人。她是转学生，在班上还没有特别亲密的朋友。

秀一从后面拍了拍她的肩膀。纪子一脸惊讶地回过头，立刻鼓起腮帮，就像被钓上来的河豚。

“什么事？”

秀一想说点出乎意料的话，但是一下子想不出来。

“去约会吧。”

一点创意都没有。秀一等着纪子惊讶的反应，但她只是皱起眉，直直看着自己。

秀一有点担心。难不成她是真的生气了？

“你说真的？”

秀一刹那间以为自己听错了，随即又反应过来。这肯定是将计就计，先配合自己演戏，最后再让自己出个洋相。

“当然是真的。”

秀一也决定往下演，笑嘻嘻地说。

“什么时候？”

“嗯，这个星期天怎么样？”

“……好啊。”

纪子说完，转身快步走开了。

秀一呆在原地。

就像是自己下的套却把自己套住似的。相扑比赛上被人绊住大腿倒扔出去的感觉。

不过，秀一也没有感到太后悔。为什么呢？心跳稍微有点加快。

这是什么情况？我在开心吗？自己的反应有点奇怪啊。拿纪子当对象……

大门拍了拍秀一的肩膀。秀一终于回过神来。

这一周过得还算平稳。

曾根直到周一都会去横滨，然后从周二到周四都泡在酒精里。从23号周五开始，连续三天去平塚鬼混。这是很早就知道的。

所以秀一从周二开始提高了戒备，不过曾根没有表现出过分的行径。

友子囤了一大批便宜的纸盒装烧酒和烤鱼片，曾根睡醒了就牛饮，喝醉了继续睡，生活倒也挺规律。

难道母亲也在策划完全犯罪？秀一忍不住开始怀疑。曾根差不多是肝硬化的状态了吧，照这样继续下去，迟早会来个食道静脉瘤破裂什么的，去地狱报道（虽然收留他的地狱大概也会觉得头痛）。

但要等到那一天，也未免太慢了。

无论如何，好的曾根隆司就是死掉的曾根隆司。不过像这一周基本上都处在昏睡状态的曾根隆司，也算勉强说得过去吧。

星期五，秀一放学回到家，曾根不在家里。果然和预想的一样，他从今天开始去平塚了吧。

秀一松了口气，放下书包，换上便装，乘坐江之电去了藤泽。遥香拜托他去锁店买门锁。

回到家，一家三口人吃晚饭的时候，响起了曾根回来的脚步声。今天好像运气不错。友子在曾根的房间里备好了酒菜，得以避免在厨房碰面。

到了11点半，秀一悄悄去看了曾根的情况。他已经呼呼大睡，鼾声大作了。看起来不像是装样子，不过还是叮嘱遥香有事情立刻用PHS[1]联系，又补充说锁好自己的房门，绝对不要开，这才外出。

明天是第四个星期六，学校不上学。第二天是休息日的星期五和星期六，要从半夜0点到凌晨5点，在便利店打工。

“心连心”便利店是中型连锁企业，但也有一部分怀着梦想的人加入开店，结果却失意关门。所以人们又给它起了个“心碎”的绰号。讽刺的是，店铺商标就是一箭射穿两颗心的图案。

秀一推断，很多连锁店之所以惨淡经营，是因为贵到吓人的加盟费差不多占去了营业利润的一半，而本部又不提供任何支持。

鹄沼店的经营也相当吃力，不过总算还能支撑。话说回来，秀一轮值的深夜时段里，来买东西的客人非常少。本来还不如缩短营业时间，但协议上有规定，自己不能做主。虽然站在秀一的立场上说，时薪高，又轻松，其实没资格抱怨。

“栉森，接下来就交给你了。”

店长神崎先生叠好带有心形图案的围裙说。

“好的。”

扫了一圈，店里的顾客只有一个蹭杂志看的上班族，还有一个在挑选打折便当的老人。在这个时间段只有这么点人，不禁担心是不是快关门了。尤其是每天过了半夜3点就进入到“风平浪静”的状态，直到第二天早上供货卡车开来为止，简直连一只蚂蚁都没有。

---

① Personal Handyphone System，个人手持式电话系统。一种在日本时兴起来的通讯技术，中国的“小灵通”大多使用此技术。——编者

“今天夜里也要麻烦你一个人了。”

神崎露出抱歉的表情。他的上唇蓄了胡子，才刚4月就晒得黝黑。

“啊，没关系，反正也轻松。”

“我和老板说过几次，夜班不能总是一个人。尤其你才17岁，说起来本就不应该值夜班……可是老板夫妻也快过劳猝死了。老板娘的风湿病又一直在犯。按照现在的经营状况，也实在请不起更多的人了。”

神崎慎太郎店长是由比浜高中的学长，很照顾学弟。他今年29岁，还是独身，嗜好冲浪。他单手提着冲浪板骑车的技术已经超越了单纯的杂技范畴，堪称神技。

“没人会来这一带抢便利店嘛。”

“也对，没人会拿咱们这种卖不了几块钱的店当目标。旁边就是罗森、全家、711什么的。”

“对了，有件事情，不知道怎么开口……”

秀一开口说起自己之前一直想说的事。

“我想请一段时间的假。”

“哎？怎么了？”

“嗯，家里有点事情，而且晚上想尽量留在家里。”

“嗯，嗯，是吗。有点不好办，突然间找不到人接班啊。”

神崎一脸苦色。

“就一段时间，应该没事的。”

“嗯，因为有你在才放心啊。电脑也很熟。”

便利店里的电脑用的是WindowsNT和98，有时候还需要打工的秀一来指导店长和老板怎么用。

“能不能再想想？另外你有什么问题也可以说说，我看看自己能不能帮忙？”

“……其实也没什么。”

神崎一直很照顾自己，他这么拜托，自己也不好意思拒绝。结果这天晚上没有得出结论。

夜更深了。今天和往常一样，顾客稀少。

很闲。

工作手册上规定了没有顾客时应该做什么。秀一麻利地清洁打扫、整理商品之后，就没什么事情可做了。本部的手册似乎也没考虑到会闲成这样。

与其白白浪费时间，不如做几道函授习题。但是监控录像在盯着，也没办法这么做。装摄像头的一半目的也是为了防止店员的懈怠和监守自盗。

没办法，秀一决定去调整杂志的摆放。杂志书架不仅面向便利店内部，也有对外的展示功能，秀一发挥自己的色彩感，用心提升展示效果。虽然也觉得大半是在对牛弹琴，但总比无所事事要好。

拿起杂志的时候，外面传来巨大的发动机轰鸣声。

透过玻璃，大型摩托车的轮廓映入眼帘。骑在上面的是一个戴着全罩头盔、身穿黑色T恤和牛仔裤的男人。

那人下了摩托，依旧戴着头盔，朝店里走来。

不会是来抢便利店的吧？

秀一小跑回了收银台。

自动门打开，来人继续戴着头盔走进店里。

“这位客人……”

秀一说话的同时，也握住了预备在柜台下面的金属球棍。如果对方亮出刀子，就靠武器的长度差异先发制人。

“在店里请摘下头盔。”

来人慢慢转向秀一的方向。出现在头盔下面的，是一张熟识的脸庞。淡淡的眉毛，双眼皮，下垂的眼角，细而尖的鼻梁，染成褐色的短发。

“……石冈？”

秀一的手放开了金属球棍。石冈拓也四下打量着走过货架。

“怎么了？好久不见。”

“你穷得出来打工了。”

“不行吗？我可不像你，我家没钱。”

石冈拓也没有笑。他拿起“正宗横滨中华街便当”“北海之味·海胆鱼子饭”端详一阵，又很嫌弃地放回去。

这家伙为什么来这种地方？石冈家去年搬去了镰仓的梶原，骑摩托倒也不算很远，但应该没有原因让他来这里。

“最近你都没去学校啊。”

“学校？去也没用。”

“但我在学校附近倒是经常看到你。”

“……你看错了。”

午休的时候，秀一经常在学校附近看到拓也的黑瓷涂装摩托车。本以为他是怀念老朋友，但他总是保持距离，连话都说不上。不过看起来他自己并不想提这件事，秀一也没有追问。

石冈拓也回避着秀一的视线，在店里走来走去。

这家伙到底来这里干什么？秀一很奇怪。他应该不是偶然路过，而是带着目的来的。但是秀一没有询问，只是注视着他。眼下这个时间，他既是唯一的客人，又是好久不见的老同学，也让秀一有些高兴。

“你精神不错。”

拓也一言不发。他没有停步，一直在店里来回走动。

“家里人都好吗？”

拓也的脚步陡然停下。

“……那些人渣，”拓也恨恨地说，“死了才好。”

“是吗？但如果真的死了，也有很多麻烦事吧。”

“恨不得杀了他们。”

拓也第一次和秀一视线相交。

“要不是你多管闲事，我早就杀了。那一回……”

秀一笔直迎上拓也的视线。拓也瞪了秀一半晌，终于移开视线。

“现在还是处不好？”

拓也转过身，不理会秀一的问题。

“那再来一回就是了。像上回那样。”

“闭嘴！别人家的事，轮不到你指手画脚！”

拓也激动地大叫。

“你知道那一回我后来吃了多少苦头……”

拓也的话卡住了。

“行了，那个还我。”

“不行。”

秀一冷冷地说。

“别他妈耍我。那本来就是我的刀！”

“不高兴你去报警啊。现在还给你太危险了。”

拓也发出喉咙卡住一样的声音，把手里的商品用力砸到地上。

塑料包装裂开，奶油和布丁的碎末飞溅开来。

拓也戴上头盔，转身出去了。

秀一等到拓也的摩托车留下爆破声消失，这才去收拾地上的残骸，然后在收银台扫了包装上的条形码，付了对应的钱。

第三章

龙恋之钟

醒来已经是中午。秀一及时在闹钟响起前按掉了。

做了个讨厌的梦。

近来他经常梦到自己杀了人。杀人的过程已经结束，正在头痛如何处理尸体。大块大块的肉不知道怎么收拾，只得都藏在车库里，但到了夏天大概就会发出尸臭，必须尽快切碎，一点点运出去。梦里他真心为这事情焦急。

奇怪的是，杀人的事应该还没暴露，但警方的搜查行动却快速展开。那股气氛分分秒秒传递过来。

突然间场景变换，秀一正在 134 号公路上骑车。速度稍快就会遇上强有力的逆风，把自己推回去。秀一带着无限的悔恨和恐惧，拼命向前。本应该十分坚固的自行车车架，犹如橡皮泥一样扭曲软化，最后双腿落到地上，再也无法骑车……

意识到这是一场梦的时候，秀一既觉得自己太蠢，又有种发自内心的释怀。

意识还不是很清醒。在便利店值过夜班之后，秀一总是睡到 6 个小时左右就会醒，非常困倦。但是难得的休息天，他也不想把时间一直浪费在床上。

秀一打起精神起床，大大伸了一个懒腰，驱赶心中残留的不快感。窗外依旧是乌云密布的天气，仿佛马上就会下雨。

他和平时一样仔细刷过牙，快速冲完澡，坐到午饭的餐桌上。

瘟神今天也在平塚吧。最好他能因为一点鸡毛蒜皮的小事，被那些同样的人渣捅死。

午饭是炒饭。米饭的色泽度绝佳，鸡蛋的蓬软度绝佳，火腿丝和碎葱花的焦灼度也绝佳。外观果然一如既往地完美。不过秀一心中暗想的是，自己做的炒饭，虽然相比之下外观惨不忍睹，但至少味道要好一点吧。

吃饭的时候，秀一注意到遥香很少说话。

“是不是身体不舒服?”

在回二楼房间前，秀一问了一声。遥香默默摇了摇头。

“昨天晚上是不是出了什么事?”

今天早上回家的时候，大家当然都在安安静静睡觉。秀一认为如果有事情发生，会打电话联系自己，于是也就去睡觉了。

“那个……也没什么大事。”

“好了，告诉我。”

“昨天夜里，我想上厕所，开门的时候……”

遥香不安地摆弄门把手。

“然后，他就站在那里……”

“他”指的是谁，没必要问。住在同一个屋檐下，肯定会有毫无防备的刹那。要尽快想个办法。

“然后呢?”

“然后我马上关了门，反锁上了。”

“后来还发生了什么吗?”

“嗯，过了一会儿，有人敲门。”

“他敲的门?”

“嗯，我想是的。”

“后来呢?”

“……就这些。我没理他，后来就没声音了。”

那个混蛋到底想干什么？秀一心中同时涌起激烈的愤怒和疑问。难道他这一把年纪了，真想对这样的孩子下手?

遥香大概是为了掩饰内心的不安，不停地用指甲去挠门把手。

“……总之光靠这把锁不够。昨天我在锁店买了新的门锁，现在就给你装上。”

“真的？太好了。”

如果他一直躲着等遥香出来，多少锁也没有用。不过眼下至少可以稍微减轻一点妹妹的不安。

秀一从车库拿来工具箱，给遥香的房间门装上新的弹簧锁。连接螺栓的金属部件强度有点不够，于是秀一用电钻在墙上开孔，拿螺丝加上新的金属件加固。

房门的年代久远，不过门板是用厚厚的一整块榉木制成，铰链也非常结实，就算彼得・阿兹[1]也没那么容易踢破吧。

遥香一脸开心的样子，反反复复试了好几次门锁，盯着沉重的卡栓伸伸缩缩的样子看。

---

① Peter Aerts（1970— ），著名荷兰踢拳运动员。——编者

怜惜妹妹的情绪涌上心头。

总而言之，不能就这样放置不管。还需要能传到车库的报警器，最好还需要高压电棒、防狼喷雾之类的东西。

明天去秋叶原或者新宿找找看吧。想到这里的时候，秀一记起自己已经有约了。

星期天是个晴朗的好天气。按照电视里的气象预报，热带低气压减弱而变成的低气压停留在关东周边，从下午开始天气可能会再度变化，但至少放眼望去，湘南的天空还是一片湛蓝。

很受当地中学生欢迎的汉堡王就坐落在可以眺望江之岛大桥的位置上。这个地方本来一直都是生意兴隆的麦当劳，昵称“江之岛麦麦”，然而去年的某一天，突然换成了竞争对手的店铺，原因着实成谜。

纪子坐在二楼靠窗的座位上，眼尖地看到了秀一，朝他挥手。

秀一走上楼梯。

“哟，很早啊……”

说到一半停住了。

“怎么了？”

“啊，没什么。”

很少看到纪子身穿便服的样子，秀一不禁吃了一惊，但是这话可说不出口。

而且这家伙在想什么啊？从上到下一身白，搞得像是少女偶像一样。不管怎么说，头上戴一顶纯白的贝雷帽，这也太夸张了。

现在整个店里都在用异样的目光注视着这里。偏偏自己随便穿了件米色衬衫和休闲裤，太不搭配了。

“……好了，走吧。”

“等等。”

纪子慌忙把草莓奶昔喝完。

“去哪里？”

纪子笑嘻嘻地问。如果一直都是这个态度，倒也挺可爱的。

“这还用问？你以为为什么要约在这里？”

“嗯？”

“那边啊。”

秀一指向窗外的江之岛。从这里望去，江之岛就像是郁郁葱葱的绿树林。

“哈哈哈，别开玩笑了。好了，说真的，去哪里？”

“江之岛。”

“骗人。”

“我干吗骗你？”

“可是……”

纪子巧妙地眨动眼睛，表达出“怎么会想要去那里？”的意思。

“江之岛有什么不好啦。湘南著名的观光地，不少人还特意从东京赶来玩。”

“那是外地人嘛。我们当地人跑去江之岛干什么呀？”

“这就是盲点啊。你上一次去江之岛是什么时候？”

纪子想了半天。

“是吧？嗯？嘴上说得热闹，其实没怎么去吧。肯定会有新发现的。好了，就这么定了，江之岛！”

其实是不想走太远，希望找个尽可能近的地方解决。当然，这一点就算撕开他的嘴也不能说。两个人走出汉堡王，穿过134号公路的地下通道，走上步行者专用的江之岛天桥。

几只黑鸢在天空中盘旋。湘南的天空总有黑鸢和乌鸦争夺制空权，不过争强好胜的乌鸦似乎也害怕大个的黑鸢，在黑鸢聚集的地方，并不敢太靠近。

纪子抬头望天。

“这一带的黑鸢有点吓人。像是希区柯克的《鸟》。”

“好像那些店会给它们喂食。”

“哎？”

“你不是当地人吗？”

“可我家在北镰仓啊。”

“哦。”

“干吗啦？超恶心的。”

“而且学校周边也有黑鸢吧？”

“但是，你没觉得有点不一样吗？这边的种类不一样吧？”

“我说，直线距离只隔了5公里吧？”

“啊，可是，这里已经不算镰仓了。是边界的哪个市吧？”

“……抱歉，藤泽是农村。”

“不是这个意思啦。不过你看，我家在北镰仓嘛。”

两个人拌嘴似的聊着天一路往前走，秀一感到自己的烦闷心情慢慢纾解开来。来之前原本没什么兴趣，现在却判若两人了。

天气难得这么好，身边还有一个会让路人频频回头的美少女。只要她不开口说话，客观而言，这也算是令人艳羡的状况吧。

大概也是星期天的缘故，随处可见情侣或者一个个家庭出行。

穿过青铜鸟居，走上两边都是土产店的陡坡，便来到了江之岛神社。这里张贴着男女的厄年一览表。纪子毫无兴趣，正要走过去，秀一却站住了。

“怎么了?”

“不好，你看。”

秀一指向女性厄年那一栏。

“明年你 18 岁吧? 那就是说，考大学的时候刚好是小厄年。真可怜。照这样看，重考一次差不多是免不了的了。”

纪子愣了一下。

“是吗……这一届的高中生，大半不都是吗!”

“说的也是。”

纪子奇怪地穿了一双高跟鞋，爬上陡坡就已经很吃力了，于是去坐了号称“江之电”的带顶棚的扶手电梯。

“要是‘纳尔’，大概半路就摔下去了。”秀一嘟囔说。

下了电梯，纪子问：

“我说，以前就想问，为什么管宫地香织叫‘纳尔’?”

“什么，你还不知道?”

“一点也不知道。还有，为什么杉山大辅叫‘四郎’，B 班的窪田诚叫‘三岛’，还有叫他‘渣’的……”

“哦，没人告诉你啊。你的朋友还真少。”

“才不是呢! 只不过问到这个的时候，大家都是一脸厌烦，避开不提。”

"你问了谁?"

"哎? 杉山他们……"

哪有直接问当事人自己的道理。秀一对纪子的脑回路十分无语,但作为起绰号的责任人,秀一还是一边走一边给纪子上课。

"'四郎'来自'狂眠四郎'。"

"狂眠四郎……?"

好像听过这个名字,但是想不起来具体的形象。

"杉山的成绩一直都是全年级顶尖,大概每天晚上都学习到很晚。初一的时候,能从第一节课一直睡到第三节课,特别厉害。上课过程中都能这么疯狂睡觉,所以就叫狂眠'四郎'了。"

"……"

"都说到这儿了,'纳尔'的意思你明白了吗?"

"说到哪儿了呀,我怎么会明白……不过,大概是'自恋狂'narcissist的简称?"

"不不不,这显然是'嗜睡症'的英语简称嘛。"

"嗜睡症?"

"Narcolepsy。不分时间和地点,突然入睡的疾病。那家伙也是随时随地都能睡着。再严厉的老师上课也照样睡觉。失眠症患者真是羡慕得要死啊。"

"……你们班初一的时候,上课全班都在睡觉?"

"当然有人醒着。你动动脑子行不行。如果没人醒着,谁知道谁在睡觉?"

"是是是。我明白了。你说的没错……那,'渣'同学呢? 他也睡觉?"

"不是,他醒着。前提是锻炼没有太辛苦的时候。"

窪田诚长得非常高，从初一开始就是排球队的正式队员。

"'渣'啊，一开始是叫'盖渣'，但是和'盖茨'容易搞混，就只喊他'渣'了。"

"'盖渣'是什么意思？"

"'盖渣'源于'占星师'，Stargazer。"

"'占星师'？科幻动画什么的？"

"不是。你知道'渣'长什么样吗？"

"不知道……只听过他的名字。"

"初一的英语辅导书上有一种鱼叫'占星师'，那个照片和他很像。特别是眼睛朝上翻的表情。在日本，那种鱼叫做'三岛虎鱼'，管他叫'三岛'也是这么来的。"

"眼睛向上翻……"

"青蛙或者弹涂鱼那样的。"

"可是，一个人长成那样……会是什么长相……"

纪子一脸困惑。

秀一发现纪子困惑的表情尤其可爱。

他想起大约一年前她的样子。那时候被她狠狠一瞪，心里就会七上八下。现在完全换了一个人。

第一次见到福原纪子，是在初三换班的时候。当时的她一头褐色的卷发，精致的妆容，尤其是那双宛如护膝的泡泡袜，给他留下深刻印象。

她在班级里特立独行，许多同学明显都怕她。据说放学或者周末，她会特意乘电车去涩谷，和朋友在那边玩。甚至有流言说她可能在搞援交。

更可信的消息说，纪子的父亲是一流商社的精英，但是喜好女色，家里一直吵架。后来她母亲也像是报复似的搞外遇了。在那样的环境影响下，初一时候听话认真的纪子，也逐渐变成不良少女了。

秀一第一次见到纪子，不知怎么就觉得她表现出来的是伪装。实际上应该是更为优雅的女性吧。秀一觉得，那是因为她害怕受伤，所以封闭在满是棘刺的外壳中。

秀一有时候会把自己的想法随意说出口，现在也是这样。有一次他一不小心脱口而出："福原其实是个很有女人味的温柔女生吧？"

听到的同学都目瞪口呆，而反应最激烈的却是纪子本人。她一脸惊慌失措地别开脸，连耳朵都红了。

有趣。这是秀一的第一印象。很有趣。

脑海里浮现出"达辛妮亚"这个名字。

那是《堂吉诃德》的故事。主人公堂吉诃德幻想自己是骑士，把廉价酒馆里的妓女阿尔东萨当成名为达辛妮亚的高雅公主，后面便尊称她为达辛妮亚，恭敬对待。当然，阿尔东萨先是摸不着头脑，又觉得他是在讥讽自己，对他破口大骂。

不过，后来发生了奇妙的逆转。

堂吉诃德经过治疗，失去了幻想，同时也失去了生存的动力。当他在床上濒临死亡的时候，赶来看他的是阿尔东萨。而且她说自己就是"达辛妮亚"，努力唤回堂吉诃德的幻想……

人这种东西，只要每天都有人和自己说同样的话，大概就会信以为真。尤其是当那和自己潜意识中的愿望一致的时候。

从那之后，秀一每天都会找机会和纪子说话，同时避免那些容易夸赞奉承、让人误解自己别有用心的话语。仅仅是普普通通地聊天，不着痕迹地强调“真正的”她不是不良少女，而是内心温柔的女孩子。

纪子和预想的一样，表面上很不耐烦，表现出抗拒。但是，她内心的动摇却反应在态度和表情上。特别是知道秀一完全不在乎周围人反应的时候，她似乎十分惊讶。

秀一也知道纪子开始被自己吸引。对于这种玩弄人心般的行为，他也不是没有丝毫愧疚的。毕竟自己所做的事情，本质上和洗脑实验没有区别。

不过，至少秀一确信，这个实验是在将她引向“正道”。再后来，随着每天都在说同样的话，秀一也慢慢分不清这是实验，还是自己真的这么想了。

一年后，两个人迎来了出乎意料的离别。初中毕业以后，纪子去了关西的高中。据说是父母离婚，纪子搬去了母亲的娘家神户。

道别的场景很简短。

纪子的服装与发色和一年前差不多。但她的眼神要比以前温柔许多。

以后会有机会再见的，秀一说。然而纪子沉默不语。不过最后在出教室的时候，她回头望向秀一。秀一感到那双眼睛里有某种东西在闪光。

就这样，“达辛妮亚效果”的实证实验无果而终……秀一以为。

直到一年后的本月初，纪子突然转入由比浜为止。

背景是纪子的父母复婚了。纪子搬到父亲所在的镰仓，接受了特别的转入考试。再怎么特别，要进入学区内排名第二的由比浜高中，在关西肯定下了相当的苦功去学习。

于是时隔一年，秀一再次看到纪子，对她的改变大吃一惊。

都说士别三日当刮目相看，可女士的改变岂不是更甚于此吗？

纪子把头发重新染黑，穿着整洁的校服登场，宛如学生手册的封面模特。与秀一眼神相交的时候，立刻转过头去，而黑发间露出的白皙耳廓却又红了。

那时候，秀一的心猛地一跳。

“你怎么走神了？是不是吃了什么奇怪的药？”

纪子伸手在秀一眼前晃了好几次。

“嗯？”

“你以前咬牙切齿不知道在想什么的样子挺可怕的，现在这种呆呆望着远处傻笑的样子也很诡异。”

“反正不管我怎么样，你都有意见。”

“喂喂，走这边啦。”

不知什么时候，纪子走到前面去了。石板台阶上的缓坡前竖着一块告示板。

新胜地、江之岛。恋人之丘入口……龙恋之钟？以前来的时候好像没有这样的东西啊。

“我说，那边更好玩吧？”

“不行。这边。”

纪子不理秀一，自己领先往上走。秀一也只好跟在后面。

两个人来到可以一览大海的地方。

这里距离海岸不远，不过放眼望去，不知怎么就有种相模湾连接太平洋的感觉。岛上的这一边几乎看不到乌鸦和黑鸢。海面看似平稳，但往悬崖下看，海浪连绵不断地拍打在岩礁上，碎成满眼的白沫。

山丘凸出的顶端建了一幢小小的钟楼，只有两堵墙壁和一片屋顶。屋顶上刻着“龙恋之钟”几个字，下面垂着一盏小小的吊钟。

一对大学生模样的男女像是说起了什么笑话，一边笑一边共同敲响了钟。音色出乎意料的清澈。两个人朝秀一他们这里看了一眼，下去了。

秀一出声朗读钟楼导览板上的文字。

“当年，镰仓的深泽山中有无底沼泽，其中住了一条五头恶龙，村民深受其害，被迫献出幼儿做贡品，因此这里被称作子死越……哦，原来‘腰越’这个名字是从这里来的啊。”①

学到了一个知识。秀一点点头，转身要走，纪子抓住了他的背心。

“你别念到一半就跑啊。后面可是个完美结局。”

没办法，秀一只能继续往下看。简单来说，就是有一天海上乌云密布，天摇地动，天女现身，于是便诞生了江之岛。五头龙因天女的美艳一见钟情，开口求婚，但因为作恶多端而遭到拒绝。从此以后，五头龙改过自新，终于和天女成婚。

“这也太莫名其妙了。”

秀一当即批判。

“什么奇怪了呀。只是传说而已，就算有点不合常理，不也

---

① 古代日本将沿海地区的东北部称为“越”。“腰越”在日语中的发音和“子死越”相同。——译者

是正常的吗？”

“就算按传说的标准看，这也太乱来了。恶龙干了那么多坏事，不但不用赎罪，还能轻轻松松和天女结婚？”

“有什么关系啦。放下屠刀立地成佛嘛。”

纪子偏要袒护恶龙。

“更奇怪的是，这个故事本来是要解释江之岛怎么诞生的吧？可是江之岛和整个故事一点关系都没有啊。”

“行了行了，别纠结这些小事了。”

纪子强行压下秀一的疑问。

“重点是，来到这里的男女，一定要共同敲响这口钟。不然的话，五头龙的可怕诅咒就会降临。”

“导览板上哪里写了？”

纪子来到吊钟下面，握住绳子。

“来，你也抓住。”

没办法，秀一只能一起摆动绳子，敲出比刚才那一组更响的声音。

“好，这样就 OK 了。以后只要两个人当中的一个人说谎，或者做了什么不能告诉对方的事，这口钟就会自动响起来，提醒另一个人。”

“所以到底哪里写了这些东西啊。”

纪子的表情突然认真起来。

“我有一件事想问你……可以吗？”

秀一条件反射性地想说“不行”，但纪子的认真态度让他不由得点了点头。心跳稍稍快了一些。

“……是石冈同学的事。”

秀一发现自己心里非常失望。

“要问那件事啊。”

“对不起。可是我真的很想知道。”

秀一双手扶在铁栏杆上，俯视相模湾。太阳还是和刚才一样照着，海浪略微大了一些。云好像也多了。

“前几天也问过，有人说你挑唆石冈同学去殴打他的父母和哥哥，这是真的吗？”

“这种说法，算是真的吧。”

“为什么？”

秀一叹了一口气。这件事情本应该一直藏在自己心底的。但是，他不能忍受自己再被她继续误解下去了。这也是一种自私吧。

“拓也计划拿刀刺杀他的父母和哥哥。”

“哎？”

纪子大吃一惊。

“而且不是想想而已。他是真的打算动手。我很早就认识他，相当确定他要干什么。他搞到的刀看上去不起眼，可是杀伤力很强。所以我把刀拿走了。但是光拿走刀还不够。他肯定会用别的凶器。所以……”

“所以你让他去打人，不要杀人？”

“那家伙的力气不至于打死人。空手去打，就是常见的家庭暴力而已，也不至于无可挽回。”

“可是……难道就没有别的解决方法了吗？”

“那家伙心里积累了太多对他家人的怨恨，眼看就要爆发了。所以怎么都要让他发泄一下，放点气出来。”

纪子陷入沉思。

幸好纪子没有追问自己是怎么说动石冈的，这让秀一心里松了一口气。要是她听了方法，肯定也会联想到她自己。

秀一每天都向石冈洗脑。

你父母只喜欢成绩优异的哥哥，不把你这个成绩差的弟弟当人。这么烂的父母，当然应该打一顿。你哥哥就像是父母的应声虫，也应该狠狠揍一顿，说不定能让他正常一点。

但是，如果动用武器，他们只会笑你没种，不用那样的武器就不敢反抗。靠双拳打倒他们，才是真正的胜利。要收拾那些家伙，本来就很轻松。人的脸庞只是骨头上面盖了一层薄薄的肉，弹性十足。充满力量的一拳打上去，肯定很过瘾……

秀一心中也有一点期待，说不定能够一次性解决呢。通过诉诸暴力这样的最终手段，父母也许能够意识到拓也在家里承受的痛苦。

但是，看前天出现在便利店的拓也那副样子，事情的进展并不顺利。拓也只是因为使用暴力受到惩罚，至于他为什么要那么做，没有任何人去想一想。

那么，挑唆拓也去打家人的激烈手段，错了吗？

不，不是的。那是紧急避险的行为。看到有人要跳崖，无论如何总要先把他拉回来才对。指责说拉他回来并不能从根本上解决问题，这是没有道理的。

纪子开口了。看来她终于得出了自己的结论。

“我不能说你的做法不对。”

秀一点点头。

“但是，我还是认为，暴力无法解决任何问题。”

纪子正要继续往下说，秀一拦住了她。

“这是同义反复吧。”

“什么意思？”

纪子一脸茫然。

“你不是从一开始就定义这是‘暴力’了吗？‘暴力’的意思就是不正当地使用力量，对吧？而解决问题的力量当然不会是不正当的。”

“但我想说的是……”

“少林拳中有这样的说法：无力量的正义是无力，无正义的力量是暴力[①]。带有正义的力量，才能最有效地解决问题。说到底，除了力量，还有哪里能有实质性的解决方法？”

“……”

“当年，欧洲到处都是恐怖袭击，于是美国轰炸了利比亚。虽然全世界都批评那是国家恐怖主义，但恐怖袭击确实大幅减少。伊拉克进攻科威特的时候，也是依靠多国联军的军事力量击退了伊拉克。南斯拉夫估计也是同样的情况。”

“美国做的事情全都正确吗？”

“我可没那么说。比如在广岛和长崎投下原子弹，就和纳粹的集中营一样，都是人类历史上的污点。那明显是多余而且残酷的暴力……但是，话虽然这么说，力量的逻辑本身却并没有问题。在现实的世界里，天真的和平主义很多时候并不适用。对于不讲道理、无法沟通的对象，除了以力服人，还能怎么办？就看今天的日本，你不觉得满大街都是人渣，活着还不如死了好吗？”

---

① 这两句话没查到中文出处。——译者

秀一停住了口。纪子目瞪口呆。

“……你不会是被吓到了吧？”

“有一点……”

自己怎么突然这么亢奋？秀一有点不知所措。自己心里一直压着曾根的问题。每次想起，都会怒火中烧。

“不说了吧。今天来这里又不是为了搞辩论。”

曾根的事情也会在潜意识中影响这段本应快乐的时光吗？

“对不起。怪我提起了石冈同学的事。”

纪子吐了吐舌头。

“不过，第一次约会的时候，一般不会热烈讨论国际政治的话题吧？”

曾根的旁若无人，简直就像是在试探秀一忍耐的极限。

他坐在客厅的老板椅上，读着报纸，就像是在自己家里一样悠然自得。看到他这副样子，秀一感到一股难以言喻的不快。

幸运的是，曾根似乎并不喜欢客厅的简洁品位，更喜欢待在二楼尽头的房间里。

但是最近他常常敞开房门，又擅自把厨房的CD机拿过去，半夜里也用大音量播放歌曲。那个房间里还供奉着祖父母的神龛，本应该是神圣静谧的场所，现在却成了栉森家里最让人忌讳的地方。

秀一和遥香极力缩短停留在二楼的时间。学习也会去客厅或者车库里。只有在睡觉的时候才会回自己的房间。

遥香会找各种借口尽量延迟睡觉的时间，所以睡眠不足，脸色很差，但友子和秀一都明白她的心情，也不好劝她早点睡觉。

上二楼的时候，遥香一定会要秀一陪伴。秀一会一直陪着她，直到妹妹进到房间锁上门为止。想上厕所的时候，遥香会敲三次秀一那边的墙壁。

但是，不管秀一怎么当心，要想 24 小时保护遥香，也是不可能的。

星期二的傍晚，秀一刚巧先回了房间，遥香在后面上楼的时候，很不走运地撞上了从里面出来的曾根。

遥香腿都软了，不过还是想从曾根旁边穿过，逃回自己的房间。可是曾根堵住了她的去路。

“你回来了也不和爸爸打声招呼?”

低沉的威吓声连秀一都听到了。他顿时从房间里猛冲出来。

“喂，你在干吗?”

秀一的声音让曾根慢慢把庞大的身躯转过来。四四方方的大脸。视线落在秀一手里拿的东西上。

秀一看看自己的手，这才发现自己下意识地抓起金属球棒出来了。纯属偶然导致全面对决。秀一当即下定决心。

“我问你在干吗？说啊!”

这时绝对不能退缩。只有战斗。

“哥哥……”

遥香的声音快要哭了。

曾根面无表情。轻蔑地瞥了秀一一眼，再度凑近遥香。

“混蛋……!”

秀一向前踏出一步，曾根猛地转回身。

“干吗？你个兔崽子鬼叫什么?”

视线的高度相去甚远。八字眉下面的眼睛闪着黄色肉食兽般的光。

秀一暗骂自己心中升起的胆怯。现在要是退后，那就完了。要战斗。他用满是汗水的手握紧金属球棒。

“别打遥香的主意！你这……变态老头！”

本以为曾根会怒气冲冲地过来揪住自己，没想到他嗤笑起来。

“老爸教女儿礼貌，有什么不对了？是你想歪了吧？”

“什么？”

“哈，色色的小鬼，像发情的野狗一样，整天跟在遥香屁股后面，你是想上她吧？嗯？想上就说啊？”

什么？这家伙在说什么？秀一脑子一片混乱。是想激怒我，让我先出手吗？

不过，现在我可不会输。挥起这根球棒，分出一个胜负。等等。他是不是就在等我这么做？躲开球棒，或者抓住棒子，然后近身和我肉搏？

要是这个打算，自己也有办法应对。拿球棒朝他的脑门砸下去的同时，身子也撞过去，伸腿绊他，让他从楼上摔下去。一个醉鬼的反射神经，应该跟不上自己的速度。而且这个角度也不用担心波及遥香。

杀了他。

要是从楼梯上摔下去，可以当做意外事故。这家伙的血液里应该能检测出高浓度的酒精。妈妈和遥香绝对会和我的说法保持一致。

现在就是机会。

秀一竖起球棒。曾根脸色一变，似乎感觉到了杀气。他朝旁边移动，像是要探探虚实。于是曾根和遥香就站在了面对秀一的一条直线上。

糟糕。这样就不能用身体撞了。

那就做个假动作，敲碎他的膝盖。

这样大概不能算作意外事故了。但是，为了保护妹妹，也能算正当防卫吧。就算不行，自己还有少年法做后盾。就算杀了他，也不会判死刑和无期。

“你这兔崽子……来真的?”

曾根吼了一声。

明明已经下了决心，可是偏偏一步都踏不出去。最后的一步。往黑暗中去的一步。成为杀人犯的一步。到了这个时候，常识和良心还在碍事吗？或者说，是我还在害怕这个人渣吗？

一触即发的胶着状态。不行。照这样下去，握球棒的手会累，反而会被他趁虚而入。只能在自己占优势的时候先发制人了。可是……

看到秀一没有动作，曾根的表情又有了变化。明显比刚才从容了。

“怎么了，小兔崽子？刚才的耀武扬威去哪儿了？哈，该不是尿裤子了吧。”

秀一目不转睛地瞪着曾根。这个人渣，凭什么待在这个家里？这个流氓，寄生虫。心底腾起的熊熊怒火点燃了全身。金属球棒像是即将上阵的武士般微微颤抖。

“哥哥，不行!”

遥香大叫。

就在这时，下面传来什么东西掉在地上的声音。买东西回来的友子，把袋子丢在地上。她惊慌地跑上楼梯。

“怎么了？你们快住手！住手！”

友子插进秀一和曾根中间。

“秀一！放下球棒！”

秀一没有动。他被曾根瞪着，身体僵硬。

友子又向曾根转过去。

“你也住手！违反约定了！”

约定？什么约定？秀一茫然地想。

“我什么都没做。这个小鬼突然叫唤着冲出来。脑子坏了吧。”

曾根若无其事地撒谎。

“反正都住手吧，求你了。”

友子拼命恳求。她从挂在臂弯里的袋子里掏出钱包，数也没数就抽出几张钞票，塞进曾根手里。

“拿上钱去散散心。”

曾根用鼻子嗤笑了一声，像恶鬼般狠狠瞪了秀一一眼，慢慢走下楼梯。

秀一放下球棒。手指已经麻了，几乎没有感觉。

“哥哥……”

遥香哭着紧紧抓住秀一。

秀一摸着妹妹的头说“没事了”，但是心中充满了苦涩的失败感。他咬牙悔恨自己的无力。

电脑的桌面上，粉红色的3D虚拟宠物兔举着“今天是绿之日，全国放假”的牌子来回蹦跳。牌子下面显示的时间是下午

1:08。

距离加纳律师预定来访的 1:30，还有一点时间。

秀一特意把书本和文具拿到车库，打算做函授课程的作业，但是怎么也无法集中精神。

他把装了咖啡粉的滤纸放在马克杯上，倒进电水壶的热水。杯子里散发出浓郁的香气。

把莎拉·布莱曼的 CD 放进 CD 机，选了随机播放，所以秀一自己也不知道会从哪首歌开始。带有哀愁气息的前奏之后流淌出清澈的歌声。“So Many Things”。从自己最喜欢的歌开始，心情稍微好了一点。

喝了一口黑咖啡，再次挑战英文阅读。

做到一半，遇到一个词组，“Last straw”。“最后的稻草”是什么意思？思来想去也猜不出来，只好去翻英语词典。

“Last straw/the straw that breaks the camel’s back.”“压断骆驼背的最后一根稻草”，真是非常奇怪的说法。日文解释写的是“连续遭遇难以忍受的情况”。

但还是不明白这个词组的意思。秀一回到开头重读这篇英语长文，思考骆驼背和稻草的关系。

原来如此！这是临界点的意思。把稻草一根根往骆驼背上放，最终会抵达一个无法承受的重量界限，于是便会压断骆驼的背。这最后一根压断背的稻草，就是“Last straw”。

这样说来，它也可以翻译成“忍耐的限度”“忍无可忍”吧。

秀一用橡皮擦掉刚才的翻译，写上新的答案。桌子上半边贴了软木，要用垫板才能写字，否则铅笔会戳破纸张。

秀一又看了看 3D 宠物兔的牌子，1:18。才过去 10 分钟。

秀一放下前臂，按掉用来限制解答时间的象棋计时钟，再拧动螺丝，打开中空的电脑主机箱，检查 I. W. 波旁 101 的剩余量。前些天刚刚从“盖茨”手上买过，现在又只剩下一点了。显然最近酒精消耗量在增加。

秀一把酒瓶放回原处，又从里面拿出一个包得严严实实的包裹。

撕下胶带，小心翼翼地拆开卷了好几层的包装纸，里面是一把长约 30 厘米的刀，收在黑色的尼龙刀鞘里。

按下固定刀柄的暗扣，握住灰色的刀柄，秀一拔出刀。

这是一把左右对称的两刃刀。用尺子测量的刀刃长度是 17. 5 厘米，而且中间还有一段是锯齿。被这把刀刺中，大概没人受得了。

那个人渣应该会当场毙命。

秀一凝望了半晌刀刃放出的危险光芒。刀上确实有种魔法般的东西。也许是错觉，但秀一感到它赋予自己力量，仿佛变得比实际更为强大和有力。

如果没有把它从拓也手里拿走，石冈家肯定会发生惨剧。这把刀迟早要还回去，但什么时候还，必须慎重考虑。

秀一把刀收回刀鞘的时候，外面传来脚步声。接着，玄关的门铃响了。

加纳律师。宠物兔的牌子显示 1:30。

秀一来到车库门边，侧耳静听。

开门的声音。接待加纳律师的是母亲。低低的声音在说，休息天还麻烦您上门，实在不好意思。

拜托加纳律师休息天来访，是因为从明天开始曾根又会出门。和律师直接面谈，曾根的态度也许会有所变化吧，秀一有一点淡淡的期待。

一切都是秀一的先斩后奏，只是事后才征求友子的同意，让她显得相当为难。

秀一回到桌边，调低音箱的音量，戴上耳机。

昨天他在客厅里装了窃听器。不是市面上卖的那种发出 FM 无线电波的机器，而是在电话机里偷偷装上高性能麦克风，将导线沿着电话线一并拉到车库。所以不会被不相干的其他人偶然间听到。

"……秀一呢？"

客厅里的麦克风传来加纳律师的声音。音质良好。

"出门了。因为这些事情不想让孩子们听到。遥香也让她去朋友家玩了。"

悄悄溜回家偷听母亲的谈话，秀一当然不是没有罪恶感。但是友子坚决反对秀一在场，他也没有办法。

为什么母亲对曾根的态度就不能这么毅然呢？

不弄明白这一点，就没办法采取任何对策。

"喂，你是谁啊？"

耳机里突然响起曾根的声音。秀一吓了一跳。

"我是加纳律师。很久以前，在调解离婚的时候应该见过。"

"谁认识你……呸。律师怎么了？只会耍嘴皮子。"

曾根的声音犹如破钟。

"打扰别人家的休息天，你来干什么？"

"想和您谈谈。"

"和你没什么好谈的！"

“可是，您住在这里，让孩子们很难办。”

“谁管那种小兔崽子说什么。这家的主人是友子吧？友子说过不行吗？”

“没有，可是……”

“那就别插手别人的家事！我说，你这家伙！不会是想找点麻烦，趁机捞钱吧？”

“谈话”几分钟就宣告结束。曾根劈头盖脸骂了加纳律师一顿，然后就起身离开了。

秀一非常失望。虽然也是预想到的情况，但这一次算是彻底明白了。对曾根这个人，任何沟通方法都不会有效果。他本以为律师这个头衔多少能有点效果，然而那也只是一厢情愿而已。

友子似乎回到了客厅里，对留在客厅的加纳律师说：

“老师……非常对不起。”

“啊，我没关系。”

加纳律师好像也苦笑起来。

“不过，让那个人一直留在家里，您不觉得对孩子的教育会有不好的影响吗？对于秀一的担心，我非常理解。”

“……是。”

“那样的人，再怎么同情他，他也不会感激您的恩义。反而会把您当成傻子，直到榨干您。”

友子默然无语。她和曾根结过婚，应该很了解他的品行。那到底为什么收留他呢？秀一想。

“总之先要求曾根离开这个家如何？如果他不同意，再采取法律手段。总之，首先您必须表示出自己的意愿。”

“是的。”

“有什么问题吗？我这样问也许很冒失，是不是他威胁你？”

“……不是的。”

秀一的直觉告诉自己母亲是在说谎。因为她没有采用任何一种有效的手段。但是，那个混蛋到底是怎么威胁的？

“难不成，关键还是女儿的事情？”

友子没有回答。基本上等同于肯定了。秀一大惑不解。遥香怎么变成关键了？

“……如果曾根要求监护权，会是什么结果？”

沉默了半晌，友子问。“监护权”的意思，秀一一时没有理解。

“没关系。法院不会把遥香判给那样的男人。”

“可是，在户籍上……”

“她的户籍还在曾根那里？”

“嗯。离婚的时候，只有我和秀一迁出来了。”

“那么，在住民票上，她只是这个家的‘同住人’？”

“是的。”

首次得知的事实狠狠打击了秀一，让他茫然失措。遥香是曾根的女儿……如果这是事实，为什么自己一直都没注意？

母亲再婚的时候，自己4岁。遥香应该1岁。如果是曾根带来的孩子，虽然应该有些印象，但也许是被当成不愿想起的事实，而在潜意识里封印起来了。

秀一努力回想往事。但是，遥香还是婴儿时候的记忆，一件也想不起来。那时候自己也只是三四岁，想不起来也很正常吧。

“……离婚以后，我也认真考虑过办理收养手续，但是怎么也联系不上曾根。”

“原来如此。尽管是那样的人，但毕竟是亲生父亲，还是需要他的认可啊。”

“老师，如果曾根不同意，就没办法收养遥香做养女吗？”

友子的语气第一次激动起来。

“亲生父母有明显不当行为的情况下，可以申请特别收养手续，但条件是养父母必须齐全。不过，遥香今年几岁了？”

“14岁。”

“这样的话，再有一年就可以自己提出申请做养女了。”

“自己提出申请吗……”

友子的语气又变得犹豫起来。

“您还没有把这件事告诉遥香？”

“嗯。我想找机会再说。”

友子的回答含糊不清。

“入学的时候是怎么处理的？”

“教育委员会寄来入学通知写的是‘曾根遥香’。我拜托小学用‘栉森遥香’这个名字喊她。中学也是……”

要是说家里人只有遥香的姓氏不同，秀一倒是想起来一件事。以前一直都没觉得奇怪，并没有深入想过。

至今为止，自己和遥香感冒生病的时候，母亲一定会亲自陪到医院。就算说自己一个人去也没问题，但她还是会特意请假陪同。秀一本来以为那只是母亲喜欢担心，但重点在于，自己长到这么大，母亲从来没有让自己看过社会保险证。就连修学旅行的时候都没交给他。

“老师，如果曾根上法院要求遥香的监护权，是不是遥香就什么都知道了？”

“是啊。考虑到她已经 14 岁了，家庭法院大概也会征询遥香的意见。”

“是吗……”

“不过，我想现在告诉她也没关系了。总不可能瞒她一辈子。”

“……嗯。”

母亲担心遥香知道她是曾根的女儿，和母亲、和自己并没有血缘关系吗？

不对，应该不止这一点。

如果曾根真的想把遥香带走，就算法院不认可他的监护权，他也不大可能就此放弃。他肯定会用更强硬的手段，比如暴力胁迫，等等。

直到加纳律师离开，友子也没有明确答复是否要求曾根离开。大约她也无法回答吧。

秀一陷入沉思。

遥香是曾根的女儿，这件事实在让人难以接受。但是，曾根的目标，真的是遥香吗？

他心里对女儿不可能有感情。如果有，离婚的时候就应该带走遥香，不可能直到今天都不闻不问。

曾根真正想要的，恐怕还是钱。用遥香的监护权引诱母亲，再一次从她身上榨钱出来。

这算什么父亲？纯粹的人渣。

秀一正要摘下耳机，又传来了声音。

“走了？”

是曾根的声音。他从二楼下来了。

“……嗯。”

“喊律师来？那个兔崽子！看来不收拾他一顿不行了。”

“不要！你要是敢碰秀一，我就报警了。”

曾根似乎被友子的气势压住，不说话了。

“你到底还要我们怎么样？给你房间住，还给你钱……”

“那点钱连叫花子都打发不了，零花钱都算不上。”

曾根嗤笑了一声。

“可是，对我们来说，那已经是很多钱了。”

友子深深吸了一口气说：

“请把存折还给我。”

“什么东西？”

“存折。你从壁橱里拿走的存折。遥香的。那是给遥香升学存的钱。”

“我不知道啊。大概是那个兔崽子拿走的吧。”

“你……”

突然响起摔东西似的巨响，秀一吓了一跳。他站起来想要跑过去的时候，母亲的声音再度传来。听起来不像是直接遭到曾根的殴打。

“爸爸拿孩子的钱去投资，有什么错了？嗯？”

“投资……？难道那笔钱？”

“我只是心疼可爱的遥香，想把钱翻个倍。要不是那个蠢货翻了车，本来是板上钉钉的事。”

“用掉了？全部？”

“废话真多。讲这些有意思嘛。一家人本来就该互相帮助。”

“我已经和你离婚了，完全没关系了。”

“我可还没点头哪。”

曾根睁眼说瞎话。

“现在我们还是一家人。到死都要同舟共济哦。”

“你……我们……”

“够了吧，别再惹我发火了。我什么都不怕。再给我找事情，我就先把那个烦人的小兔崽子杀了。”

然后，什么声音都听不见了。

秀一摘下耳机，离开车库，回到主楼。

他悄悄走向客厅。里面没有人。泡给加纳律师的红茶还放在桌上。

曾根好像回到二楼房间了。母亲在哪里？

秀一走上楼梯。他下意识地放轻脚步。

在去曾根房间的半路上，他听到母亲的卧室有动静。

秀一来到门前，想要敲门又停住了。他犹豫了片刻，把耳朵贴在厚厚的门板上。

传来的是令人难以置信的声音。

秀一浑身僵硬，如遭雷击。愤怒和耻辱让他手脚冰凉，眼前一片血红。怎么可能……太过分了……

秀一转身冲去车库。等他好不容易回过神来的时候，才终于意识到自己拔出了放在电脑机箱上的刀，紧紧握在手里。

从未体验过的激怒让他的血液都沸腾起来。愤怒如同滔天的火焰般燃烧，让视野变得通红。那个人渣恐怕对母亲……不知道多少次……

我要杀了他！把他砍成肉酱！

秀一的手握着通往主楼的门把，跪倒在地上。

畜生……这个畜生……

母亲一定是为了保护我们才屈从曾根的兽欲。

如果自己闯进去，会是什么结果？被最想隐瞒的孩子发现这件事，母亲会受到多大的打击？

而且如果杀了曾根，自己就成了杀人犯，会被警察抓起来。这种冲击性的事件也会是嗜血媒体最喜欢的题材，闹到全日本沸沸扬扬。那样的话，遥香的未来就毁了。

不行。不能这么做……

秀一发现自己在哭。

那个人渣的到来，把栉森家的小小幸福彻底毁了。

我的眼睛瞎了吗？真正需要保护的不是遥香，是妈妈啊！

自责的念头紧紧攫住他的心。

心里像是有什么东西断了。

“最后的稻草”。骆驼的脊梁骨轰然折断……

泪水不知什么时候已经干了。

秀一坐在桌子前面，从掏空的电脑机箱里拿出波旁101，直接对着瓶子喝下去，食管传来灼烧般的刺激。胃里涌上炙热的感觉。

他发现电脑死机了。粉红色的3D宠物兔，像是冻结一样固定在画面上。

秀一晃了晃鼠标，指针毫无动静。点击也没有反应。正要重新启动的时候，画面上突然弹出一条消息。

“该程序执行错误操作，强制结束。”

然后，兔子消失了。

“该人类执行错误行动，强制结束……”

曾根这个人类，只要活着，就会不断毒害周围吧。

他那样的人生，当然应该“强制结束”。

这一点毫无疑问。

但是，执行这一行为，却伴随着高度的危险。自己真的做好准备了吗？往黑暗中踏出一步的……

秀一靠在椅子背上，闭上眼睛。

静静的愤怒逐渐填满内心。与之前那种火焰般通红的愤怒截然不同。秀一的脑海中闪耀的是鲜艳的青色火焰。那也是代表了最深邃思考的颜色。但是，与那冷静的色彩相反的是，青之炎的燃烧温度，比红色的火焰更高。

秀一知道自己已经做出了决定。剩下的只是技术问题而已。

第四章

最后的稻草

星期六，每个学生都很浮躁。如果明天开始就是黄金周，那就连平日里的好学生也坐不住了。

不过即使如此，一、二节课的时候也只是比平时稍微嘈杂一点，但到了最后一堂班会课的时候，就演变到无法无天的程度了。学生们的心早就飞到了外面，交头接耳叽喳不停，纸条也是满天飞。而“哈巴狗”班主任犬饲也是一贯袖手旁观，丝毫不管。

被选为议长和副议长的学生，大约也知道班里一贯如此，在一片嘈杂声中继续一本正经地主持着讨论。

秀一没有加入这股骚动，不过对班会的内容（或者说毫无内容）也漠不关心。他半闭着眼睛，坐在座位上，像雕像一样动也不动。

旁边座位的纪子好几次和他搭话，但秀一心不在焉，没有理她。纪子很生气，把切碎的橡皮屑往他身上丢。有的砸到脑袋，但秀一只是觉得有点烦，还是没有什么反应。

漫长又无聊的时间终于结束的时候，班级里欢声四起。学生们如同退潮一般涌出教室，只留下运气不好的打扫值日生。

“我说，你怎么了？”

纪子脸上挂着明显的不满，质问秀一。

“嗯？”

“嗯什么啦。昨天你一放学就一个人跑了，今天又发了一天的呆。你是不是吃坏肚子了？”

“没有啊。”

秀一像是大梦初醒般站起身，开始收拾东西。

“啊，对了。我说，今天接下来你要干什么？”

“我有事。”

“哦……”

纪子先是有点失望的样子，不过马上眼睛又亮起来。

“今天就算了。那个，要是黄金周里有时间的话，去新的……”

“抱歉，”秀一拦住纪子的话，“我有事情要做。整个假期都没空。”

“哎，这么忙？”

“嗯。”

纪子似乎想问秀一要做什么，但是秀一没有给她机会。走出教室的时候秀一看了看纪子，只见她仿佛很寂寞的样子。

天空一片晴朗。骑着公路自行车走在134号公路上，强烈的日照把脖子晒得发热。海面上波光粼粼。

回家路上的景色和往常一样，唯一的不同，是秀一骑车的速度始终维持在全速的七八成左右。途中他看了手表的时间。上学的时候姑且不说，放学的时候从没有骑过这么快。

抵达鹄沼自家的时候，看手表用了 16 分 43 秒。和目标时间相比晚了 1 分多钟。放学比上学经过的上坡多，还有路上被红灯拦住，果然都是花时间的地方。不过自己还有余力。走直线的时候应该还能更快。算是不错了。还有时间练习。

玄关没有曾根的大头鞋。和预想的一样，今天他好像也上班去了。

曾根整个 7 月份的行程，已经全都详细输入了电脑的计划表里。

在互联网上检索“自行车赌赛”的关键字，找到了“南关东自行车竞技会”的主页。那上面登载了 4 月到 9 月的上半期比赛日程，从 4 月 30 日到 5 月 5 日，比赛会在平塚自行车赛场举行。

曾根参与自行车赛赌博的事，秀一很早就发现了。本来就是遇到赌局移不开眼睛的人，会在包含周末在内的三天里一大早出门，那么他会去的地方只能是公立赌场了。因为秀一自己喜欢自行车，所以对于自行车赌赛也有一定程度的了解。

换好衣服，三个人围坐在桌边吃晚饭。

秀一很难过，无法直视母亲的脸，但又担心态度过于不自然，被母亲看出端倪，于是他用了比平时更多的时间来逗遥香，两个人闹了好一阵，总算把时间打发过去。

吃过晚饭，秀一总算松了一口气。本来应该是温馨的团聚时刻，现在却一心盼着它快点过去。

当接下来要做的事情全部做完之后，一切应该就会恢复原样了。他现在只能努力相信这一点。

秀一去了车库，启动第二台电脑，输入密码，调出计划表。

连接网络的主电脑有可能被黑客入侵，所以涉及到计划的时候，全都使用拔掉网线的独立旧电脑。

确认过计划表上自己今天要做的事情，秀一关掉了Windows。

回到主楼自己的房间，换上最不显眼的白衬衫和裤子。稳妥起见，他还戴了一顶蓝色的运动帽。随后，秀一把前几天买的成套西装、黑色休闲鞋、衬衫、领带、腰带、墨镜，还有钱包一起塞进大大的尼龙运动背包里，离开家门。

乘江之电到终点站藤泽，出了站厅，经过二楼的天桥就能换乘小田急线和JR线。在天桥当中，去横滨银行藤泽支店的ATM取了当前计划所需的资金。乘坐小田急线到新宿的时候，一共用了两个半小时。

和上次一样，从新宿站的西口出来，钻进新宿中央大楼的洗手间。这一带都是办公楼，今天是星期六，所以远比前一次冷清。

换上西装，头发用摩丝固定成三七开，戴上浅褐色的墨镜，走出洗手间。也许是第二次的缘故，心跳也没有上次那么快了。

穿过铁路桥去往歌舞伎町，来到私人邮箱所在的大楼。下了电梯，默默推开铁门进去。签约时候的那个男的从里面探出头来，只是扫了秀一一眼，立刻又缩回去了。

秀一把钥匙插进锁孔里转动，打开邮箱的门。

小小的褐色海绵信封躺在里面。没有寄出人的姓名。

秀一并不知道"K's Convenience Pharmacy"这个主页能不能信任，原本也做好了被对方骗钱的准备，这个结果倒是让他颇为惊喜。

秀一确认过上面写的是“松冈四郎”的名字，便把包裹放进背包，离开了这里。

顺利拿到了药，这让他的情绪振奋了一些。有这么多的量，另一个计划说不定也能顺利推进了。

秀一决定先去纪伊国屋书店的总店，找些法医学相关的书籍。书上有许多写实的尸体照片，让秀一禁不住想要挪开眼睛。他挑了几本买下，然后又前往同一家书店的南口店。两家书店的距离比想象的远，花了他不少时间。

把买来的书放进寄存柜里，乘上都营新宿线，去往神保町。

在三省堂、书泉等书店里逡巡，翻看书籍的内容，时间在不知不觉中度过。原本预定还要去八重洲、涩谷、池袋等地方，但是今天都来不及了吧。

再度回到新宿，换上原来的衣服，从寄存柜里取出书籍，连同在神田购买的一并塞进运动背包，重得都快压断手臂了。他不希望书店留下自己买过法医学相关书籍的记录，自然不能用快递运送。

不过秀一总算还是赶在晚饭的时间前回到了家里。进家门的时候，他用帽子遮住了摩丝固定的发型，这个办法也和上次一样。

连休的第一天，和昨天一样都是好天气，但秀一一整天都把自己关在车库里。

需要迅速思考决定的事情堆积如山，没有时间慢慢来。这一次绝对不可以失败。

从一大早开始，秀一便继续昨晚阅读的法医学书籍。总共有

11 本书，合计超过 4 万块的高额消费。很多都是大部头。秀一在自己认为重要的地方贴上标签，做好笔记，一页页仔细翻看。连同吃午饭的时间在内，整整看了 7 个小时，眼睛实在受不了，耐心也消耗殆尽。大约读了全部内容的三分之二。

不过，辛苦也有相应的收获。秀一感觉自己已经差不多知道法医学是用什么方法来锁定罪犯的。如果这是期中考试的内容，自己应该能拿个高分吧。只是虽然这么说，但在当下这个阶段，核心计划还完全没有成型。这只不过是用来孕育计划的温床而已。

秀一坐在椅子上，大大伸了一个懒腰。

除了让曾根“强制结束”的计划，也需要一个从曾根的魔爪下保护母亲的计划。在一切结束之前，母亲都是野兽的猎物。

幸运的是，以保护遥香为目的想出的计划，可以原封不动挪用过来。

秀一决定推进这项计划，也算是转换一下心情。

所有不能被人发现的东西都藏在电脑机箱里。他打开机箱盖子，从里面拿出 1.8 升的盒装烧酒、寄去私人邮箱的包裹，以及不太干净的塑料注射器。

装烧酒的纸盒，比牛奶盒结实得多，外面还裹了一层塑料。上面有个开口，盖着塑料瓶盖。

秀一仔细观察盒子，研究从哪里注射药液。

不能让烧酒从洞里漏出来，只能选在高处的位置。最后，他决定选在最不显眼的地方，三角形凹槽最里面的部分。

把寄来的包裹打开，里面是装着药水的容器。塑料材质的瓶子形状，侧面还带有刻度。

秀一通过奇怪的网站订购的是一种名为氨基氰的药物。

氨基氰是一种抗酒剂，也就是用于治疗酒精依赖症的药物，具有阻碍乙醛脱氢酶2的作用。

他在《化学Ⅰ》中学过，进入人体的酒精，经过两个阶段的氧化作用被分解。

C_2H_5OH（乙醇）→CH_3CHO（乙醛）→CH_3COOH（乙酸）

如果乙醛没有充分分解，就会出现类似严重宿醉的情况，也就是颜面潮红、恶心、呕吐、剧烈头痛、极度心悸亢奋、呼吸困难、血压降低等症状。

换句话说，就是体会到饮酒带来的极度不快，从而通过条件反射切断饮酒的习惯。

药物用量是一天一次，每次5到10毫升。秀一正要用注射器吸取透明药水的时候，忽然犹豫了。

没人能保证这个瓶子里装的真是氨基氰。由于不是正规渠道购买的，说不定里面装的只是蒸馏水，也可能混入了致命的毒药。

秀一忽然笑了起来。如果那样的话，又有什么问题呢？

如果里面混了氰化物之类的毒药，导致曾根死掉的话，就可以声称自己以为里面是氨基氰才给他吃的。当然，这种借口不至于让自己无罪释放，但杀人犯是寄药来的“K”这个人物，而不是自己。

就算是真正的氨基氰，也会有20％的服用者出现药疹。所以以前会瞒着患有酒精依赖症的患者，混在诸如味噌汤里面骗他们喝，现在好像没有这种做法了。

这个注射器也是秀一上小学的时候采集昆虫的工具。以前曾经装过不明成分的有毒红色液体，用来秒杀疯狂挣扎的知了和蝗虫，现在他也只是用水简单冲了冲，里面说不定还残留着对人体有害的物质。

无所谓吧，秀一想。事到如今谁还关心曾根的健康。

1.8升的烧酒，如果一天就喝光，注入10毫升就足够了。不过，曾根是个大酒鬼，对宿醉也有抵抗力，再考虑到他的体型超出常人，稳妥起见还是决定注入20毫升。

秀一将针尖小心翼翼穿过涂塑处理的厚纸，避免把针孔弄得太大，推动针筒的活塞，注入药液，然后又轻轻晃了晃盒子，让药液均匀混合。针孔里没有漏出烧酒。

接下来，在曾根有可能和母亲两个人独处的前一天晚上，让他喝下这盒烧酒就行了。大概就会像刚进新家的猫一样老老实实的。

氨基氰的量很多，所以这个计划可以视情况反复执行。秀一将它命名为“禁酒作战”。

那天剩下的时间，秀一又继续研读法医学书籍，不过没有什么特别的发现。大约凌晨0点，秀一合上了书本。接下来的路还很长。

作为睡前酒，喝了两杯波旁，回到主楼。上了二楼，检查曾根有没有回来。耳朵贴在门上不一会儿，便听到猪叫一样的鼾声。

回到自己的房间，躺到床上，神经还是很兴奋，怎么也睡不着。

秀一决定采用最简单的入睡仪式，自慰。身边的女性唯一能浮现出来的只有纪子。在想象中，他让纪子做出的各种行为，被她知道肯定会勃然大怒。不过如果想得太变态，见面的时候很不好办，所以秀一还是尽量自控。

到了最关键的时候，不知为什么，遥香突然跳出来干扰。再加上曾根和母亲的事情也闪现在脑海里，让他慌忙停止。

虽然情绪没有缓解，不过还是勉强到了高潮。结束之后，四肢都透出倦怠的疲劳感。他拿塑料袋和纸袋仔细把用过的卫生纸包了两层，扔到垃圾箱。

秀一翻了个身，趴着沉入了深深的梦乡。

第二天是5月3号，天气微阴。秀一吃过早饭，随即骑上公路自行车出门。机械踩动脚踏的时候，也许是因为加速了血液流动，常常会浮现出不错的想法。而且整天关在车库里，说不定也会让母亲和遥香担心。

只不过他也并不打算走得太远。总之就沿着上学时的道路走，从由比浜经材木座海岸去逗子市。

真想骑自行车的时候，即使同样是去逗子，也会走山边的道路，从传说有幽灵出没的隧道上山，在绿树成荫的池子弹药库遗迹休息之后回去。这是他很喜欢的路线。

公路自行车飞驰在清晨的凉爽空气中。

关于最重要的“强制结束”曾根计划，目前还找不到头绪。昨天一整天吸收了太多的法医学知识，导致消化不良，反而陷入了混乱。

不过，在这样踩动自行车踏板的节奏中思考，问题点也自然而然地整理归纳出来。

他已经在脑海中斟酌过许多次了。

如果要杀曾根，必须在家里动手。在他喝得烂醉、不省人事的状态下，杀他就和捏死蚂蚁一样。相反，如果在外面动手，大概会面临相当的困难。

但在家里动手，最大的问题在于如何收拾尸体。首先，把那么巨大的身躯直接从家里运出去，那是不可能的。至于说瞒着母亲和遥香分解尸体，也不现实。

也就是说，曾根的尸体必然会在家里被人发现。既然如此，那就决不能让人怀疑是谋杀，必须被认为是病死或者事故死亡。

这两项当中，病死更为理想。事故死亡的话，警察肯定要做现场勘察，对事故性产生怀疑的可能性也会增加。另一方面，曾根患有酒精性肝炎，健康状态很差，这一点一般人都能看得出来。就算突然死亡，也没什么可奇怪的。

所以结论就是，要将曾根的生命“强制结束”，必须找到一种在尸体上不留痕迹的完美方法。

然而，死因不明的尸体，法医一定会做尸检。一个外行真有可能瞒过专业人士的眼睛吗？

秀一突然想起法医学书籍中的若干记载。有好几种方法似乎可行。其中肯定会有答案。

说不定可行……

自从认真研究杀人方法以来，秀一第一次感到实现的可能性。

进入逗子市后，他已经穿过了两条隧道，来到了 TBS 披露山庭园的住宅区。他在这里折返，沿原路返回。

回到家，秀一用超快的速度冲了澡，连擦身子都嫌麻烦，把浴巾挂在脖子上，只穿了内裤，腋下夹着换的衣服跑去车库。

在二楼遇到的遥香喊："哥哥！别穿成这样在家里跑!"但秀一也没空理她。

他就这样半裸着翻看法医学书籍，仔细重读贴标签的地方。

他关注的是"窒息"这一章。

"用绳状物体勒住脖子，即所谓'绞杀'，通常会在脖子的皮肤上留下明显痕迹。但如果使用睡衣腰带之类宽而柔软的凶器，也可能在不留明显绳索状条痕的情况下杀人。"

"不用绳索，徒手令人窒息，即'扼杀'的时候，用相对较弱的力量长时间压迫，也可以在颈部皮肤没有明显痕迹的情况下成功杀人。"

……有趣是很有趣，但都缺乏可行性。而且如果司法解剖时检查是否有肌肉内出血的情况，就很可能败露。

"同时塞住口鼻，即所谓'阻闭口鼻'的情况下，很多时候并不会像绞杀或扼杀那样，留下明显的痕迹。"

对于新生儿，通常是用湿纸遮住脸。而对方是成人的情况下，一般会用靠垫。

但是，用这样的方法，即使曾根处于烂醉状态，又真能杀得了他吗?

另外，和心肌梗死之类的突然死亡相比，窒息死亡具有特殊的差异。

"急性窒息的时候，因为缺少氧气，全身的血液流量会明显增大，其结果会导致内脏淤血过多。急性心脏死亡的时候也会出现淤血，但那是静脉血无法回流，因而静脉系统中的淤血更多。”

虽然并不是非常理解，但重点在于，以法医学知识判断，还是能够区分出两者的不同。

继续搜寻几乎不留痕迹的死亡案例时，秀一看到“反射作用”这个项目。

“脸部接触冷水的时候，有可能通过三叉神经诱发吞咽运动和呼吸停止→埃贝克反射”。

“对眼球施加压力，刺激三叉神经—迷走神经系统，会导致心跳迟缓，偶见心跳停止→眼心反射”。

“用力屏住呼吸时，会发生循环障碍乃至意识消失的情况→瓦尔萨瓦反射”。

“用力拍打腹部时，迷走神经的兴奋传导至心脏，会导致心跳减弱或停止→高尔茨反射”。

“吞下大块物体时，喉上神经受到刺激，迷走神经反射性兴奋，引发心跳迟缓，有时会出现心跳停止及死亡→喉上神经反射”。

这些反射，在扼杀等情况下似乎也会发生。

“颈动脉窦受压迫时，会刺激迷走神经，导致血压降低、心跳迟缓和停止→颈动脉窦反射”。

这些“反射作用”导致死亡的情况，尸体不会出现急性窒息的特征，所以有可能瞒过法医吧。问题在于，如何找到不依赖偶然性、切实引发“反射作用”的方法。

窒息项目的最后，用专栏形式介绍了十九世纪著名的连环杀人犯。

“英国人威廉·巴克和他的同伙威廉·海尔知道当时医学院

校缺乏解剖用尸体，出高价收购，于是计划连环杀人。他们开设旅馆，将住店的旅客逐一杀害。他们采用的谋杀方法十分奇特，骑坐在烂醉状态的受害者胸部，在压迫整个胸廓的同时阻闭口鼻。这一方法用巴克的名字命名为Burking（阻闭口鼻扼杀法）。用该方法杀害的人，状态和埋在砂土下相同，胸廓无法扩张，被固定在呼气状态，静脉血无法返回心脏，最终由于血液循环受阻而死亡。Burking受害者的尸体，几乎都没有留下谋杀的痕迹。”

……漂亮。也许这是理想的方法。

秀一手边刚好放着英日词典，翻开一看，里面是有“Burke”这个动词，意思是“使窒息、绞杀”。盎格鲁-撒克逊在传统上就有许多著名杀人犯，但创造出新动词的杀人犯，依然可以说是空前绝后的吧。

不过，仔细想想，直接套用这个方法，还是颇为困难。

首先，秀一意识到这个方法需要相当的熟练度。即便是巴克，肯定也是在杀害多人的过程中，逐渐完成了自己的独特“手法”。

其次，不管怎么烂醉，在进行Burking的时候，体格上的优势应该是杀人一方的绝对条件。在快要窒息的时候，曾根会感觉到异常而挣扎醒来的吧。要完全压下他的挣扎，恐怕相当困难。

最后是决定性的难点。Burking的连环杀人之所以奏效，很可能因为那是在十九世纪。而现代的法医学有了很大的进步，估计也不大可能看不穿这样简单的杀人方法。

又碰了壁。时间已经是中午了。

虽然是连休，但午饭桌上还是坐了一家三口。秀一觉得遥香其实可以出去旅游，但似乎她并不想出门。大约离开了家人，独自一人会感觉不安。

午饭是意大利面和生菜沙拉。面酱只是买的罐头加了红葡萄酒，不过面条煮得恰到好处，让人颇有胃口。秀一上午用脑过度，大脑急需葡萄糖这个能量源。碳水化合物能够最快提供葡萄糖。

吃过饭，遥香凑过来想要一起玩，但秀一在被她缠住之前迅速溜回了车库。

这两天一直读法医学相关的书，实在读得有点头痛。秀一决定做做学校的作业，也算换换口味。本月18日开始期中考试。如果成绩突然下降，老师和同学都会关注，说不定也会产生怀疑。虽然事态紧急，但至少要维持最低限度的备考复习。

秀一读起中岛敦的《山月记》。这属于《新国语Ⅱ》的考试出题范围。明显的汉文笔调中，又有着独特的韵律和风格，从第一次读到时开始，秀一就相当喜欢。

故事非常简单。陇西的李征是著名的秀才，年纪轻轻便通过了科举考试，被任命为江南的副长官。但他讨厌恶俗的官场，希望以诗人之名留名后世。但是，文名难以轻易获得，在烦恼中，半夜里爬起床，口中怪叫着不明所以的话语，冲进黑暗里。

第二年，李征的朋友袁参赴任时偶然经过那一带，险些遭到吃人猛虎的袭击。但那老虎却不知为何没有杀死袁参，转身躲到了树丛里。袁参听到老虎口吐人言，低声嘟囔“好险”，这才知道那是李征。

而李征向袁参讲述了自己变成老虎的经过，以及现在的心境。

“约一年前，我奉公出差，夜宿汝水之滨。半夜醒来时，只听得屋外有人呼唤我的名字。我应声出门，见并无人影，可那声音却在沉沉夜色中不住地呼唤，我不由自主循声而去，不顾一切地奔跑着，不觉循路跑入了山林，也不知从何时起，竟然左右手着地奔跑起来了。又觉得自己浑身是劲，山岩巨石，轻轻一跃便能跳过。等我回过神来，却见自己的手指和肘部等处都长出了毛。此时天色已明，我跑到山溪边往水中一照，见自己已然变成了一只老虎。起初我还不相信自己的眼睛，随即又觉得自己身在梦中。因为我以前也曾做过那种知道自己身在梦中的梦。当明白这绝非梦境之时，我便惊恐万分，茫然不知所措。怎么会有这等事？我不明白。事实上我们原本就是一无所知的，不知情由地逆来顺受着，浑浑噩噩地度过一生，这便是生灵之宿命。我立刻就想到了死。恰好这时，一只兔子在我眼前跑过。我一看到它，体内的人性就踪迹皆无了。等到人性再次恢复的时候，发现自己的嘴上已沾满了兔血，身边撒落着兔毛。这就是我变成老虎后的首次经历。自此至今，我的所作所为，实在是难以启齿。只是一天之中，必定有数小时恢复人性。在此时间内，我与往日一样，能够说人话，思考复杂的问题，甚至还能背诵经书章句。以这样的‘人心’来看自己作为老虎的暴虐行径，回顾自己的命运之际，便是最觉可悲、恐惧与愤慨之时。然而，随着光阴的流逝，就连这恢复人性的时间也越来越短了。过去，我会为自己变成老虎而惊诧不已，最近却发现，自己竟在为曾经是一个人而纳闷了。真叫人不寒而栗。

也许再过些时日，我心中的人性就会被兽性所淹没，如同旧宫基石渐渐地为泥沙所淹没一般。如此，我将彻底忘却过去的一切，作为一只老虎狂奔呼啸，即便像今天这样遇见你也会认不出故人旧友，将你撕裂吞噬也毫不后悔了吧……”①

秀一转开了视线，不久以前还非常喜欢的文章，为什么如今却有种反胃般的不快感？不对，那不仅仅是单纯的不快感，更是一种近乎恐惧的感情。

秀一不想再读下去，合上《新国语Ⅱ》的课本，把它推得远远的。

他把咖啡滤纸放在马克杯上，倒进电水壶里的热水。虽然不能浪费时间，但也不想回去再看法医学的书。

他想从脚下的书包里拿数学的问题集，才发现放在主楼房间里了。秀一懒得跑过去拿，便抽出了《物理ⅠB》的参考书代替。

要恢复混乱的情绪，最好的还是理科系的教材。秀一为了避免自己胡思乱想，想要逃避到井然有序的世界去。

期中考试的范围是“运动和力”。力学体系中最简单的是直线运动，最为简单明快，容不下暧昧的解释。这是秀一最喜欢的内容。

他把打开的教科书放到桌子一头，去给咖啡滤纸继续倒水的时候，在桌子边上保持微妙平衡的教科书掉了下去。

捡起书，秀一看到课本打开在后半部分，粗大字体书写的公

---

① 引自徐建雄译本，果麦 2019 版。——译者

式映入眼帘。

“Q= IVt”

秀一本想翻回到原来的地方，但莫名对这个公式有点兴趣，于是看了看下面的解说。

“电流通过导体时会产生热量，这称为焦耳热。若导体两端的电压为 V，通过电荷量为 1 库仑时，会有 V 焦耳的能量以热运动能的形式传递给电子。若电流为 I 安培，t 秒间流经的电流量为 It 库仑。因此，传递的热能，即焦耳热 Q，可表示为 Q = IVt。”

电流……

秀一用机械的动作向咖啡里加入糖和奶精，再用汤勺搅拌。

电流说到底就是能量。在英语中，通常不说“electric power”，而是直接说“power”。

如果不是金属球棒殴打的那种力学上的机械力，而是更为复杂的力……

秀一差点把端到嘴边的咖啡洒出来。他记得自己好像在哪里看到过那样的描述。

他把堆在桌上的法医学书一本本抽出来，重新阅读贴了标签的地方。

有了。那是第六本书的“触电”一章。

“……触电死亡时，必然存在电流的入口和出口。即，尸体上会留有两处后述那样的电流斑。但是，以家用电为代表的交流电，由于正负极不断转换，所以不需要区分哪里是入口，哪里是出口。”

秀一的心底升腾起震颤般的兴奋。终于要找到正确答案了吗？就像是反复碰壁之后解开了数学难题一样。敏锐的嗅觉这样告诉自己。

“在高电压的情况下，人体内部电阻最多只有 100 欧姆，因此可以说对电流毫无防备。只有皮肤的电阻明显较大，能对人体起到有效保护。皮肤的电阻值，会随着身体部位、皮肤的角化程度、潮湿度、电流端口的接触面积、时间、电压的变化而不同，通常在 4 万欧姆至 10 万欧姆之间。”

不难理解那是相当大的电阻值。如何克服它，也许就是决定计划成功与否的关键。

“电流作用最致命的是对心脏的影响。因此，流经人体内的电流路径经过心脏的时候，致死的危险性最大。比如，从左手流向左脚，或者穿过两只手臂的情况，都是极其危险的。”

原来如此。目标是曾根的心脏。

“为什么电流直接经过心脏会带来危险？一般人会认为是整个心脏骤然麻痹、停止跳动，其实不然。那是因为心脏会陷入所谓‘心室颤动’的状态。名为窦房结的起搏器，会产生周期性的电脉冲，让构成心脏的每一条心肌纤维都按同样的节律收缩，进而令整个心脏产生统一的搏动。但是，这种电脉冲的节律会被更为强大的电流扰乱，导致各心肌纤维陷入各行其是的收缩状态，心脏无法完成自己的功能。这就是‘心室颤动’。这一状态持续 5 到 10 秒，会导致意识消失；10 秒以上，会导致呼吸停止。如果 3 分钟内不进行除颤，大脑就会发生不可逆的变化，有可能死亡。”

接下去书中又详细讲解了终末呼吸期出现的所谓阿-斯综合征的症状。

无呼吸期持续一两分钟后，人体内的另一个呼吸中枢便会启动，开始终末呼吸。这又称为喘气式呼吸或者下颌呼吸，是下颌突出的张口呼吸。

略微想象一下就觉得遍体生寒。秀一赶紧看过这一段，翻到下一页，随即又发现两个好消息。

“电流给生物体带来的作用是功能性的，多数情况下不会留下清晰的痕迹。因此，即使解剖尸体，也很难确认死亡原因是否为电流。”

这正是秀一需要的信息。利用电流成功让心脏停止跳动，不就可以实现不留一切痕迹的完全杀人了吗?

“同样是电流，交流电远比直流电危险。通过心脏的直流电超过 200 毫安时，很容易引发‘心室颤动’；但交流电仅需一半的 100 毫安电流，就有同样的危险。此外还需要留意的是，虽然是巧合，但商用的交流频率 50 赫兹到 60 赫兹，会对心肌纤维产生最大效果的刺激。”

也就是说，对于引发人为的心室颤动来说，家用电源本身就提供了理想的环境。秀一不禁想要感谢日本的电力公司了。

但是，要克服皮肤所具有的大电阻，让电流成功通过心脏，感觉 100 伏的电压有点不够。应该用市面上销售的变压器把电压至少提升到 200 伏吧。家用电源对于这一点来说也很方便。电池之类的直流电源无法变压。

“强制结束”曾根的计划，看起来已经没有任何障碍了。但是，书上的下一段解说，又给秀一的心情泼了一盆冷水。

“虽然电流本身不会带来身体上的特征性变化，但电流产生的热量，会留下特有的痕迹，称为电流斑。它通常位于电源接口直接接触皮肤的部位。因为皮肤的电阻极大，所以这里会产生高热，留下形状特殊的灼伤。”

这一页上还刊载了典型的电流斑照片。中央凹陷，呈现烧焦似的黑褐色，而四周隆起，是陶瓷一样的青白色。

如果尸体上留下这样的痕迹，大概一眼就能看出是触电而死。

还有，电流斑也并不是任何情况下都会出现。比如当接触皮肤的电源接口面积很大，于是单位面积通过的电流较小时，或者涂抹盐水降低皮肤电阻时，即使触电死亡，也不会留下明显的电流斑。

总而言之，这就知道问题的关键在哪里了。

如何避免出现电流斑，是决定胜负的关键。只要能克服皮肤大电阻的问题，设置好电流的出入口，就可以引发心室颤动，除掉曾根，不留任何痕迹。

这也许是难以解开的谜题。但秀一认为，答案一定存在。

大方向确定了。秀一决定将“强制结束”曾根生命的计划命名为“电击作战”。

秀一慢慢睁开眼睛。他睡得一点也不好，整个晚上都在做可怕的噩梦。即使醒来以后，也感觉像是继续在做噩梦。

看看枕边的闹钟。上午9点30分。但房间里还是很昏暗。

秀一起床拉开窗帘。阴郁的雨水哗哗落在院子里。

秀一一边慢悠悠刷牙，一边在脑海中重整昨晚制订的计划。只有不留电流斑的电流路线尚未确定，其他部分的具体内容都已经逐渐成形了。

母亲大约认为秀一学到很晚吧，厨房桌子上留了一人份的早餐，盖着保鲜膜。她好像去洗衣服了。

秀一就着冷掉的牛奶和红茶，吃完了火腿蔬菜沙拉三明治的早饭，把餐具送到水池，去客厅打电话。

"盖茨"很快接通了他的手机。从那一头的嘈杂声音判断，好像在外面。

"我要订货。"

秀一直截了当地说。电话那头的"盖茨"应该在笑吧。

"要订什么？101 可还没确定进货。"

"烧酒。'百年孤独'，有吗？"

"盖茨"像是吃了一惊。

"你要烧酒？一直都喝波旁，怎么要这个？"

"不行吗？年纪大了，嗜好也会变。"

"没什么不行的，不过'百年孤独'这东西可很难搞到，你知道吧？"

"没有吗？"

"哎呀，其实我有。"

秀一仿佛看到"盖茨"再度窃笑的样子。

"不过这东西相当抢手，好几个客户都抢着要，数量不够，我很头痛该给哪个。"

"多少钱？"

“这东西不能单卖。你大概不知道，它是和其他烧酒捆绑销售……”

“你就说多少钱吧。”

“盖茨”想了一会儿说：“6000 块。”秀一昨晚在网上查过，价格从 2500 块到 7500 块不等。不管什么价，相对于官方定价都是暴利。

讨价还价了一会儿，最终以 4500 块成交。

“盖茨”用的借口大概是说自己看店的时候来了很难缠的顾客，怎么都打发不了，只能卖给他。

I. W. 波旁 101 也用的是这种老一套的借口，秀一觉得他迟早会败露，不过那是他的事，和自己没关系。

“百年孤独”是为了确保曾根陷入人事不省的状态而准备的一个“诱饵”。此外还需要一个“诱饵”。搭配成酒鬼绝对无法抵抗的组合。

秀一拿上塑料伞出了家门。目的地是镰仓的高级食品店。

糟糕的天气里乘坐江之电上学的时候，会和沿线的三所高中——镰仓高中、七里浜高中和由比浜高中的学生一起乘车，不得不忍耐吵翻天的噪音。

今天大约是因为下雨，游客不多，非常安静。

秀一透过满是雨水的车窗玻璃，凝望灰色的风景。无数雨滴沿着垂线从深灰色的天空落下，在波涛起伏不定的海面上织出皱纹纸似的细纹。

我，真的要动手吗？

同样的问题问过自己多少次，秀一也数不清了。但是，尽管已经到了这个时候，自己心中还是没有涌起杀死曾根的真实感，这也是事实。

计划正在逐渐走向完成。然而制订计划与真正执行之间，有着天壤之别。

真的能下手吗？

会不会事到临头又害怕起来，让之前的准备全都付之东流？

每次想到曾根，就感觉憎恨化作青之炎喷涌而出。

这个无耻的寄生虫，不但把我们一家人当作猎物，还想把我们的血都吸干。这个人渣对母亲做的事情更不可能原谅。他只有死了，才会对世界有益，对人类有益。

但是，即使如此，无法否认的是，真要动手杀人，还是有种非现实的感觉。

秀一又想起遥香的事。

不管曾根如何可恨，他毕竟是遥香的生父。真要在遥香一无所知的情况下，夺去他的生命吗？

秀一想起前几天在二楼走廊里差点发展成厮杀的危险局面。那时候自己一直以为曾根对遥香抱有性欲，但实际上似乎并非如此。虽然也不能完全断言肯定没有。

那家伙虽然很无耻，但对血脉相连的女儿，也许还留有一点点感情吧。半夜敲遥香的房门，还有那天夜里喊遥香，也许都只是想和她说说话。

伤感的情绪刹那间笼罩住秀一。但他立刻抛开了这个想法。

即使那家伙对遥香没有邪恶的欲望，也不可能给遥香带来幸福。

不仅如此，在不久的将来，他必然会对遥香的人生造成毁灭性的影响。遥香要尽快和他脱离关系，才不至于受到伤害。

自己要是在这里退缩，就会给一家人的将来留下祸根。

现在必须强硬。只有现在。等这段时间过去，又可以过上普通高中生的生活。

“强制结束”曾根的方针，没有半点动摇。绝不能动摇。

在镰仓站下了江之电，从东口出来，秀一看到街面上绽放起五颜六色的雨伞花。雨势比自己离开家的时候更大了。

贩卖干货等高级食材的商店坐落在若宫大道上。

秀一走在路上，打量着橱窗里的商品，意识到自己的打扮和这里格格不入。上好的鲍鱼干吸引了他的视线，但那个需要烹饪，自己用不了。

他的目标是乌鱼子，刚好看见装在桐木盒子里卖，上面贴着“最高级·长崎产”的标签，还写着“比台湾产的卵粒小，可以品尝到黏稠香醇的美味”。作为“诱饵”，没有比这个更有吸引力的了吧。

但是，看到价格，秀一的眼珠子差点掉下来。一片就要4500块。看它的大小，估计至少要买两片。秀一忽然看到旁边还有便宜了将近一位数的乌鱼子，不禁动心想买那个，但仔细一看，原来是用鲨鱼籽做的替代品。

已经到了这一步，还是别省这笔钱了。

秀一回想起乌鱼子的味道。烤过也很好吃，不过生吃的时候有一种大海本身的风味。给那个人渣吃，未免太浪费了。不过想成是死刑犯最后的美餐，倒也不必生气吧。

秀一扔出9000元大钞，买了两片乌鱼子，又请店家贴上“致礼”的烫金纸。

回程时，他在东急生鲜店买了“电击作战”的各项实验用品。整鸡一只（当然，去掉了鸡翅、内脏和鸡头），果冻粉一打，猪肝，还有盐。递出收银条的女店员，做梦也想不到这是为了杀人计划购买的东西吧。

回到家里，秀一马上把鸡和猪肝塞进冰箱，又把冷冻室的温度设置为“强”。珍贵的乌鱼子则藏到电脑机箱里。

吃过午饭，回到车库，等待他的是相当繁重的工作。但首先需要收拾整理。算上今天，连休只剩两天了。

他首先重新检查了买来的法医学相关书籍，用扫描仪把自己认为记载了重要信息的地方扫描下来，刻录到电脑的外置存储器MO光盘里。

接下来拆掉所有书籍，把封面和内页分开。坚固的装帧无法靠臂力撕开，秀一用电动线锯，把封面、封底、内封逐一切下来。

他拿上火柴，把十一本书的内页和封面搬出车库。后院角落里有个老焚烧炉，自从有人投诉二噁英问题以来，基本没再用过。

秀一把纸张一叠叠扔进焚烧炉，点上火，用长柄火钳调整火势，尽量降低烟雾，逐一焚烧。

最后一叠纸差不多彻底烧成灰的时候，遥香从主楼走了过来。

“啊，哥哥，你在干吗？”

“我把不要的纸烧掉。”

“这个焚烧炉不能用的吧？妈妈以前说过的。”

“嗯。不过已经烧完了。”

秀一用火钳把烧完的灰捅得看不出原本的形状，关上焚烧炉的门，不让遥香继续偷窥。

“在烧什么呀？好像是书？”

“我珍藏的小黄书。”

“哎？真的？”

“当然是假的。”

秀一本想实验看看焚烧炉能不能把封面也烧了，但遥香在一边看着，只能放弃。他回到车库，用研磨机磨掉封面上的文字，用绳子捆起可怜的书籍残骸，再次拿上塑料伞，离开家门。下坡走过几家商店，来到境川桥。大约因为还在下雨，几乎没有行人。

境川的水位增高，褐色的浊流打着漩涡。秀一看过四下无人，从栏杆下面把碍事的东西扔下去，然后回家。

今天必须把实验的准备做好。

最先准备的是密闭型的旧耳麦。以前经常用这个听深夜广播节目，后来因为接触不良，左耳有杂音，所以一直都没用了。

他试着用耳麦夹住左肩，感觉离心脏有点远。再试试夹到左臂下方的侧肋，这一次罩住耳朵的部分刚好贴在心脏上方。

秀一很满意，于是开始拆解耳麦。他取下耳罩、振动板、线圈，只留下两个空壳，再用回形针卷成蚊香状做电极，接到空壳中间的电线头上，然后把耳麦线另一端的插头用美工刀切掉，换上家用电器的插头，裹上绝缘胶带。

秀一蹑手蹑脚回到主楼。母亲好像出门买东西去了。遥香也没看到，大概在二楼的房间。秀一悄悄来到厨房，拿上大碗、搅拌器和保鲜膜，还有装满水的水壶。

回到车库，他把买回来的果冻粉倒进大碗里，加入很多盐，再用水壶倒水进去，用搅拌器搅拌。

秀一又把改造后的两个耳麦空壳朝向同一侧，用胶带固定，里面填上加了盐的果冻液体。黏稠的液体刚好盖住回形针做的电极。盖上保鲜膜，再小心翼翼地放回冰箱，注意不让液体洒出来。

接下去，他又取出猪肝，把切成的片卷起来用风筝线绑住。将红黑两色的万用表探针刺入卷好的猪肝里，相隔 2 厘米左右，再把中空的整鸡用锥子戳出四个洞，穿过绳子，系成十字，把绳子的交点调整到内部空间的正中，然后把刚才卷好的猪肝带着探针固定在上面，再倒上足够的胶水，把穿绳子的洞密封起来。

等胶水干了之后，秀一把剩下的加盐果冻液一股脑倒进整鸡的内部。剩下的液体量不够，秀一又把果冻粉、盐和水倒在一起搅拌，补上同样的液体。

填满了鸡的内部之后，裹上保鲜膜，再用胶带封住缝隙。

他把整鸡也放进冷冻室，同样小心注意不让液体从保鲜膜的缝隙里漏出。

这样，实验的准备就完成了。接下来就是等到果冻凝固了。

秀一把用过的大碗和搅拌器仔细洗干净，放回厨房。这一天剩下的时间都用来复习准备期中考试。虽然还有两周时间，但接下来很可能抽不出空。

大约是受到昨天经过的低气压影响，连休的最后一天，天空乌云密布。

从早上起床开始，秀一满脑子都是实验设计的正误问题。在头脑中制订计划的阶段，觉得可以顺利完成，但自己毕竟不能做到尼古拉·特斯拉[①]那么精密的思考实验，在实际执行之前，什么也不敢断言。

他心绪不宁地吃过早饭，直接去了车库。

打开冰箱，检查果冻有没有顺利凝固。

半球形的透明果冻填满了耳麦的空壳。他本来担心鸡的体积太大，不过好像也没什么问题。

鸡是人体的模拟品。其皮肤的电阻至少应该和人类的皮肤差不多吧。用果冻固定在内部空间中心的猪肝，模拟的是心脏。把刺入猪肝的探针接到万用表上，可以测量通过这里的电流。

改造后的耳麦，就是将致命的电流送入心脏的凶器。

秀一打开万用表的开关。液晶画面显示毫安。

他用填满果冻的耳麦空壳夹住鸡，然后将接了电线的插头插进插座。

整整接通5秒的电，然后拔掉插头。刹那间，万用表上闪现出几个数字。成功了。电流经过了心脏。

但数字又迅速恢复到0。怎么回事？

答案看看耳麦就一目了然。

果冻融化了，就像是放在烈日下的水母一样。虽然只是短短5秒，但产生的热量融化了覆盖电极的部分，导致通电终止。

更糟糕的是，鸡皮上隐约呈现出漩涡状的纹路。果冻融化以后，电极直接接触到了皮肤。

秀一很气馁。这个办法完全不管用，还要想个更有用的办法

---

① Nikola Tesla（1856—1943），塞尔维亚裔美籍发明家、物理学家、机械工程师、电气工程师。——编者

才行。

加盐果冻是他为了克服皮肤电阻这个难关想出的办法。首先，电源接口和皮肤的接触面积越大，电流越容易通过。其次，皮肤沾到盐水的时候，电阻会变小。秀一本想将这两点巧妙结合在一起，但遗憾的是，实验证明这条路走不通。

问题还是在于焦耳热。热的问题看来要一直纠缠到“电击作战”的最后。

秀一抱起胳膊。要是能搞到医院里检查和除颤时用的导电膏就好了。

但就算搞到了真正的导电膏，也不能保证皮肤上不会留下任何痕迹。因为在检查中不可能使用这么大的电流。另一方面，在急救除颤的时候，留下灼伤也不会太介意的吧。

这次的实验因为用的是死鸡，所以除了接口直接接触的地方，没有留下什么明显的痕迹，但如果是活生生的人，恐怕至少会让皮肤发红。而且那是能在一瞬间融化果冻的高温，估计会造成重度烧伤。再加上伤痕又在左胸的前后……

秀一摇摇头。再怎么琢磨这个点子，也想不出好办法。

真正动手的机会只有一次，绝对不能失败。只有放弃计划，再一次从头开始思考。

讽刺的是，连休结束后的6日，是个万里无云的好天气。

踩着公路自行车的脚踏，秀一满心都是疑问。

他还没找到不会产生电流斑的新通道。也许这5天时间，自己做的全都是徒劳。

“电击作战”说到底也许只是画饼而已。这么简单的完全犯罪是不可能的。

秀一的心情非常低落，他决定想想另一个作战计划。那个计划应该没问题……

昨晚已经开始了第一次的“禁酒作战”。其实也就是在曾根回来之前，去他房间把盒装烧酒换成加了氨基氰的东西而已。

不过，如果抗酒剂能和预想的一样发挥效果，今天放学回去的时候，应该就能欣赏到曾根的样子了。

秀一走进教室，邻座的纪子朝他打招呼。

“早、上、好。过得怎么样？”

“还行吧。你呢？”

“嗯，很好很好。”

纪子好像想说什么，但又是吞吞吐吐的样子。

“说起来啊……进展顺利吗？”

“嗯？”

“啊，你不是说，连休里有事情要做吗？”

“啊，那个啊……彻底失败。”

“是吗？不过，说是那个——”

纪子探出身子的时候，后面有人拍了拍秀一的肩膀。

“喂，好东西。”

看了看“盖茨”递过来的纸袋里面，秀一想起来了。肯定是电话订购的高级烧酒。

“哦，辛苦了。”

“辛苦个鬼啊！钱啊！一手交钱一手交货！”

“赊账行吗？”

“你欠揍哦。”

“盖茨”做出要抢回纸袋的样子，秀一只能不情不愿地掏出钱包，付了4500块。

没有得到可见的成果，唯有资金源源流出。

虽然知道不能泄气，但怎么也甩不掉自己的挑战太没头脑的想法。

即便在听课的时候，电流斑的问题也一直萦绕在脑海里。秀一的意识在偏离上课内容的地方全速运转。

但到了第四节课的时候，实在没办法坚持下去了。大脑消耗了太多的葡萄糖，血糖降低，秀一感到肚子很饿。

他停止思考，意识回到眼前打开的课本上。

这是《英语Ⅱ》的课堂。谚语般的文字跃入眼帘。

> “It is easier for a camel to go through the eye of a needle, than for a rich man to enter into the kingdom of God.”

“……骆驼穿过针的眼，比财主进神的国还容易呢。”

这时候白神老师刚好在讲解这段文字的意思。

秀一想起函授课程作业中出现的“Last straw”这个词组。最后的稻草压断了骆驼的脊背。欧美人好像很喜欢骆驼。

“这是《圣经·新约·马太福音》中的句子。从这里引申出的‘the eye of a needle’，意思是‘不可能实现的企图’。这个词不理解，长篇阅读就会变得很难懂。”

不可能实现的企图……这正是自己现在做的事情。秀一自嘲地想。让大电流通过人体又不产生电流斑，也许正是穿过针眼般的难事。

白神老师拿粉笔在黑板上奋笔疾书，写下另一段文字。

"to look for a needle in a haystack"

"这个词组里也用了'needle'，一起记下来。在稻草堆里找一根针。它的意思也是'挑战不可能的任务'。明年的现在这个时候，你们差不多也该对这个词的意思深有体会了。"

白神老师是众所周知的毒舌。第一次上课时他说的话，秀一记得很清楚。你们大概觉得自己英语不行是因为脑子不好，可能确实是这样……

尽管如此，"在稻草堆里找一根针"，好像也正是送给当下这个自己的话。正确答案必然存在于某处。只是，在当下的此刻，那只是埋在稻草里的一根针……

就在这时，秀一的脑海中突然炸起白色的闪光。

他情不自禁想要大叫。

是这个！太简单了！这种事情怎么一直没想到呢？

这一刹那，"电击计划"完成了。秀一终于想到了对曾根的心脏电击，又不留下电流斑的方法。

第五章

电击作战

秀一放学回家的时候，曾根在二楼尽头的房间里睡觉。虽然这事并不罕见，不过等到了晚饭的时间，再到了更晚的时候，曾根也没有踏出房门一步。

母亲和遥香好像都因为曾根没有出现而松了一口气。她们大概以为他只是喝多了吧。

秀一吃完晚饭，过了一会儿，装作去洗手间的样子，去查看曾根的动静。另外两个人在客厅里看电视连续剧。

门依然大开着，但没听到平时的震天打鼾声，这一点有些不同。

秀一来到门口，悄悄窥探里面的情况。

曾根仰面睡在地上从不收拾的床铺上。脸色红得很不自然。

枕边散乱放着盒装烧酒、还剩了一点残酒的杯子、装在袋子里的鱿鱼丝和柿种。

秀一像猫一样蹑手蹑脚走进房间。盒装烧酒空了一半。他迎着没关的电灯，找到了注射器的针孔。

热热的东西填满了秀一的胸口。他意识到，那不仅是单纯的满足感和成就感，还包含着明显的胜利感。

“禁酒作战”，是自己对曾根做出的、事实上的第一次反击。而且获得了计算之中的战果。

秀一俯视仰卧着表情痛苦的曾根。

这个人渣，大概都没意识到自己被攻击了吧。不管怎么凶残，这家伙不过只是个没大脑的动物而已。既没有氨基氰之类药品的知识，生活习惯也非常混乱，完全没意识到自己身上存在着那样可乘的弱点。

本来这家伙也不可能制订缜密的计划加以实行。活了 40 多年，只知道追求眼前的快乐，就像是野兽虫豸一样，生活在当下的刹那间。

既然如此，那么也请你的人生如同野兽和虫豸一样落幕吧。

曾根的睡相真可以用惨不忍睹来形容。他睡觉总是张大了嘴，不但能看见脏兮兮的门牙，连套着廉价牙套的臼齿都能看到。

秀一悄悄走出房间，回到客厅。看电视的时候，他被低劣的笑话逗得捧腹大笑，遥香一脸诧异地看了他一眼。

一觉醒来，意识立刻聚焦在一点上。

今天是 5 月 8 日，星期六。“电击作战”最后调整的日子。

计划已经在脑海中排练过好多次，每个细节都反复推敲过。

秀一看看闹钟，指针指向 10 点 26 分。

下了“心连心”的夜班，回到家是凌晨 5 点 10 分左右，也就是只睡了 5 个小时多一点。尽管如此，秀一浑身都是干劲，几乎没什么困倦感。

他一颗颗仔细刷着牙，反刍昨晚在便利店里思考的内容。

最后剩下的问题，是如何确认曾根的心脏真的出现了心室颤动。不过，这个问题也找到了解决之道。就像是苦恼于Z会函授作业的时候，一旦解决了一个问题，灵感就会涌现出来似的，好点子逐一浮现。

关于不留电流斑的电流路线，也有了更深的进展。他一开始是想用自己在《英语Ⅱ》的课堂上想到的方法，但后来又想到了更好的办法。这个办法，可以说在尸检中暴露的可能性极低吧。让秀一灵光闪现的契机，是前天晚上看到的曾根睡姿。

虽然很想马上就开始行动，但秀一还是决定吃过午饭再出门。

今天曾根应该也会一整天待在家里。平塚下一次举行竞赛，是从这个月中旬的14号开始。不过计划如果进展顺利，那时候曾根已经不在人世了。

自己外出的时候，曾根却盘踞在家里，这让秀一相当不安。如果自己不在的时候发生了什么事情，那就无法挽回了。所以，昨天晚上，他执行了第二次的“禁酒作战”。

秀一走到曾根的房间门口查看情况。和前天完全一样，曾根横躺着的痛苦模样飞入眼帘。

真正的好曾根隆司只有死了的曾根隆司，不过血液中残留了足够乙醛的曾根隆司也不算太坏，秀一想。

无论如何，害虫必须驱除。

秀一把西服、衬衫、鞋子等装进运动背包，穿上平时不太穿的牛仔裤、深蓝色运动衣，戴上和上次一样的墨镜，出门去了。

他乘坐JR东海道本线，从藤泽来到新桥，换乘山手线，在秋叶原下车。

大约也是因为星期六的关系，秋叶原的电器商业街人头攒动。

常去的电脑商店里有店员认识自己，必须躲开。秀一向车站旁边贩卖收音机之类小玩意的店铺走去。

这里销售单价便宜的各种电子原件。

秀一按照购物单，买了 3 米的电线（160 块）、开关（10 安用，350 块）、电瓶夹（30 安用，120 块）、小鳄鱼夹（30 块）。

然后是变压器。秀一想找尽量便宜的 110 伏转 220 伏变压器，最后找到的却是黑色烤漆的机器，充满高级感。看价格也要 5200 块。一只手能拿的体积，但是分量相当重。

秀一记得以前好像有便宜很多的变压器，但怕看太久引起店员的注意，还是决定买这个。

最后是血压计。收音机商店到底没有这东西，秀一只得去了卖家电的大型商店。

似乎是因为健康养生潮方兴未艾，各种机型琳琅满目。近年来的主流似乎是通过手腕测量的一体型。秀一犹豫了一会儿，考虑到携带方便，以及容易处理的特点，决定优先选择小型机。

其中最小的是欧姆龙产的一种名叫“手指血压”的产品，用细环套在手指上测量血压。打过折还要 14800 块，实在是大出血。要在便利店值多少小时的夜班才能赚到这么多钱，秀一决定还是不去细想了。

秋叶原购物的时间比预想的短。

秀一又坐总武线去新宿。从西口出来，在新宿中央大楼的地下洗手间换上西服。最近这个流程感觉已经成了惯例，一直重复同样的行动模式，可能会有危险。下次换衣服的时候还是选个别的地方吧，秀一想。

不过秀一立刻意识到不可能再有“下次”，不禁苦笑起来。今天会完成所有的准备。不需要再做这种事情了。

回到新宿站，把脱下来的衣服和秋叶原买的东西都存放到寄存柜里。他悠然走过新宿大道，来到新宿御苑前。

互联网上找到的店铺在五楼。

推开玻璃门进去，店里有几个顾客，不过基本上听不到说话声，有种静谧的氛围。

正面有书架，上面陈列着专业书籍。《汉方概论》《针灸入门》《针灸实务》《针灸治疗的基础》《实用经络学》《针灸治疗的原理》……

也许应该买一本手册。秀一抽出好几本书，翻看其中的内容，最终选了面向初学者的、看起来容易理解的一本。

接下来是最终的“针”。它关系到“电击作战”能否成功，必须慎重选择。

关于“针”，秀一已经通过互联网和百科辞典掌握了一定程度的基础知识。

中医认为，人体全身存在 365 个穴位，有 12 条经络将它们连接起来（这称之为正经，其他还有 8 条所谓的奇经）。人体内有名为“气血”的能量，在这些经络中循环。气血流动的停滞或过快，都会导致疾病。

针灸治疗，是用金属制的针刺激这些经络穴位，让气血的流动恢复正常，以此治疗疾病。

针灸中使用的针分为中国针和日本针。日本的针灸院通常使用更细的日本针。

据说，针灸治疗使用的针和头发丝的粗细差不多，远比缝衣针尖锐，刺入皮肤几乎感觉不到疼痛，也不会留下痕迹。

由于针很细，秀一起初还担心能否通过足够的电流。因为电流的流动和水流的情况类似，通道截面积越狭小，阻力就会越大。

不过，查阅《理科年表》中记载的金属体积电阻率加以计算，得知即使是所谓直径只有 0.16 毫米的最细“一号”针，电阻也小得足可以无视。

针灸用品的架子上，陈列着好几种针。一次性针、环形皮内针、圆皮针、平轴皮内针、小儿针……

一次性针是用过一次就扔掉的针。近年来，人们愈发担心艾滋病、肝炎等传染性疾病通过针灸传播，几乎所有的针灸院都开始用这种一次性针。

秀一拿起一盒一次性针看。普通针是 50 根一盒，一次性针是 100 根一盒。

“电击作战”只需要一根针。算上练习用的，有一打就足够了……

按照在网上查到的资料，一次性针等普及型的针是用不锈钢做材料，但也有金针、银针等。

秀一对银针很感兴趣。即使在金属中，银的导电性也特别高。也就是说，它能非常有效地让电流通过。

中医认为，银针能够驱邪。西方在驱除魔鬼时，也使用银质的武器。要抹杀曾根这样的邪恶存在，似乎是最佳的选择。

不过，针灸医生开设的网站上说，“银针易折，金针易曲”，这让秀一有点担心。计划进行到一半，如果只是针弯，倒没什么关系，但如果半路断掉拿不出来，那可是致命的。

在这个意义上，也许还是与银具有同样优良导电性的金针更好。但是，金针的价格很高，一般来说，不去订货就没办法拿到。而在那个网站上，银针是正常销售的，但金针也需要订货。

秀一决定买一寸长（3 厘米）的一号（直径 0.16 毫米）银针，和刚才选的书一起拿去收银台。

银针是 50 根一盒，2700 块。收银台旁边还卖交换式针管。把针装在里面，从上面一敲，就能刺入皮肤，不会折断。这东西的价格从 180 到 650 块不等。秀一买了价格最高的。

收银的是 50 多岁的优雅女性，看到题为《针灸治疗初步》的书和银针，也没有露出什么怀疑的样子。面向一般人销售针灸针，本身虽然不是犯法，但可能是担心医疗事故，很少有商家卖给不是针灸医生的人。这里是少数的例外。

付钱的时候，秀一发现装银针的袋子上写了一行字。

“银针不适合通电治疗。”

通电治疗是给针通上弱交流电，给予持续刺激的疗法。

虽然不太想交谈，秀一还是向收银的女性询问这行字的意思。

“使用电针的时候，银针会发生电解，很容易折断。”

收银的女性随口回答。

秀一想起来了。这不是去年《化学ⅠB》上学过的知识吗？电解的时候，如果用银或铜等容易氧化的金属做阳极，电极自身就会溶解。

$$Ag \rightarrow Ag^{+} + e^{-}$$

说不定同样的情况在临床上也发生过。

“那么，用过几次会发生危险？”

“嗯……我觉得就算一次也不太安全吧。”

“电击作战”的通电时间只有几秒，但通过的电流大小远不是电针之类能相比的。考虑到万一的危险性，还是放弃银针才对吧。

秀一谢过收银的女性，决定换成一次性针。100 根装 2800 块，和 50 根装的银针价格差不多。

以防万一，秀一迅速看了一遍盒子上写的注意事项。两个角度研磨，易于无痛刺入。材质为不锈钢，可以用于电针。泡罩独立包装，针管为树脂材质，便于使用。

离开针灸用品店，秀一去了体育用品店，买下整套的骑车运动服，然后又在世界堂买了新的画布和若干色的夏勃纳牌油画棒。

查看清单，只剩下一样东西要买。

秀一在新宿站的寄存柜里取出行李，在车站洗手间换回原来的服装。坐山手线去品川，换乘横须贺线，返回镰仓。

换乘江之电前，秀一在镰仓站附近的花店订购了寄送花束。

每年他会和遥香合出这笔钱。明天的母亲日，会有鲜红的玫瑰装点饭桌吧。

曾根好像还被严重的宿醉症状折磨，真是可怜。吃过晚饭，秀一放心地去了车库。

他把秋叶原买的电子零件放到工作台上。

3 米的电线，电瓶夹，迷你鳄鱼夹，开关。

首先用美工刀插入电线不带插头的那一端的中间凹陷部分，将两根包裹绝缘材料的导线准确地从中央一分为二。

3 米的电线，切到 1 米 2 的地方，形成 Y 字形的线缆。

接下来，将切分开的每根电线头上剥开，露出黄铜色的金属线，接上电瓶夹和迷你鳄鱼夹。

这些都是连接电路的零件，电瓶夹的形状像是洗衣夹，经常用来夹住汽车电瓶之类的较大电极。而迷你鳄鱼夹就只有小虫大小，主要用于夹住细导线。

电线上接了不配对的两个夹子，就像是寄居蟹的蟹钳。

秀一注意到一个问题。迷你鳄鱼夹包裹着黑色绝缘塑料，只留了顶端 5 毫米左右；而电瓶夹只有末尾部分包裹了红色塑料。如果直接这样用，夹子的某个部分接触到无关的地方，就会有电流泄漏的危险。

他在工具箱里翻出四色的绝缘胶带，选了红色胶带，在电瓶夹上裹了好几层。然后用美工刀把夹住线头的锯齿部分切掉，露出金属。

最后处理开关。他把插头和电线一分为二的线段中间剪断，将导线经过开关重新连接起来。

就这些了。作为前所未有的完全犯罪目标，可以说是很简单的设备了。

秀一打开一次性针的盒子，取出一根观察。看上去非常细，很不牢靠的样子。他想找个地方刺刺看，但好像刺椅背都会断，一时找不到合适的地方。秀一用迷你鳄鱼夹夹住把手部分，比预想的牢固，这让他很满意。

就在这时，有人敲响了通往主楼的门。

秀一差点吓得跳起来。

“谁……？”

是母亲吗？难道发生了什么事？

“是我。”

遥香的声音。秀一急忙把 Y 字形的电线、一次性针等塞进运动背包，去打开门。

“什么事？怎么了？”

遥香站在门口，扭扭捏捏。

“玫瑰花的事，我在想……”

“哦哦……回来的时候在镰仓订过了。”

“啊，太好了。”

遥香好奇地打量车库里面。秀一并不是小心眼，不过万一摸到什么、碰坏什么都不好，所以之前很少让她进来。

“要进来吗？”

秀一这样一问，遥香开心地点点头。秀一让她坐到电脑桌前。这是车库里的特等座。

“……哥哥，为什么有三台电脑啊？”

遥香兴高采烈地打量桌上的东西。

“用途不一样。一台是联网专用的，另一台是打游戏和打字用的。连到网上就有可能染病毒，所以那台不接网络。再有一台……”

当然不能说是空的。

“嗯，怎么说呢，备份用的吧。”

“呵。”

遥香对这种很不合常理的解释没有丝毫怀疑，满怀钦佩地环视车库。

“哎呀……哥哥一直都在这个房间里干各种坏事呀。”

“我可没有做什么很坏的事。”

“可是，小小的坏事是在做的吧？”

“我可没做会被判死刑的事。”

因为还没成年啊，秀一在心里加了一句。

“可是，哥哥最近一直都关在这里。在做什么呢？”

虽然像是开玩笑，但看到遥香的眼神，秀一就知道她是为了问这个来的。

“嗯，很多事情啊。”

“比如说呢？”

“你搞得像妈妈一样。”

秀一开了个玩笑，但是遥香没有笑。

“妈妈也很担心。”

“是吗？”

秀一有点心痛。

“妈妈说，哥哥自己偷偷在担心什么事情。”

“嗯。”

“但是，不管什么事，大家一起想办法，肯定能想出好主意。因为我们三个是彼此的亲人啊。”

秀一将视线从遥香脸上移开。如果知道只有自己不是亲人，妹妹会怎么想呢。

尽管如此，这样诚恳温柔的孩子，却是曾根的女儿，这一点秀一至今不能相信。会不会是哪里弄错了?

“所以啊……”

秀一拦住了妹妹的话。

“知道了。以后我不会再闷在车库里了。”

“真的?”

真的，秀一在心里低语。准备工作已经基本上做完了。剩下的就是实际让曾根“强制结束”的作业了……

“其实我也没有担心什么。只是最近有各种不顺心的事，所以玩玩电脑，消遣消遣。”

“又是色情游戏吧?”

“最近的18禁游戏可感人了。你不知道吧?”

“我不知道哦……而且18禁的话，哥哥还不能玩哦。”

“按虚岁就行了嘛。”

就在这时，秀一又想起还剩下一件需要花费时间的准备工作。

“对了。还剩一点事情，需要今明两天晚上去做。所以刚才说的从周一开始……”

遥香像个孩子似的鼓起脸颊。

“果然！我就知道你不是在打游戏。到底在干什么?”

“其实我是在画画。”

“够了，要想骗人，就找个更像真的……”

“真的。我是美术社的成员啊。画画有什么奇怪的了?”

秀一去车库的一角拿出画袋，里面装的是昨天从学校带回来的画布。为什么要把这个拿出来证明，秀一自己也觉得奇怪。妹妹抱怨两句，不用管她应该也没关系的。

不过秀一还是取出画布，给遥香看。

“你看，画得不错吧？我要画完它。”

那是美术课上画的风景画。从由比浜高中美术室的窗户看到的湘南海面。灰色雨云覆盖的天空，如背景灯般从云间透出的淡淡阳光，海浪的褶皱，细碎雨滴织出的波纹，还有风。要表现出这一切，需要花费不少精力。不过一眼看去，明显可见细节尚未完成。

“哎……太厉害了，画得真好。”

遥香的由衷赞叹让秀一很得意。

他忽然想到也许不该让遥香看这幅画，不过又觉得不必担心。应该不会对计划产生什么影响。

“所以今明两天我要在车库里，然后再陪你玩哦。”

“哼，谁要和你玩。”

嘴上虽然这么说，遥香的表情明显比刚进来的时候开心了不少。

妹妹离开以后，秀一便在车库中央摆起两个画架。一个放上刚才给遥香看的画，另一个放上只涂了底色的画布。

然后他放好油画用具，开始精确描摹自己画的画。

5 月 11 日，星期二。

不知为什么，计划的“当天”，仿佛比想象中来得更早。

秀一比平时提早 30 分钟起床，刷牙。

昨天晚上靠 101 的帮助，秀一得以相对早些入睡，但被随着曙光响起的雀鸟鸣声吵醒之后，就在床上辗转反侧，怎么也睡不着了。

昨晚本来也没喝几杯波旁，但胃里却不舒服。从来没有感觉过异样的牙膏味道，今天却刺激着喉咙，让他感到恶心。

秀一比遥香更早来到厨房，让友子吃了一惊。

秀一完全没有食欲，但要满足今天一整天的能量消耗，必须摄取足够的碳水化合物。曾经有个名叫卡波·罗丁的自行车选手，参加过好几次越野赛，但也有过因为营养不够而在后半段陷入苦战的经历。

秀一吃下火腿鸡蛋，又就着大量咖啡吞下五片面包。

“吃太多了吧？”友子担心地问。

秀一的吃法简直像是自暴自弃，后来的遥香也目瞪口呆。

秀一吃完就迅速下了餐桌，防止她们多问。

校服下面已经穿好了充满设计感的竞赛用紧身衣和绑腿。他把用纸包好的油画、安全帽、护目镜、竞赛鞋都塞进背包背起来，拿上书包，走向车库。

昨天已经仔细维护过松下的公路自行车。本来想在外观上也做些调整，不过本来就不起眼，还是不要多事了。特别是停车的时候引发关注就不妙了，所以最后只是把黑色把手的绑带换成水蓝色，仅仅这么一点改变，也让整辆车的印象大不相同。

从鹄沼的家中出发的时间刚好 8 点，比平时早了 20 分钟。

今天早上天气微阴，北风很强。早饭塞在胃里，没办法像平时骑得那么快，不过来到镰仓海滨公园也只花了 18 分钟左右。左转过去，右前方就是由比浜高中的校舍。上学的学生稀稀拉拉。

秀一确认过没人看见自己，把车骑到距离高中 50 米左右的建筑空地里。

那是会员制的网球俱乐部。大约是因为时间尚早，网球场上不见人影，不过已经停了两辆汽车。

秀一把自行车停到停车场旁边的自行车停放处，用链条锁把后轮和车架锁在一起。

说真的，如果能在这里换衣服，那是最好的。

以前和会员朋友来这里打球的时候，知道这个网球俱乐部的寄存柜可以随意使用。但自己不是正式会员，不能冒被发现的危险。

又确认了一遍没人看见自己，秀一走出网球俱乐部。他不着痕迹地混在步行上学的学生中间，走进校门。

在去教室之前，先绕到校舍后面，来到摆放文化社团杂物柜的地方。这个时间点，当然一个人也没有。

大杂院般的建筑，最里面有个没人用的房间。秀一打开铰链都快掉的门，里面杂乱地堆放着坏掉的桌椅、文化节上用的看板等。穿过狭窄的缝隙来到房间深处，他把背包藏到装了金色缎带的纸箱后面。

秀一看着手表，等时间过去。

外面传来乘坐江之电上学的学生们成群结队进校的声音。看准时间，秀一从后面走进校舍。他看到大门正在玄关里，混在大批学生中间换鞋。

秀一从后面拍拍他的肩膀。

“哟。”

“哎？坐刚才那班电车过来的？”

“没错。”

“今天没骑自行车？”

“每天骑车也很累啊。”

“哎，铁人栉森也会累啊。”

老好人大门没有丝毫疑心，两个人一起上了楼，去往教室。

秀一从教室的窗户望向网球场。出入口被其他建筑挡住，看不到。

终于，只剩下等待执行了。

秀一有种祈祷的心情。

祈祷今天一天结束之后，平静安宁再度降临。

第一节课到第三节课，秀一差不多没办法集中精神听课。

他双手互握，一心等待时间过去。宛如永恒苦行般的等待时间无休无止，令人难耐，但相反地，他也恐惧那个时刻的到来。

今天晚上，回到家的时候，一切就应该会结束。绝对会成功的。应该会成功。因为这是自己反复思考之后制订的计划，绝无纰漏。

所以，现在必须忍耐。不管什么难事，忍一忍也就过去了。结束之后回头再看，那也将只会是秘密的经验，是没有任何人经历过的特殊回忆。

只有那短短几个小时的时间，自己必须保持最旺盛的体力，必须完美完成计划。否则，接下来将会后悔一辈子。

无法冷静下来的秀一，在椅子上换了好几个姿势，从嘴唇中间吐出长长的气息。

仔细想来，有了这样的经历，大学考试之类的压力肯定算不了什么了。就算失败也还有下一年。在那种温吞的竞争中，都能散发出死一般的悲壮感，这些家伙走上社会也顶不上用场吧。

我和那些人不一样。不管什么残酷的试炼，都会闯过去。只要在试炼的时候封锁感情，像计算机一样计算面临的任务，并且像受过训练的士兵一样冷酷果断地执行……

宣告第三节课结束的铃声响了。

秀一伸了大大的一个懒腰，站起身来。

“栉森。”

突然有人喊自己，秀一吓了一跳。

“你是不是哪里不舒服？”

是纪子。她正皱着眉头看自己。

“没有啊。我看起来像是生病了？”

“唔……也不是啦。”

“下节是美术，走吧。”

“好，好啦。”

纪子还是一脸担心的样子，跟在后面。

刚下课没多久，美术室里还没人来。

秀一走向铁丝做成的画架，把没画完的画抽出来。

“这幅画……”

“嗯。”

“一直放在这儿的吗？”

秀一吃惊地回过头。自己为了临摹带回家的事情，被纪子发现了吗？

“怎、怎么了？”

纪子反而被秀一的过度反应吓了一跳。

对了，秀一想，就算被她知道自己把画带回家，也不可能知道我的目的。

“为什么这么问?”

“嗯，没什么，没事的啦。”

纪子的耳朵又红了。秀一想弄明白纪子为什么问这种问题，但是其他学生三三两两走进美术室，错过了机会。

铃声响起的同时，“米洛舍维奇”走了进来。敷衍地点过名，他又开始念叨起每次都一样的说辞。

“你们的画啊，都是用手在画，这可不行啊。画这个东西哪，是要用眼睛画的。不需要手指头的技巧，最重要的是仔细观察对象。要紧的是仔细看。明白吗?”

几个听话的学生回答说“明白了”，“米洛舍维奇”满意地开始默默画起自己要参展的画。他像是迅速沉浸到自己的世界里，周围的一切都视而不见了。

“我稍微出去一下。”

秀一对纪子小声说。

“哎？去哪儿?”

“阴天的光线感觉正好。我去看看天空和大海的色彩。”

“可是……跑到楼外面去，太危险了吧?”

“没关系。我就在校园里转一圈。”

秀一拿起画布和画具，大大方方走出教室。

“米洛舍维奇”连头都没抬。

秀一轻手轻脚跑下楼梯。

他在空无一人的走廊里无声快走。当然不能走玄关。他从校舍尽头处的窗户出去，那里是所有教室的死角。

只有一个危险的地方避不开。秀一弯下腰，紧贴着墙壁移动。只要楼上的教室没人探头出来，就看不到他。

来到文化社团的杂物柜，放下画布和画具，飞快脱掉衣服和裤子，剩下一身竞赛的装扮。秀一把室内鞋换成竞赛鞋，把装了护目镜的安全帽夹在肋下，离开了这里。

翻过围墙，离开学校。

一路小跑，奔向网球俱乐部。在自行车停放处，一边开链条锁，一边看手表。

11 点 53 分 30 秒……

第四节课已经过了三分半钟。时间有点紧张。

秀一戴上红色的护目镜遮住眼睛，又戴上红色的安全帽。那是最新的设计，开了好几个水滴形的透气孔。

黄色与红色相间的紧身衣和黑色的绑腿是佳能戴尔的牌子，黄黑两色的竞赛鞋是诺斯威……在 134 号公路上飞驰，越是全身鲜艳的越不容易引人注目，这是秀一计算后的选择。

他慢慢地踩动公路自行车。

等到汽车通过，他骑到 134 号公路的靠海一侧，车轮向东，一气加速。

测量地图，从鹄沼的自家到由比浜高中，距离 7.66 千米。按照计划，必须在 15 到 16 分钟内走完这段距离。

就算是 15 分钟，平均时速也是 30.64 千米。以自己引以为傲的体力来看，并不是实现不了。

打个比方，要在全日本选手权选拔的 A－1 竞赛中获得冠军，赛程是 12 圈 5 千米的赛道，也就是 60 千米，平均一圈必须在 8 分 12 秒到 8 分 30 秒内跑完。这么长的距离，平均时速也需要达到 35 千米～36 千米。

秀一自己过去也曾经挑战过几次上学的最短时间，在早晨基本没有汽车、无视若干信号灯的情况下，有过 13 分 16 秒的成绩，那是至今为止的最佳成绩，平均时速是 34.64 千米。

不过，上学的时候从鹄沼到小动是下坡，而且现在这个时间段，也不得不注意信号灯和汽车。考虑到这些因素，现在肯定达不到那个成绩。

总而言之，要按计划中的时间回到鹄沼的家，必须尽量在没有信号灯的 134 号公路上争取时间。

秀一弓背前倾，继续提升速度。竞赛鞋用环圈固定在踏板上，不仅踩下的时候有推力，抬腿的时候也能转换成推进力。所以他必须均衡用力，保持节奏。

从由比浜经过坂下前往稻村崎的一带是平缓的上坡。稍强的南风也在这里变成了迎面的逆风，骑起来很辛苦。海岸的强烈味道传到鼻孔里。刚刚才 5 月，又是阴天，但也许是因为临近中午，感觉温度很高。秀一的额头开始渗出汗水。

一辆辆机动车紧挨着他的右手边开过。四轮车倒没关系，但同样靠路边行驶的摩托车必须当心。

左边是很宽敞的人行道，还铺了美丽的瓷砖，诱惑秀一骑上去。但是，到了前面七里浜高中一带，会有不少自行车停在人行道上碍事，还是一直在路边骑车顺畅。

出现在前方的稻村崎逐渐变大。维持同样的速度也变得越来越难。

秀一紧紧握住把手最下面的软垫，用全身的力量抵抗风压。不仅大腿肌肉，连背肌和上臂肌肉也全都使上力气。秀一的上半身和地面平行，宛如四肢着地奔跑的野兽。

“……（我）不顾一切地奔跑着，不觉循路跑入了山林，也不知从何时起，竟然左右手着地奔跑起来了。又觉得自己浑身是劲，山岩巨石，轻轻一跃便能跳过……”①

进入劈开稻村崎的“海礁之路”，便暂时看不到大海了。道路变窄，秀一差不多只能在白线上骑行。

咬紧牙关，保持速度，冲上坡顶。

脚踏的阻力陡然消失。公路自行车获得了重力加速度的馈赠，开始猛然冲下坡道。

前方人行道是绿灯，所以秀一没有按刹车，任由自行车前进。

视野刹那间变得开阔，左前方就是江之岛，更远处隐约可见富士山的轮廓。

道路还是很窄，但秀一继续加速，达到和机动车流几乎同样的速度。

大群的黑色乌鸦停在左手边海岸的混凝土防波堤上。稍远些的地方，大黑鸢在休息。

远处的冲浪者们一边划水一边等待波浪。也许是在等待传说中千里挑一的超级大浪吧。由比浜一带有许多玩帆板的人，而这一带全是冲浪的。

来到七里浜高中附近，江之电的铁轨开始和134号公路平行。

---

① 《山月记》，出处同前。——译者

一辆电车刚好从车站出发。那是模仿大正时代欧洲车辆的复古车。据说联合进行旅游宣传的京都岚山电车公司曾在几年前生产复古车辆，于是江之电也借机引进。

秀一速度不减，追过了缓慢行驶的复古车。

江之电不仅速度慢，而且频繁停车，从由比浜到鹄沼要用二十五六分钟。所以乘坐江之电的话，绝对没办法犯罪。正因为如此，如果在第四节课的 11 点 50 分到 12 点 40 分之间，能够往返于鹄沼实施犯罪，那就能获得完美的不在场证明。

前提是公路自行车的事情决不能败露。

过了镰仓高中前面，终于到了小动。正像“小动”这个名字一样，生长在山崖上的松树迎着海风微微摇动，像是在窃窃私语。

看着左手边的江之岛，秀一和江之电一起转向腰越方向，从龙口寺往 467 号国道北上。

过了江之岛站，和江之电分道扬镳。道路更窄，信号灯也多，速度提不上去。不过终点已经不远了。

再骑过 1 千米左右，左转，过境川，从几家店铺中穿过，又和江之电的铁轨交汇。通过鹄沼的道口，来到一处陡坡。

离家还剩不到 400 米。这一带的狭窄道路，秀一无比熟悉，转眼就穿过了。

看看手表，12 点 09 分。到这里用了 15 分 30 秒。差不多和预定的一样。

他本来打算，如果因为某种原因大幅延迟，就放弃计划回去……

离家越近，就越开始产生另一种担心。曾根也许没有吃下诱饵。那种情况下，计划也只能中止。

“电击作战”是在若干假定和保留的前提下成立的。如果出现不妥的情况，当即收手乃是铁则。这是以安全性为第一的思考结果，不过也可能只是自己想要一个中止的借口罢了。

这个想法一闪而过。

但已经到了这个时候，迷惘也无济于事。秀一拼命将自己逐渐软弱的心拉回来。

做与不做，自己早已做了决定。

既然如此，现在只能坚持到最后。

秀一停下自行车。本应最熟悉的自己家，看上去却像是可怕的邪恶据点。

周围一个人也没有。

秀一悄悄打开黑色铸铁门。

想到也许会有人在看这里，秀一心里很紧张。不过，视线所及的各家窗户后面，都看不到人影。

他把自行车停到门里面一般人看不到的地方，打开玄关的锁，走进去。

心跳快到难以忍受。

家里静悄悄的，一点声音都没有。

秀一把红色护目镜移到额头，看看手表。过了 12 点 11 分。如果回程需要 20 分钟，那么可用的时间只有 9 分钟了。

秀一下定决心，脱下鞋子，走上楼梯。

进入二楼自己的房间，把衣柜里准备好的工具包和金属球棒拿出来，朝尽头的房间走去。

房门敞开着。

秀一往里窥探。

和预想的一样，曾根烂醉如泥，呼呼大睡。

走进房间，看他的枕头。“百年孤独”的酒瓶倒在一边，里面全空了。

旁边有个桐木盒。里面只剩下印有乌鱼子图案的塑料袋残骸。曾根好像把两块都吃了。

果然如计划一样吃掉了。对这家伙而言，诱饵有着无法抵抗的魅力吧。

曾根差不多每天都会在一家三口出门后搜刮家里存放食物的地方。所以秀一把高级烧酒和乌鱼子附上赠礼的彩纸，“藏在”客厅的洋酒架里。按照这家伙的卑劣个性，肯定会赶在别人咒骂之前，把所有东西都吞下肚子。

慎重起见，秀一摇了摇曾根的身体。这是最后的确认。如果曾根醒来，计划就要延期。

但是，曾根像是完全丧失了意识，鼾声如雷，大张的嘴角还流着口水。再用更大的力气摇晃，结果还是一样。

秀一紧张到快要呕吐了。自己真要动手吗?

躺在面前的人，并不是制订计划时设想的假人，不是无色透明的物体。

那是活生生的人。每次在打鼾中吸气、吐出带有酒臭的气息，腹部和胸廓就会缓缓起伏。就连充满酒精味的体臭乃至体温，都是活生生的证明。

秀一打开包，把工具依次放到地上。血压计。Y 字形电线。变压器。装在盒子里的一次性针。

心脏狂跳不止，简直要破裂开来。脖子和手臂的皮肤瘙痒难耐，肯定是汗毛一根根倒竖起来了。

自己正要踏出无法回头的一步。想到这一点，便涌起难以言喻的恐惧感。

如果可以的话，他只想马上逃出去。

但是，已经不能回头了。

如果在这里放弃，自己之前的准备又是为了什么？

如果在这个紧要关头胆怯，就等于是向这个人渣彻底投降。只有扼腕咬牙，眼睁睁看他蹂躏自己的家庭，把家人推向不幸的深渊。

无论如何，我也要“强制结束”这个人渣。

拼死也要干到底。

母亲和遥香的脸庞浮现在脑海里。

家人的幸福着落在自己的行动上。这样一想，心情的悸动略微平稳了些。

早知道会有这么大的压力，就应该先准备101，秀一有些后悔。不过现在也没时间去车库拿了。剩下的时间已经很紧了。

秀一看到以防万一而拿来的金属球棒。如果敲碎这个人渣的头，转眼间一切就会结束了吧。只要集中精神，让暴力的冲动在瞬间爆发出来就行了。和自己接下来要做的事情相比，这应该简单很多。

但是，现在只能按照计划好的步骤执行。

秀一拿起血压计。就在这时，他突然开始全身冒汗。难道肌肉散发的热量到现在还在让体温上升吗？

秀一的手指不停颤抖，差点拿不住血压计。他做了深呼吸，等待几秒钟，让心情平静下来。然后，准备把血压计套在曾根的手指上。

糟了……

秀一的头嗡的一声。

曾根紧紧握着拳头。血压计套不到手指上。

秀一不禁诅咒自己的疏忽。为什么选血压计的时候只想着轻便？这样的情况本来不应该想到的吗？

心里的某个角落反而是在为这样的突发状况窃喜。发生了未曾预料到的状态，原则上只能中止了吧。

看看手表。剩下的时间还有 7 分 40 秒。

还来得及。秀一出了房间，去母亲的卧室。母亲有段时间担心自己高血压，所以生日的时候送了她血压计。如果能找到那个……

拿上血压计，返回走廊尽头房间的时候，剩下的时间不到 7 分钟。

打开电源，把腕带裹在曾根粗大的手臂上，按下加压开关。

血压计发出钝钝的呻吟声，将空气送进腕带。曾根还是毫无反应。

液晶画面上的数字升到“175”，然后伴随着心形符号的闪烁，缓缓降低。最终落到“130－94”。

在目前的情况下，数值本身并没有任何意义。只要能测量出曾根有没有血压就行了。

秀一将变压器的插头插进墙上的插座，检查开关处在关闭的状态，再把 Y 字形的电线接到变压器上。然后他打开盒子，取出一次性针和树脂针管。

曾根只穿着短裤，所以省掉了脱他裤子的麻烦。秀一把装了针的针管贴到曾根胫骨外侧和膝关节之间的凹处。这里叫做“足三里”，是针灸中最常用的穴位。就算万一留下发红之类的痕迹，受怀疑的可能性应该也最低。

直径只有 0.16 毫米、极其锐利的不锈钢针，刺入皮肤的时候，基本上不会产生疼痛。由于太细，普通人刺的时候会有折断的危险，不过用了针管就可以避免这个问题。

秀一后来又在加盐果冻实验中用过的鸡身上练过，还拿自己的腿做过实验，已经掌握了诀窍。

左手拇指和食指捏住针管，用右手食指指尖轻敲针管上突出的针柄，以短促的节奏敲击几下，针柄就完全没入针管中，而针尖已经刺入皮肤数毫米了。轻轻取下针管，再用左手拇指和食指捏起皮肤，右手捏住针和柄的中间，再一点点刺下去。

3 厘米长的针体，已经有 2 厘米刺进了皮肤。

到这里都很成功。

专心于精细的工作，反而让情绪比刚才平稳了一些。看看手表，刚好剩下 5 分钟。

他拿起 Y 字形的电线，用接在一头的迷你鳄鱼夹夹住刺在曾根腿上的针柄。

然后拿起电瓶夹，弯腰靠近曾根的脸。

曾根大概完全感觉不到针刺的疼痛吧。他依然张大了嘴，呼呼大睡。

在脏乱的齿列深处，有个东西散发着金属的光泽。左下侧的臼齿上覆盖着银质牙套。

没有比这个更理想的接口了。

秀一打开电瓶夹的前端，紧紧夹在银质牙套上。

曾根好像微微动了动身子。没时间犹豫了。接下来只要打开开关就行了。

“这个人行为不当，因而强制结束他的生命……”

青之炎在脑海中闪耀。秀一打开 Y 字形电线中间的开关。

曾根的身体骤然像弓一样弯起来。

这一刹那，220 伏的电压，让电流从左侧臼齿通到左腿。假设体内的电阻为 100 欧姆，那么曾根的心脏就会受到 2200 毫安的电流冲击，20 倍于引发心室颤动的危险电流强度。

曾根猛地睁开眼睛。黄色的双眼惊愕地瞪着秀一。

在难以承受的恐惧中，秀一凝视腕上的手表。按照法医学教材上的说法，1 到 3 秒就足够了，不过为了以防万一，秀一还是通了 5 秒的电。

关上开关，曾根的眼睛还睁着。

秀一咽了一口唾沫，望向曾根。失败了吗……

不过，几秒之后，曾根的眼球翻起，变成了白眼。他失去了意识。

剩余时间还有 4 分 30 秒。

还剩下确认工作。

秀一又一次按下套在曾根左臂上的血压计开关。

腕带发出和刚才一样的低沉呻吟声，开始加压。

但是，上升到“132”就停住不动了。再次尝试加压，屏幕上闪现出几个混乱的数字，再度停止。

画面上显示出“Error”。

错误……失败……这表示血压没有到达测定下限就开始降低。也就是说，曾根的心脏陷入心室颤动的状态，完全失去了功能。

太好了，成功了。

暗自的欣喜只是一刹那。紧接着，颤抖从脚底蔓延上来。

终于动手了。

杀人了……

秀一突然回过神来。剩下的时间不足 3 分 40 秒。必须马上撤离。

他用颤抖的手取下夹在曾根臼齿上的电瓶夹。手上一滑，电瓶夹猛地夹上，发出咔哒的声音。

曾根已经没有呼吸了。

摘下鳄鱼夹，拔出刺入小腿的一次性针。虽然时间很短，但肌肉发生了痉挛，不用很大的力气拔不出来。

将血压计的腕带从曾根的手臂上取下来。

把变压器从墙上的插座上拔掉，和 Y 字形电线一起收回到准备好的塑料袋里。这本来是装雨衣的袋子，带有挂肩的绳子。

就在这时，背后传来深沉的叹息般的声音。

秀一如遭电击，转回头，看到一幅难以置信的景象。

曾根恢复了呼吸。

下颚朝上突出，发出风箱般的声音，像喘息一样呼吸。

这……可能吗？陷入心室颤动的心脏，还会恢复正常跳动吗？

就在快要崩溃的时候，秀一想起了法医学教材上的内容。

这是……终末呼吸。

阿-斯综合征。

肯定是陷入缺氧状态的大脑切换到紧急时的呼吸中枢，拼命尝试把氧气吸入体内。

不过这终究只是回光返照罢了。不管肺里吸入多少氧气，心脏不起作用，就没办法把它送到全身。

曾根也许确实还活着。但是，几分钟之内他就会面临必死的命运，只是秀一没时间等到那个时候了。

秀一努力把喘息声关在意识外面，拿上塑料袋、运动包和金属球棒，离开房间。

鸡皮疙瘩遍布全身。走在走廊里，他感到背后的房间无比巨大，但却无法回头。

他把运动背包和金属球棒扔进自己的房间，跑下楼梯。

将玄关的门稍微开了一条缝，看看没有人经过，再来到外面。

阳光炫目。天空还是微阴，周围有种昏暗的感觉。然而透过云层照下来的阳光，却仿佛还是刺痛了视网膜。

回过神来，秀一把还顶在额头上的护目镜戴好。

打开铁门，推出自行车骑上去。

下肢使不上力气，有种怪异的软绵绵的感觉。

看手表，12 点 17 分 35 秒。比预定提早了 2 分 25 秒。不用急。

虽然这样想着，秀一还是以疯狂的速度冲过鹄沼的狭窄道路，像是被什么东西追赶一样。这个速度太危险了，他想。等上了 134 号公路再提速才对。在这里应该骑慢一点。但是，这种危机感似乎缺少某种真实性。就像是骑车的自己和旁观的自己之间，意识彼此乖离一般。

幸好没有迎头撞到行人，秀一就用这个速度冲出鹄沼，冲下坡道。

沿 134 号公路向东骑行。

速度已经足够快了，但奇异的是，身体却没有那样的感觉。

背上满是汗水，但海风吹在身上，却是遍体冰冷。

骑到七里浜附近，脖子里感到微冷的东西。

小雨。水滴不断落下，打湿了背心、手臂、大腿。

抬头去看，太阳依然透过薄薄的云层照在地上。这不是阵雨，应该是太阳雨之类的现象。

这样的雨不会大的，秀一想。果然，雨很快就停了。

回到由比浜的时候，秀一看了手表。刚好是 12 点 33 分。距离第四节课下课还有 7 分钟。赶上了。这样的话，就可以慢悠悠回去了。

沙滩上遗弃着许多大件垃圾。

秀一猛然刹车，停住自行车。

他翻过栅栏，跳下沙滩。那里散乱着大大小小的垃圾。旧轮胎、穿底的塑料桶、坏掉的花盆，还有裹着蓝色塑料布的不明物体……

秀一看看周围。大约是因为下雨的关系，附近没什么人，谁也没有朝这里看。

秀一飞快地挖开脚下的沙子，把装了 Y 字形电线、变压器、一次性针的塑料袋塞进去，在上面盖上沙子。

如果直接把凶器带回学校，难保不会被什么人发现。所以还是埋在这里比较保险。等事情过去之后再来处理就行了。而且就算镰仓市的垃圾清运车开到这里把这些东西清走，也做梦都想不到这会是杀人的凶器吧。

他再度跳上自行车开始骑。

也许是错觉，好像双腿比刚才有力气了。

秀一悄悄推开美术室的门。

和自己离开这个房间的时候所看到的相比，学生们都丝毫不差地坐在原先的位置上画画。“米洛舍维奇”从画上抬起头瞥了这里一眼，但也什么都没说。

秀一觉得自己就像是做了一场时间旅行。感觉在那之后已经过去了整整一天似的，然而这个房间里的时间还是一成不变地流淌着……

纪子瞪向自己。

秀一拿着画布，朝她走去。

“你到底干什么去了？”

“本来只想稍微看一眼，结果看入迷了。”

秀一把画布拿给她看。

“哎……一个小时画了这么多啊。”

“一画画顺手了。很不错吧？”

“嗯。很不错。不过你去哪儿画的？”

“嗯？”

“我去了校园，哪儿都没找到你。”

“……其实，我是去沙滩了。”

“你脑子有病啊？”

纪子皱起眉头，盯着秀一。

“怎么了？流了这么多汗？”

“外面很热啊。”

“你真是脑子有病。”

纪子一个劲地念叨脑子有病。

秀一望向窗外。

那件事真的发生了？他的心中不禁涌起这样的疑问。

我确实执行了“电击作战”。但曾根真的死了吗？

秀一看看手表。再过一会儿就是午休时间，12 点 40 分。通电之后已经过了 25 分钟以上。如果这么长时间里一直都是缺氧状态，此刻脑细胞应该已经完全死光了。

尸体大概会在今天傍晚被发现吧。然后警察就会赶来。

秀一咽了一口唾沫。

计划很完美，但自己真的没有遗漏什么吗？专业验尸官检验的时候，真的能瞒过去吗？

铃声响了。“米洛舍维奇”说了什么，但已经没有学生听了。他们把画放到画架上，迅速收拾好颜料和画笔，离开美术室。

“喂，快点走吧。要耗到午休结束吗？”

被纪子一催，秀一终于回过神来。

纪子拿起秀一的画布，又皱起眉。

“哎？”

“怎么了？”

纪子用手指轻轻摸了摸画布表面。

“外面好像真的很热啊。颜料都已经完全干了……”

第六章

春日狂风

秀一完全没有食欲，午饭只吃了一块羊角面包和牛奶。

大门和纪子担心他是不是身体不舒服，秀一敷衍说自己只是早饭吃多了，胃里难受。

他走出教室，再次来到文化社团的杂物柜，拿回赛车服、竞赛鞋、安全帽、护目镜，还有画到一半的画。如果等到放学后，参加社团活动的学生就会聚集在这里，他怕没机会拿回来。

把衣服塞进预先准备好的纸袋，存到自己走廊的柜子里。虽然到放学之前还有点危险，不过他刚挂上了在校内小卖部新买的号码锁，应该不会转眼就被偷了。

画也必须要处理掉。两张一模一样的画，只有进度不同，这实在太奇怪了。

美术课结束时给纪子看的画，是在模仿自己这幅画之后，又预先画满了一个小时的版本。不过秀一没想到纪子那么敏锐，连颜料的状态都注意到了。

正要塞进柜子的时候，他看到画布内侧有东西。

这是……

秀一朝走廊前后看了看。没人注意自己。

他弯下腰，把画布稍微抽出来一点，又看了一遍。画布的木框内侧，纤细的褐色笔迹写了短短一行字。

“我是栉森秀一。因为太笨太笨，不太懂女孩子的心♥”

也就是说，上一次自己上完厕所回到美术室的时候，看到纪子手里拿着自己的画。那时候的纪子确实鬼鬼祟祟的，手里拿着蘸了浅褐色颜料的细笔。文字和木头的颜色相近，光线的角度不对就看不到，所以自己一直没发现。

但是距离那时候已经过了二十多天了。自己的注意力简直太差了。

秀一关上柜门，锁上号码锁。

这可有点麻烦。

现在放在美术室的那幅画，当然没有这行字。如果被纪子看到画布内侧，就会知道自己画了两幅完全一样的画。

最快的办法就是把这行字擦掉。如果要提高可信度，可以先把这张画布上写的文字擦掉，看看会留下什么样的痕迹，然后在那张画布上也留下同样的痕迹……

但是，这个方法有困难。自己的反应这么冷淡，说不定会让纪子产生怀疑。

这行文字本来就很微妙。看起来也像是简单的恶作剧，但仔细品读，又能当做含蓄的告白。

在这样的情况下，如果是自己，肯定不可能把这么重要的证据轻易擦掉。

就算自己认为这是恶作剧，也应该做出直接向“米洛舍维奇”告发的样子，回击纪子。如果理解成爱情的表现，也还是应该做出直接向“米洛舍维奇”告发的样子，给纪子施加压力。

为什么要擦掉它呢？纪子肯定会这么想。

一旦开始怀疑，应该就会联想到各种问题。今天的美术课上，自己完全处于失踪状态。回来的时候，明明是阴天，自己却流了那么多汗。还有，刚刚画好的画，为什么颜料已经干透了。

……这样看来，只能想点办法，隐瞒过去。

给那张画布也写上完全相同的文字吗？

可是，纪子的文字很独特。秀一不认为自己能模仿到足以欺骗她自己的程度。

这样的话，该怎么办才好？

秀一专心思考对策。幸运的是，下午上课的时间，还能用来寻找弥补的办法。

虽然麻烦，但也不得不做。而且更重要的是，在处理掉这个问题之前，怎样才能不给纪子机会去看画布的内侧。

那天放学后，秀一来到久违的美术社团。

班会结束的同时，秀一就去了美术室，里面一个人也没有。

正要去检查绘画的时候，拉门打开的声音传了过来。

“哎？”

进来的是纪子。她看到秀一，一脸惊讶。

“怎么了？你来干什么？”

“什么叫我来干什么？我也是正式的美术社社员啊。”

“哪里是了？明明是幽灵社员。真是超诡异。难不成幽灵成不了佛，迷路跑到这儿了？”

“随你说吧。真正的艺术家之魂，凡人哪里能理解。”

秀一抽出另一张画布，开始作画。

纪子毫不掩饰自己的怀疑，不过没过多久也开始专心画自己的画了。

再过一会儿，其他社员也纷纷来到美术教室。

秀一随手在画布上涂抹颜料，沉溺在思考中。

回去太早不是好办法。但是过了 6 点，母亲和遥香就到家了，自己要在她们之前回去。回去的路上把衣服处理掉，5 点 45 分到家，那么 15 分离开学校就行了。

再想到后面的事，恐惧油然而生。回到家，必须由自己发现曾根的尸体，通报警察。

不过，曾根真的死了吗？自己一厢情愿地认为那种喘气式的呼吸就是终末呼吸，如果不是呢？

如果曾根的心脏摆脱了心室颤动的状态，开始恢复正常功能……

那样的话，他应该会意识到自己差点被谋杀了吧。在那种情况下，他肯定不会报警。

他应该会亲自报复。

他现在是不是正在搓着双手等自己回家？

秀一被自己想象出的幻影吓得毛骨悚然，

别傻了。那是不可能的。曾根死了。从那种状态中自然恢复是不可能的……妄想。别再胡思乱想了，振作一点！

“电击作战”还没结束。一切事情要等到自己报警、做过笔录之后，才算告一段落。

“……你在画什么哪？”

纪子的声音从身后传来。

“看不明白吗？”

秀一说着话，朝画布看去，大吃一惊。他在大脑空白的情况下涂抹颜料，结果好像把心中的翻腾混乱完全暴露出来了。

奔跑中的动物剪影，像是只老虎，但那身影又像是前倾的人。背后有一双黄色无神的眼睛正瞪着它。前面有一条异常细长的蛇，正抬起红色与黑色的两颗蛇头。

而在摇撼整个画面的，是要将一切烧尽的青之炎。

“故意乱画的？”

“……抽象画啊。一直都写生、写生，太无聊了嘛。”

“真是的。我才想着你难得来一回，结果画的这是什么呀……”

纪子叹了一口气，回去继续画自己的画。

秀一看看手表。差不多该准备回去了。他用清洗剂洗了画笔，整理好画具，从美术室角落的架子上拿起那张有问题的画，再把自己刚才画的填到空出来的位置里。

纪子好像没有注意他的行动。

秀一悄悄走出美术室。

距离日落还有一个半小时以上，不过校舍里没有开荧光灯，已经有些昏暗了。

一下楼梯，就听到了小提琴和萨克斯的声音。管乐社的学生们好像一个个都关在教室里勤奋练习。节奏混乱、不成曲调的曲子，好像是帕赫贝尔的《卡农》。

秀一把装了赛车服的纸袋、带有纪子留言的画布，还有空的背包都从柜子里拿出来，在空无一人的昏暗玄关换了鞋子，走到外面。

外面比校舍里面亮，但可能是因为天阴，感觉已经像是黄昏了。

操场方向传来棒球手套接球时发出的干瘪声音。金属球棒击球时发出的高音，演奏出气势磅礴的交响。

秀一把两张画布都装进背包，走向网球俱乐部的停车场。

他解开自行车的链条锁，一只手抱住纸袋，慢慢骑出去。

由比浜的景色一片灰暗。本来这一带的沙滩颜色就和白沙相去甚远。

海风吹拂，潮水的气息比白天更强。两只大大的黑鸢展开双翅，像风筝一样迎风滑翔。稍远的地方，三只乌鸦也尝试同样在强风中保持静止，但怎么也承不住风势，被风吹远了。

沙滩上还有几只鸽子，好像在地上寻找掉落的饵食。它们缩着身子，像是在躲避上空盘旋的强大迫害者。飞的时候也卑微地贴着地面，丝毫不敢飞上天空。

过了稻村崎，在阴沉天空的背景下，江之岛化作昏暗的剪影。云层完全遮住了富士山。

在小动右转，进入 467 号国道。秀一沿着和白天完全相同的路线，回到了鹄沼的自家。他对路上的景色视而不见。

下午 5 点 24 分。家里没有开灯。

秀一留意着四周的动静，打开了门。他把自行车停到车库，然后先去外面，从玄关进入主楼。

杀人犯必定会回到现场。脑海中浮现出这句忌惮的话语。

不过，自己不是杀人犯。我只是放学回家，偶然发现了尸体而已。绝不能做出任何不合适、不自然的举动。

秀一首先回到二楼的房间，放下书包和运动背包，把上衣挂在衣架上，给裤子喷上水雾，用老式的熨斗熨平。

他换上蓝色的运动套装，先去厨房，从冰箱里取出盒装橙汁，慢慢倒进玻璃杯里，然后一口喝光。有种冰冷的液体沿着食道下落的触感。他把玻璃杯放进水池，灌满自来水。

再去一趟二楼吧，他想。但是腿却动不了。

不去不行。

心跳又加快了。秀一给自己鼓劲。

发现曾根尸体的可怕任务，不能交给母亲，也不能交给遥香。自己做的事情，只有自己来收场。

一步一步，秀一像是踏着正步一般走上楼梯，朝二楼走廊尽头的房间走去。

门依然半敞着。里面一点声音也没有。

秀一把两只手在运动服上擦了擦。呼吸变得浅而急促。他深深吸了一口气，轻轻推开门。

眼前是曾根横躺的身影。

两眼翻白，大张的嘴里露出一口乱牙。和白天自己离开这个房间时的姿势一模一样。似乎就这样死了。

秀一踏进房间，站了半晌，俯视曾根的尸体。显然已经死了。至少，“电击作战”中杀死目标的阶段计划，完美成功了。

不过，还是必须再做确认。他必须像一个善意的无关路人那样采取行动之后，才能报警，否则自己的陈述说不定会在什么地方产生矛盾。

他弯腰凑近曾根。

……冷静。这只是尸体。可怕的是活着的人。死了的人，只不过是开始腐烂的肉。没有任何可怕的地方。

秀一别过头，伸手去摸曾根的脖子。

尸体的皮肤感觉干燥僵硬，就像蜥蜴一样冰冷。当然，没有脉搏。脖子也很僵硬，似乎用力按下也不会弹回。

死了。而且好像已经进展到相当程度的尸僵状态了。这已经不是个人了。

我杀了他。

秀一退后几步，走出房间。他冲到洗脸池，打开红色水龙头。热水冲进洗脸池。他在按压式容器里挤出洗手液，把触摸了曾根尸体的右手搓出许多泡沫，然后插进冒着热气的水流中。

烫。秀一慌忙抽回手。右手已经红了。

把红色水龙头关小一点，打开蓝色水龙头。这回他冷静下来，在温水中洗了手。

秀一观察自己在镜子里映出的脸。脸色有些苍白，不过看不出特别的异常之处。没事的。很平静。可以冷静交谈。

秀一下到一楼，拿起客厅的电话子机。

就当搞错，也不能马上就拨 110。首先要拨 119。

刚响一声，对面就接了电话。

“您好，这里是 119。”

“那个，嗯，人……那个，好像死人了。”

“请冷静一点说。您的地址是?”

秀一回答着对方的问题，说明了地址、自己的名字、发现曾根的情况，等等。关于这番对话，他并没有排练过。如果自己的说明过于条理清晰，反而会显得不自然。

秀一听着自己回答的声音，有些满意。时不时打个顿，正是拼命想把事情说清的高中生形象。

这段声音恐怕会被录下来吧。后面也可能会有人重听，判断有没有可疑的地方。也就是说，必须认为对面在听的是警察。

自己是善意的发现者。放学后回到家，刚刚发现了尸体。有点惊慌是当然的。不过不要刻意演戏。保持语调平稳反而更好。不知道说什么才好的时候，就保持沉默。

“……明白了。现在就派人过去。”

大致确认过情况，对方挂掉了电话。

秀一放下子机。腿微微颤抖。他刚坐到沙发上，就因为暂时从紧张中解放，而长出了一口气。

但是，还有一关要过。在某种意义上，接下来才是鬼门关。一个人的死，并不是一张事务性的死亡证明就能解决的。为了维持社会治安，不能放过有疑点的死亡案例，需要执行相应的手续和仪式。

只有安然无恙地通过这一关，社会才会承认，曾根不是被某人“强制结束”，而是自然死亡的。

而“电击作战”的存在，也将永远不会泄露吧。

消防局大约迅速联系了警察。很快就传来警笛声，让秀一的心脏剧烈跳动起来。警笛声越来越近，最后停在家门前。

秀一去应门铃，外面站着四个人。一眼看去，都是身穿廉价西服的普通上班族模样，但他们的锐利眼神中有着某种让秀一警觉的东西。其中三人是辖区藤泽南署的刑事科员，另外一人是法医。

家门前的狭窄道路上停着白色的丰田花冠。不是警车固然不错，但也许就是故意让人这么想的，所以秀一总觉得那是警察的搜查用车。

来人进入曾根的房间，开始检查周围的情况。一个人用手机不知道联系哪里。电话那头似乎是县警的搜查一科。

发现了什么可疑的地方吗？秀一努力隐藏心中的不安，保持表情的平静。

“是你报警的？”

一个个头不高、体格却很结实的人，询问秀一。他的相貌很端正，就像歌舞伎演员一般，却留着五分头，像渔夫一样晒得黝黑。

“是的。”

为了不被紧张压垮，秀一在心中诅咒说，眼睛瞎了吗？其他还有谁在？

“能问你几个问题吗？那边是你的房间？方便的话，去那边说。”

“是的。”

那人擅自走进房间。秀一无可奈何，只能跟在后面。

“房间不错啊。这么好的房子，真是让人羡慕。像我家孩子，都还在上小学，三个人挤一个房间，而且比这个房间还小。”

秀一拉开椅子请他坐，自己坐到床上。

“嗯，你姓栉森吧？全名呢？”

“栉森秀一。优秀的秀，数字的一。”

“家里几个人？”

“三个人。算上我，还有妈妈和妹妹。”

“哦。那，死者呢?”

“他是曾根隆司……妈妈的、前夫。”

“怎么写?”

秀一解释了汉字的写法。

“唔。从什么时候住到这里的?”

那人拿出记事本，开始记录。

“4 月初左右吧。”

“4 月初……那，你母亲现在在哪里?”

“刚才给她上班的地方打了电话，好像去哪里买东西了。应该很快就会回来。”

“那，你给母亲打电话，是在联系过消防局以后吗?”

“……是的。”

为什么连这都要问，秀一想。一般人遇到这样的情况，会先联系母亲吗?

“你母亲白天都上班?”

“是的。在镰仓的进口家具店。”

“你和妹妹都在上学，那么曾根先生今天一个人在家里?”

“嗯。”

那人从内侧口袋掏出香烟，下意识地想要晃出一根。看到秀一，又放了回去。

“要我去拿烟灰缸吗?”

“嗯? 啊，不用，不用了。反正我正打算戒烟。”

那人苦笑了一下。牙齿好像很坚固，但是染上了一层薄薄的烟渍，果然烟瘾很大。

“哎，你会画画？”

那人的视线落在桌边竖立叠放的两张画布上。

秀一大吃一惊。他后悔自己为什么不把两张画好好藏起来。靠近自己的是纪子写过留言的。如果那人拿起两张画比较，就会发现差不多是同样的内容吧。

即使他不会马上怀疑，但万一去学校确认自己今天的不在场证明……

幸运的是，那人对画并没有表示出进一步的兴趣。

“那么，曾根先生经常喝酒吗？”

“嗯。基本上每天都喝。”

“哦，每天都喝那么贵的酒？”

他似乎注意到了“百年孤独”。

“我想那是准备送礼的。”

“那，乌鱼子也是？”

“嗯，大概吧。”

果然厉害。那么短的时间，观察非常仔细。秀一提高了对他的警惕。

“趁着家里没人，自己翻出来吃了？”

“是啊。大概……是这样吧，我想。”

提问停止了。那人意味深长地看着自己。秀一意识到他的视线落在自己的右手上。刚才被热水烫伤的地方。秀一反射性地握成拳头，藏起发红的手掌。

“队长！”

里面的房间传来怒吼般的声音。那人说了一句“等一下”，离开房间。

秀一站在房间门口，目送那人的背影。尽头的房间里出来一个年轻男子，给这个喊做队长的人看了某样东西。

看到那东西的瞬间，秀一惊得脸色煞白。

血压计。

被曾根的终末呼吸吓到，忘记把这个放回母亲的房间了。

秀一回到房间，盘腿坐到床上。没事的，不要慌，那不是致命的疏漏。要说曾根那种人关心血压大概会让人很意外，不过也并非不可能。

刚才那个人，拿着血压计走进了房间。

“你认识这个吗？”

“血压计。大概是妈妈的。”

“妈妈的？一般放在哪里？”

“嗯，应该在妈妈房间吧。”

就在这时，玄关传来开锁的声音，随后母亲的声音响起。

“谁在家里？秀一？怎么了？”

秀一对那人说了声“抱歉”，走出房间。他跑下楼梯。那人也紧跟在后面。

“妈妈，太可怕了。我回到家，曾根他……死了——”

“哎？……怎么死了？”

友子茫然望着秀一。

察觉到母亲眼神中的质问，秀一吃了一惊。直接怀疑自己吗？这一点固然让人震惊，但在警察面前更加难办。旁边那个人，会怎么看待母亲现在的表情？

“我不知道，大概是病死的。”

“病死……？是吗？”

“是栉森女士吗？我是藤泽南署的山本。”

那人向友子递出名片。秀一想起他还没有报过自己的名字，在旁边偷看了名片一眼。

警部补，山本英司……刑事科防盗组，是负责强盗之类的吧。

“曾根隆司先生的死因还不能确认，大约是睡梦中突然死亡的。”

“突然死亡……？是婴儿身上会发生的那种吗？”

“不是。青壮年也有很多这样的情况。睡眠期间的心律失常等等，学名叫做心室颤动……”

丝毫没有心理准备的情况下听到这个词，秀一吓了一跳，不过并没有表现出来。

山本警部补将友子和秀一带去客厅。他在对面坐下，沉稳地说：

“我有一个问题想要请教。夫人您有血压计吗？”

“是的。”

友子面带狐疑。

“是这个吗？”

那人把手里的机器拿给友子看。

“嗯嗯，是的。”

“这是曾根先生房间里找到的，是您借给他的吗？”

“不是，我没借过。不过，这个血压计怎么了？”

“嗯，近年来生产的血压计，都有记录功能。所以我们刚刚检查过。”

山本警部补从口袋里取出超市收银条一样的薄纸，似乎是血压计的记录纸。

“这是最后的数字。”

友子接过山本警部补的纸。秀一也在旁边看。那上面印了过去十次的血压测量值，以及日期和时间。

大部分的高值在135到150之间，低值在110左右。唯有最后的数字不一样。

“5/11 12:13 130－94”

“这……不是我。这个时间我在上班，”

友子说。

“那就是说，这是曾根先生自己测量的?”

“嗯，大概吧。”

“明白了。也许是感觉到身体不太舒服，担心血压了吧……唔，虽然看起来完全是正常值。”

“弄清曾根的死亡时间了吗?”

虽然觉得有些冒险，但秀一还是大着胆子问了一句。

“这个啊，死后没过多久的话，通过直肠内的温度变化，可以相当精确地判断出死亡时间。大约是在这个时候吧。”

山本警部补用圆珠笔尖指向“12:13”。

秀一在厨房，站着把热可可一口喝光。

他长出了一口气，疲惫不堪。各种事情乱七八糟地裹在一起，今天一整天的经历足以相当于过去十年。

遥香回来的时候，他和母亲都很担心。尽管遥香应该不知道，但毕竟是她的亲生父亲死了。不过遥香却显得很冷静，面对警察的询问，也条理清晰地做了回答。

到了平日里的晚饭时间，本想着警察差不多也该回去了，法医突然搭乘一辆奇怪的厢车来了。那是个满脸皱纹的老人，看起来快要退休的样子，但其他警察都很尊敬他。

老法医在房间里关了半晌，终于和来的时候一样，匆匆忙忙离开了。

秀一想，所有手续终于结束了。但接下来的消息却让他大为震惊。

曾根的尸体要去大学附属医院进行司法解剖。

山本警部补没有详细解释原因。关于曾根的死因，警方大概还存有疑虑吧。

没事的，不用担心。秀一对自己说。重点在于，仅凭尸检是无法判断死因的。不如说这一发展其实早在自己的计算之中。

而且在司法解剖中，应该也找不到曾根被谋杀的痕迹。最多只会在小腿上找到像是蚊子咬过的发红小点。只要检测不出任何毒素，一般应该不会有人怀疑那与人的死亡有关。

如果到最后也难以确定死因，那么就只能向山本警部补说的那样，将之视为“突然身亡”。就算是警察，也只是官僚机构的一部分，肯定也想尽早下个说得过去的结论，赶紧结案。不然的话，层出不穷的案件，根本无从收拾。就连那位法医，不也是忙得不可开交吗？

秀一喝光可可，离开厨房。他本打算趁着今晚处理掉两幅画，但实在太困了。看看手表，刚过午夜。不管怎么样，明天再处理也不迟吧。

经过客厅的时候，友子喊了一声“秀一”。她一个人坐在沙发上。手里似乎是一杯热牛奶。放在平时，这个时间她已经上床了，应该是睡不着吧。

“还没睡吗?”

“不知怎么，一点也不困。你今天也很累了吧。”

“我没事的。”

“嗯……我有几句话想和你说，有空吗?”

会说什么？秀一感到心中有些戒备，不过还是默默坐到对面的沙发上。

“什么?”

“说这种话，可能会让你觉得我很冷血，不过我真的松了一口气。”

“……”

“自从那个人过来以后，家里就是一团糟。你也很辛苦。我也知道必须赶他走，可是……可是，赶走他太难了。加纳律师也说过我，让我一定要好好处理。”

“现在已经没事了。人都死了。说实话，我也觉得他死了才好。”

“……是啊。对不起，一直让你担心。”

友子双手捧着装了热牛奶的杯子，像是暖手一样。

“到现在我才能说，最近这段时间，很担心你。”

“我听遥香说了。我告诉她不用担心了。”

“是啊。已经结束了……”

秀一对母亲的说话方式有些在意。当然，她应该没有发现自己把曾根“强制结束”的事。

“对不起，问这问那的，不过有件事还是想问问，不然我总担心得睡不着。”

“什么？”

心跳加速。秀一没有想到，在警察离开之后，还会受到母亲的盘问。

“刚才，那个警察询问的时候……”

“山本警部补？”

“对。你说，今天你是乘江之电去学校的吧？”

“是吧，大概说过，不记得了。”

“真的？”

“当然。怎么了？”

“可是，除了下雨天，你都不会坐电车去学校吧？”

“没有啊。我为了省下每个月的交通费，确实会尽量骑自行车上学，但是这几天身体不太舒服。大概也是因为这个，看起来像是有什么心事吧。”

秀一飞快地解释。

“……”

“另外，今天早上我吃得有点多，实在不想骑自行车。”

友子露出一丝微微的笑容。

“这样啊……确实吃得很多。”

“而且今天早上时间也早了点吧？坐江之电也完全来得及。所以就没骑车了。大门也笑我说，最近搞得太累了吧。”

“大门，是那个和和气气的孩子吧？今天早上你是和大门一起上学的？”

“是啊。”

友子似乎被说服了，松了一口气的样子。

“嗯……这样啊。”

秀一的心悄悄放了下来。不过，无凭无据就怀疑自己，这是不行的。他决定小小反击一下。

“不过，那又怎么样呢？坐江之电也好，骑自行车也好，应该都没关系吧。”

“是啊。对不起。妈妈想得太多，都是些奇奇怪怪的事情。”

“什么奇奇怪怪的事啊？”

“好了好了，不说了。真的对不起。”

友子很诚恳地道歉说。

“……你太累了，该去睡了。”

秀一有些坐立不安，站起身来。

“嗯嗯，喝完这个就去睡。你也早点休息。”

“嗯。晚安。”

秀一走上楼梯，回到自己的房间。不过，当他确定友子回到卧室以后，便悄悄出了房间，朝车库走去。

他在平时装冰水的大玻璃杯里，倒满了波旁酒和冰块。

要让自己的手停止颤抖，一杯不够。

这份紧张到底要持续到什么时候？

总之现在只有忍耐。

眼皮逐渐变得沉重起来。但是，随着意识逐渐释空，被压抑的恐惧也慢慢在脑海中升起。

今天晚上，自己能在那个房间里睡着吗？

那地方距离自己杀害曾根的房间只有几米远……

第二天，秀一按计划向学校请了假。

因为之前他从没有装过病，加上昨天又发生了那样的事，母亲似乎也没有起疑。

大约也是侥幸吧，秀一因为睡眠不足造成的眼袋，给头痛这个借口做了证明。

遥香对曾根的死亡本身并没有什么特别的表现，简直令人惊异。她照常去上学，只是有些担心秀一。

天气很晴朗，和昨天全然不同。这样的天气，如果能骑自行车在海边疾驰，应该很爽快。

一个人留在这么大的房子里，秀一穿着睡衣睡裤，拿上两张画，去了车库。

睡意难耐，但该做的事情还是先做了为好。

从收纳不常用工具的抽屉深处拽出油画绷布器。那像是个特大号的钳子。几年前世界堂低价处理，一时冲动买下了它，现在回想起来，真是买得太对了。实际上之前也就用过两三回。

从工具箱里拿出真正的钳子和锤子，放到油画绷布器的旁边。

他把两张画布翻过来放到工作台上，用钳子依次拔下钉子。

将两张画布都从木框上取下来，再把临摹画全的新画布和纪子写了字的旧木框组合在一起。

画布上带有木框的痕迹，不用担心装错位置。秀一用油画绷布器夹住画布，尝试拉开。由于很久没做，一直都不顺手。

他想了想，决定用另一组画布和木框做练习。一上来就挑战正式版本，把画布弄破就麻烦了。

首先拉开画布的四角，用钉子暂时固定，然后再处理四边，拉平皱褶，依次张开，同样用钉子固定。最后拔掉暂时固定的钉子，再一次拉平四角。

他把画布翻回到正面，检查还有没有皱褶。应该没问题吧。颜料没有剥落，做得很不错。

秀一心满意足，开始正式挑战。虽然只练习了一次，不过进展很顺利。

画布更换圆满完成之后，秀一吃了过点的午餐。冲澡之后，他把露营用的睡袋搬去车库，昏昏睡去。

担心的噩梦没有出现。秀一梦见的都是几乎没有什么脉络的片断场景，无休无止。在醒来之前，终于做了个像梦的梦。

他骑在自行车上。不知道骑向哪里。黄昏时分，大海绽放着美丽的光芒，像是无数的玻璃碎片。

自己要去哪里呢?

这样一想，忽然生出一股强烈的悲伤。

傍晚5点，设置的闹钟响起来的时候，脸颊贴在睡袋上的部分全都湿了。

起床半晌，还是甩不开抑郁的心情。头脑中尽是悲观的想法。

看山本警部补的样子，显然对血压计的数字抱有怀疑。警察会不会已经找到杀人犯的线索，开始搜查了？想到这里，秀一便觉得马上就会响起警笛声。警笛声逐渐靠近，最终停在家门前，然后响起门铃声。打开门，山本警部补站在外面，拿出银光闪耀的手铐，用沉重的语气说，栉森秀一，我们怀疑你杀害曾根隆司，现在逮捕你……

秀一不想闷在狭小的房间，便去躺到客厅的躺椅上，翻开小说的书页。然而不管怎么努力去读那些铅字，一行字都读不进去。

遥香终于放学回来了。曾根之死似乎没有给她带来什么冲击，还情绪高涨地和秀一聊天，想和他说社团活动的事。不过秀一只是在敷衍，什么也没听进去。

通电时曾根的脸庞浮现在秀一的眼前。惊愕而瞪圆的黄色眼睛。秀一浑身发抖。

这样的压力如果再继续下去，秀一不知道自己还能坚持到什么时候。

终于，友子喊他们去吃晚饭。坐到餐桌旁，看他的样子，似乎也基本上吃不下什么吧。

遥香放弃了说什么都毫无反应的哥哥，转而向友子手舞足蹈地说起刷新了自己跳远纪录的事。

“这么说来，今天警察打电话过来……”

这是从哪里说起的？友子的话顿时吸引了秀一的注意。

“说了曾根的情况，根据解剖的结果，确定是病死的。”

“嗯？”

秀一目瞪口呆。

“所以让我们去把遗体领回来。”

“讨厌啦！吃晚饭的时候别说这种事嘛。”

遥香露出苦脸。

“抱歉。不过我想总要和你们说一声。”

这一刹那，秀一沉浸在以前从未体会过的心情中。和现在相比，“禁酒作战”的成功等等，根本微不足道。

这样，一切终于结束了。令人目眩的安心。努力获得回报的成就感。绞尽脑汁制订的计划完美实现所带来的辉煌胜利之感。

自己确实有资格自夸。无论如何，身为高中生，独自一人挑战社会系统，获得了胜利。

强行按下大声叫好的冲动，秀一淡淡地应了一声，“哦”。

但是，感情的波涛摇撼着全身。突然，秀一意识到自己坚硬地勃起了，不禁很尴尬。他只得把身体紧紧贴住桌子，挡住不让母亲和遥香看到自己的下半身。就这样装着默默吃晚饭。

友子转移到接下去的话题。曾根没有任何亲属安顿他的骨灰。所以，通常只有送到藤泽市陵园的公墓去下葬，不过死在家里毕竟是事实，友子说她打算由栉森家支付火葬的费用，简单地供养起来。

秀一并没有反对。所谓葬礼，是为了安抚生者情绪的仪式。按这样的做法，如果能够少许舒缓母亲的心情，那就做吧。听到母亲的想法，自己心里也暗自松了一口气。对此秀一也有些意外。

虽然在日本史和古典文学的课堂上没什么体会，不过现在秀一感觉自己稍微理解了一点为什么藤原氏会害怕菅原道真的怨灵了。就连曾根这样的人渣，自己都有种愧疚的感觉，而陷害菅原这样的人才，让他先遭贬职，又客死异乡的情况，良心的谴责相比更为激烈吧。

驱除侵入栉森家的异物这一问题，至此完全宣告结束。眼下秀一最大的任务，是如何不让两个人看到自己的窘态，离开餐桌。那激烈的勃起，怎么也平息不下去。

在曾根“强制结束”一周后的5月18日，另一个重要课题，期中考试开始了。

秀一认为，如果不能在这场考试里提高成绩，“电击作战”就缺了画龙点睛的一笔。他觉得，如果成绩提高，那就证明自己并没有在杀人这种学生的本分之外的事情上投入精力。因此，他暂停了Z会的函授作业，集中精力应对期中考试，成果也相当明显。按照这个分数，进入年级前五也不是梦。

考试的前几天都是阴雨天，让忧郁的情绪格外放大，不过考试结束的5月21日是个大晴天，就像是祝福自己从一切厄运中解放出来一般。

“呜呜呜，完蛋了。”

纪子一边翻课本检查最后一场考试的答案，一边假哭。不过，这回是第一次一起参加高中的定期考察，不知道她的惨叫是真是假。她应该具有通过由比浜高中入学考试的能力，所以可能全都是故弄玄虚。

“栉森，你这次也很顺手吧？”

大门叹着气说。他是个彻底的悲观主义者，考完试就是一副直面世界终焉的表情。不管怎么样，这个家伙的说法也不能当真。

“唔，马马虎虎吧。”

“骗子。”

纪子一边走，一边从课本上抬起头，瞪了他一眼。

“你脸上可一直都挂着自信两个字呢。”

“脸再怎么好看，也换不到分数。”

“我可没说你脸好看！”

“阿波罗尼斯圆。”

“呜……”

秀一扔出数学考试里纪子声称自己一塌糊涂的题目。纪子一脸苦相。她死盯着课本，像是下定决心一用完就把它撕烂一样。她说自己数学不行，看起来不是骗人的。

“中线定理。”

秀一乘胜追击。纪子顿时停了下来。她把课本收进书包，眉宇间浮起阴沉的神色。糟了。好像有点过分了。

“好了，考试好不容易结束了，咱们三个去哪儿玩玩吧？”

秀一尝试缓和气氛，大门却摇了摇头。

“抱歉，今天没心情……”

“什么啦，你这家伙真扫兴。”

“真的不行。下回一定去。”

大门悄然离开，简直让人担心他是不是要去自杀。现在只剩下秀一和纪子。

“那？”

纪子好像还在生气。

“嗯？”

“所以接下来干什么？”

“接下来？”

看到纪子的表情，秀一赶紧往下说。

“对了，那，去那边逛逛吧。”

“那边是哪边？”

“小町路什么的。”

“什么啦。这不是比上次还近吗？”

“哎？真想约会啊？”

纪子一时语塞。

"……怎么啦？反正都是顺路。"

自行车放在学校里，秀一陪纪子闲散地走向镰仓站。还不是周末，人不是很多。进了小町路，买了紫薯冰激凌，一边走一边吃。

"这里面用了三种甘薯。"

"所以呢？"

"据说具有抑制游离氧的效果。"

"那倒是不错。"

大概是纪子还在赌气的缘故，交谈总是不顺畅。不过秀一还是感受到久违的解放感。忽然，他对走在身边的纪子产生出从未有过的强烈欲望。她的一举手一投足，看起来都带有与此前全然不同的意味。撩起长发时露出的柔美颈项。膨胀的胸部。修长的双腿。

秀一感到自己的身体反应让行走都变得困难，慌忙把意识从那一点上转移开来。

无论如何，一切痛苦都结束了。再也没有任何需要担心的事了……

就在这时，他看到前面走来一个高个子的男生，身穿由比浜高中的校服。

"喂，'渣'！"

听到秀一的大叫，男生一脸嫌弃地停住了。

"我说了别那么叫我。"

吃着冰激凌的纪子，一眼看到男生的脸，痛苦地咳嗽起来。

"今天排球队没有训练？"

“考试刚结束嘛。我也想多少休息一天啊。”

“难道是约会？”

“在这儿碰头。”

“渣”一脸诧异地看着用手帕捂住脸、神色痛苦的纪子。

“你也在约会？”

“没那么好啦。”

“她怎么了？”

“唔，大概是被冰激凌呛到了吧。”

等“渣”走了以后，秀一冷声说：

“真是过分哪。看到别人的长相，居然能笑成那样啊。”

“是谁过分啊。我……”

纪子抬起头，装得一本正经。

“人家才没笑。”

“鼻子上沾着冰激凌。”

纪子慌忙伸手去擦鼻子，发现自己上当了，不禁脸上一红。

秀一以为她又要不高兴，不料过了一阵，她就像换了一个人似的，开始活泼起来。

“我说你呀，最近这段时间，一直都怪怪的吧？”

回到镰仓站前，两个人在汉堡王里休息的时候，纪子忽然说。秀一措手不及，吓了一跳。她到底还是有所感觉吗？

“不过啊，仔细想想，你一直都是怪怪的，所以也没什么好奇怪的。”

她好像是想反击自己。秀一苦笑起来。

“对了对了，我们来猜谜吧？有一种鸟，广泛分布在欧亚大陆，叫声就像吹口哨一样，雀形目雀科的，是什么？”

“……不知道。”

“红腹灰雀。”①

“……”

“好吧，下一题。河里有河獭，海里有海獭。这是真是假？”

“怎么可能有那种奇怪的动物。”

“错！很可惜，真的有海獭。”

“真的？……等等，河獭的英语是 otter。但是，sea otter 不是海虎吗？”

“海獭是 marine otter 哟。”②

纪子镇定地说。秀一虽然很怀疑，但也没有追问真假。不管怎么说，纪子可是会把“地球生物纪行”这类节目全都录下来慢慢看的动物迷。

“好了，下一题。啄木鸟是有的，那么骗子鸟……”③

“等等！”

秀一被喝到一半的可乐呛到，咳嗽着拦住纪子。

“你这说了半天，就是想说我在骗人是吧？顺便说一句，你说天堂鸟我还知道，骗子鸟这种，世上肯定不存在！”

“你说对了！”

“哪个说对了？”

“哪个都说对了。”

---

① 这里是个文字游戏。日语里的红腹灰雀叫做“*uso*”，刚好和“骗子”的发音一样。——译者

② 也是文字游戏。水獭的日文是 *kawa-uso*，后两个音节也是“骗子”的发音。sea otter 和 marine otter 都是水獭亚科的动物，但属种不同。中文里所说的海獭一般指前者。——译者

③ 还是文字游戏。——译者

纪子用吸管吸了一口巧克力奶昔。

“先说好了，如果是期中考试的成绩……”

“不是那个。”

纪子的眼睛里没有笑意。

“那是什么?”

“问你自己呀?”

秀一愣了一下。

“……不知道啊。”

“那，给你个提示吧。前天考完试，我去了美术室，想去画一会儿画，换换心情。”

“真有空。”

就因为总做这种事，数学考试才一直考不好吧，秀一想。

“前天在下雨。”

“是吧。”

“美术室里湿气很重。”

“所以呢?”

“提示结束。”

“什么呀?”

“想要知道的话，你也找个下雨天去美术室看看吧。”

纪子意味深长地说完，便沉默下来，只留下满心不安的秀一。

本来就令人忧郁的周一，从早上就开始下雨。

从鹄沼坐上的江之电，被沿线三所高中的学生塞满了。秀一用餐巾纸塞住耳朵，双手抓住吊环，眺望窗外的景色。

灰色的天空下着毛毛细雨，打湿了房子、铁轨、电线杆等地上的一切东西，把色彩完全变了样子。就像是有支巨大的画笔，给放眼望去的景色涂上了另一层色彩。

不过，占据秀一思绪的，并不是下一次要画的构图和色彩。

昨天一早，秀一骑自行车去了由比浜。海边雾气缭绕。秀一确认过几个用作标记的大件垃圾，跪到潮湿的沙子上，伸手挖掘。

但是，没挖到袋子。

秀一愕然。

为什么不见了？怎么想也想不出原因。旧轮胎明明还在原来的地方。塑料桶等也和记忆中的位置完全一致，唯有埋下去的袋子，连同"强制结束"曾根所用的整套工具，忽然消失不见了。

一开始以为弄错了埋的地方，可是在周围挖了半天，也没有找到。就算是有人拿走了，但那也需要在垃圾里面挖，才能发现。为什么有人会知道这里埋了东西呢？

秀一感觉到某个不明来历的人对自己怀有恶意，不禁有种发自心底的恐惧。

经过了整整一天，那种恐惧的感觉不但没有消失，反而越来越强。

第一节课是数学，早早发下了期中考试的答案。

看到分数，秀一不禁怀疑自己的眼睛。他对自己能考满分深信不疑，结果却是上高中以来第一次八十分。

秀一的脑海中浮现出是不是改错了的怀疑。他逐一确认扣分的地方，随时准备站起身来提出抗议。

然而很快他就陆陆续续发现了无法置信的小疏漏。为什么会犯下这么愚蠢的错误？答案确实是自己的笔迹，可是答题时的精神状态现在却无从回想了。

旁边座位的纪子正在看他，不过到了现在，秀一也不想再把答案挡起来，那只有显得更凄惨。看纪子的卷子，确实在她说的地方扣了很多分，不过总分基本上和她的预测差不多。

这样还想考进年级前五名，真是笑话了。

中午休息的时候，秀一不想和大门与纪子谈论考试分数，拿上面包一个人找吃饭的地方。

外面在下雨，所以没办法去校园和楼顶。最后不知不觉来到了美术室。

因为湿度大，颜料的味道比平时来得强。除了自己，当然没有别的疯子会在这样的地方吃饭。

配牛奶吃掉咖喱面包和甜瓜面包，把包装纸丢到垃圾箱，正要离开美术室的时候，他想起了纪子的话。

好像说是下雨天到美术室看看就知道了。秀一打量美术室周围。到底会知道什么呢？

他的视线落在房间角落里摆放画布的架子上。那是用铁丝网做的，便于干燥，二年级学生正在画的画都放在那里。

他走到架子旁边，抽出纪子的画看。

仔细再看一遍，秀一对她异常纤细和认真的笔触感到吃惊。她的构图很正统，而色彩的使用却带有明显的个人印记，与其说是依照对象的颜色，更接近于她自己心中理想的颜色。

放回纪子的画，秀一又把自己的画抽出来看。

刹那间，他以为自己拿错了。

秀一的画布中央有一个大大的凹洞。画布松了。当然，其他画布没有一张是这样的。

完了。秀一狠狠咬牙。

怎么会忘记这种基本的常识！

画布会随着湿度的变化伸缩。因此，在更换画布时，必须选择湿度高的下雨天，或者用喷雾器制造足够的湿气。

雨天换上的画布，会在晴天收缩绷紧。但相反地，在晴天、湿度低的日子里换上的画布，到了下雨天，就会像这样松开来。

纪子看到了这个，于是知道自己换了画布。

如果再想想自己为什么要这么做，当然就会想到那天美术课的情况。

纪子知道自己必须溜去某个地方，为此不惜撒谎。

然后呢？她会知道自己去了哪里吗？以及自己是去干了什么吗？

秀一紧紧握住画布，怔在原地。

一家三口的团聚时光。

友子忽然说，“也该给他摆点祭品了”。然后又道，“他也没有别的亲戚了”，“我们来照顾他也是没办法的事”。

遥香说，“我去吧”。她把祭奠贡品模样的饭碗放到盘子上。虽然“已经成了骨灰”，“但毕竟是亲生父亲”，她急匆匆上了二楼。

秀一也跟在遥香后面上了楼。

遥香随意走进二楼尽头那让人忌惮的房间。秀一不想进去，但也只能跟着。

房间里安放了祖父母的佛龛，曾根的也被放在那里。周围摆着无数点燃的蜡烛。尽管没有风，略带青色的火焰还是在微微摇曳。

一开始以为死了，然而似乎并非如此。尽管毫无动静，但确实还活着。

电流让心脏停止，脑细胞也死光了，但即使如此，曾根还是没死。虽然将身体电解、缩到很小，但还是化作完全无害的存在，永远存续下去。

遥香供上饭碗，敲了敲铃铛。曾根就像小小的木雕佛像，动也不动。

啊，是这样啊。在后面看着的秀一，感到一股发自内心的安宁。原来如此。曾根没有死。自己确实想杀他，但他没有死。他只是换了个生存的形态。

从今往后，曾根也会永远在这二楼尽头的房间静静地接受祭奠吧。

秀一突然惊醒过来。房间里一片漆黑。他盯了天花板半晌，等待意识清醒。

过了半晌，一行泪水从左边眼角流向耳边。

终于能够真切体会和理解了。杀人，原来是这样的。

睡梦中，自己可以摆脱杀人的记忆，否认事实。噩梦从醒来开始。完全醒过来之后，意识到自己的杀人并不是梦，而是不可改变的事实之后……

做过的事情，无法挽回。

时间无法倒流。

事实无法抹除。

记忆无法遗忘。

直到活着的最后一天。

秀一闭上眼睛。哪怕再短的时间，也想忘却现实，逃避到梦境里那种温柔的谎言世界中去。

早上醒来，外面大风呼啸。

院子里的松树简直要被吹断了似的。无数枯枝和树叶被风高高卷起。

“风真大呀。”

友子望着窗外说。

“这么大的风，江之电还开吗？”

“会停运吧？”

遥香说。

“这可不行啊。”

“但是，也没客人上门吧？”

“说不定过一会儿风就停了。”

“我吃完了。”

秀一站起来。

“啊，慢走，小心点。”

“哥哥，你也请假嘛——”

在两个人的道别声中，秀一出了玄关。本来打算去鹄沼站乘坐江之电，但又改了主意，从车库推出自行车。

为什么要做这种蠢事，秀一自己也不明白。就是想试试骑车在这样的狂风中前进。

骑到沿海之前还没怎么费力。但是，从小动上了134号公路，迎面是混杂着灰色沙砾的强风，吹得脸和手都生疼。基本上都是逆风，即使有秀一的脚力，自行车也慢得像爬。

来到镰仓高中前面，秀一终于决定放弃并回家。回家的路是顺风，就像是有人在背后推一样，很是轻松。

要回家，必须在小动右转。但是现在也赶不上班会了。想到这里，秀一干脆放弃，随着风一直骑到了江之岛。

左转过了江之岛大桥。

在此之前，他从没有过冲动逃课的纪录。到底是什么在驱使自己，秀一也不知道。

他在参道入口的青铜鸟居前下了自行车。坡道两边的土特产商店都拉开了卷帘门，不过一个游客都没有。

这么大的风，电梯大概也停运了吧，结果看到还在运行，秀一很是吃惊。不过，今天他打算靠自己的双腿上去。

“新景点，江之岛。恋人之丘入口”。前面看到那块看板。秀一径直朝它走去。

海上波涛汹涌，拍打礁石，溅起白沫。肥皂泡一般的浪花直飞上半空。

在俯瞰大海的地方，是上次看到过的“龙恋之钟”，正在狂风中激烈地前后摇摆，响个不停。只是连那钟声都被狂风完全掩盖住了。

“……以后只要两个人当中的一个人说谎，或者做了什么不能告诉对方的事，这口钟就会自动响起来，提醒另一个人。”

纪子的话，回荡在脑海深处。

秀一伫立在狂风中，一动不动。

第七章

心

将物体与水平面成夹角 θ，以初速度 v 向斜上方投射，等同于水平方向速度为 $v\cos\theta$ 的匀速直线运动和垂直方向速度为 $v\sin\theta$ 的上抛运动的叠加。

物体在 t 秒后到达抛物线的顶点，开始下降。在这种情况下，最高点的高度 h，可以用公式 $h = \frac{1}{2} \times gt^2$ 来表示……

秀一把小石子往天上扔，回想这回考砸了的物理考试。自己到底为什么连这么简单的问题都会答错？

就像周围的一切事物突然都从顶点开始下降似的。

期中考试的全部科目都因为无数难以置信的低级错误，导致自己的年级排名跌了 20 位以上。

和纪子也是。自从小町路的约会以来，都是不温不火的关系。画布的事情没法解释，如果秀一提出和好，说不定也会被她挖苦，所以很难办。

其他同学也都不太和秀一说话了，大约是他突然间变得心事重重，大家都敬而远之吧。唯一不变的，只有坚持做生意的“盖茨”和大门。

不过秀一倒不觉得烦心，反而有几分庆幸。

6 月 2 日午休的时候，秀一也躲开周围的嘈杂，去了校舍后面的背阴处。

这里只能看到文化社团的部分杂物柜、杂草丛生的荒地，以及铁丝网做的篱笆，毫无风景可言。唯一的优点在于不必和任何人说话。

秀一不想再提考试的事了。

来到这样的地方，就会想要抽根烟吧，秀一想。即使像现在这样什么都不想做，终究也觉得手上空空的。

天空阴沉沉的。最近这段时间，似乎晴天很少，基本上都是阴天。

就像是那天的天空……

秀一忽然暗叫了一声。

他看到一个男生翻过铁丝网进来了。和那天秀一出入的地方一模一样。

有人不遵守校规，去外面吃午饭了吗？不过，那个男生的头发是熟悉的褐色。仔细看看……那不是石冈拓也吗？

他还没发现自己。虽然身上穿着校服，但明显很紧张，就像是溜进敌营的新手间谍。4 月以来，他一天都没来过学校，所以也不奇怪吧。

不过，看到他鬼鬼祟祟翻过铁丝网进来的样子，就算穿着校服，估计也不是为了回来做由比浜高中的学生，差不多只是为了混进学校的保护色吧。

石冈拓也经常会骑着摩托车在学校周围转，秀一就看到过好几次。不过这还是他第一次进来。他到底来干什么？

秀一慢悠悠朝拓也走去。

拓也看到秀一，好像吓了一跳。

“哟，难得嘛。”

秀一打了声招呼，拓也露出诡异的笑容。

“呵，特地来迎接我……真是贴心啊。”

“你是来找我的?”

“没错。找你有点事。”

拓也的双眼皮眼睛闪烁着挑衅的光。

“来得正好，省了我去教室找你。要是被学校的人逮到，也挺麻烦的。”

“找我干什么？午休只剩5分钟了。”

“别担心，马上就好。很简单的。”

拓也把手搭到秀一的肩上，耳语般地说。

“有件事要拜托你。”

“刀是不会还你的。”

拓也嗤笑了一声，围着秀一转了起来，就像是不良中学生敲诈低年级学生的样子。

“刀？哼哼，那东西随它去吧。不过呢，最近我有点麻烦，能不能帮个忙？老朋友嘛!”

他刻意强调了“老朋友”这个词。

“想让我帮你改性子，好让你每天能来上学?”

秀一这话一出口，拓也顿时发火。

“操，你以为你在跟谁说话?”

苍白的脸逼到面前。瞪着秀一的眼睛，有种说不出的疯狂之色。

“你是特意来打架的?”

秀一静静地回了这一句，拓也刹那间顿了一下，随即又显出冷笑。

“怎么可能嘛，别说傻话了。我怎么会找老朋友打架呢?”

“那是干什么?”

“只是想借点钱。嗯……先借 30 万吧。以后需要的时候再说。”

“开什么玩笑。”

“哎?……哎哎哎?行不行啊?你就这么回我?”

“凭什么借你钱?”

“这个嘛，你不想让你妈和你妹伤心吧?万一警察把你抓了，杀人啊。”

“……你在说什么?”

自己能够冷静地听完拓也的话，秀一也觉得意外。也许心里暗暗预测到这一天的到来了吧。可是，拓也到底是怎么知道的?

“到现在你就再别装傻了。我碰巧看见了。那天你从学校溜出去，从上到下穿了一整套的赛车服。一开始我还没认出是你。”

秀一克制着自己不要露出慌乱的神色。他完全没想到那时候被拓也看见了。

“咱们国家什么时候把逃课算作杀人了?”

“见你穿成那样，我好奇你要去哪儿，就跟在后面，不过留了足够的距离，你没发现吧?你骑得是很快啦，像飞一样，不过我骑的是摩托车，跟上你轻轻松松。

“……”

秀一很想说英语里的自行车也叫 bike，不过还是没说话。①

“还想听吗？”

拓也似乎很享受这种猫玩老鼠的心情。

“说说看。”

“你回到家里，过了一阵又出来了。我还有点失望哦。本来以为能看到什么好玩的事，结果像是忘了东西回家去拿一样。不过，回学校的路上，你的样子很古怪。我就一直又跟到由比浜高中附近。真是……跟着你到处跑，我也很头大。”

“真是辛苦你了，白跑了半天。”

“没有没有，毕竟也有相应的收获嘛。我看到你在由比浜沙滩里埋了什么东西，所以等你回了学校，我再折回去挖了出来。和探宝一样，挖出来不少好东西啊。像是做了奇怪改装的电线啊、变压器啊……”

“午休马上要结束了，你想说的就是这些？”

秀一看着手表问。

“这点够做审判的证据了吧？”

拓也像是看穿了秀一的强自镇定。

“一开始我也没弄明白你扔的是什么。我的脑子毕竟没有你好使嘛。”

“听你的意思，现在都明白了？”

“当然咯。”

这头蠢猪怎么可能理解“电击作战”的全貌，秀一想。要是乱猜瞎蒙猜中了，那还真是走了狗屎运。

---

① 日语里的摩托车发音是 bike。——译者

“为了搞清楚那天你在家里干了什么，费了我不少时间哪。哎呀呀，真是吓死我了。同一天的中午，刚好就是你在家里的时间，曾根那家伙死了，说是心脏麻痹。”

秀一噗地笑了。他也不知道为什么。意识到自己走投无路的时候，所有一切都变得荒唐可笑。

“你笑什么？”

拓也的表情又变得狰狞起来。

“拿我当傻子？”

“不不……只是觉得好笑。”

小腹里涌起痉挛般的狂笑冲动。完全没想到自己那么精心筹划的计划会败在这样的地方。

“别笑了！”

拓也怒吼。

“每次看到你那张充满优越感的臭脸，我就想吐！一直都是这副鸟样。什么都是自己最了不起，周围人都是傻逼。装出一副亲切的样子，其实谁都看不起，你他妈够了！”

秀一冷静打量石冈拓也这个从小的朋友。

不知道是因为自卑还是单纯的孤僻，他对自己似乎怀有无法消除的憎恨。

以前自己还把这家伙当好友，真是太奇怪了。他烦恼自己和父母的关系，计划杀死全家的时候，自己还把这当成自己的事情，认真想办法阻止。

早知道会有今天，当时就应该放手不管。反正这家伙最后只会自我毁灭。

“行了，不说废话了，赶紧给我准备30万。听到了吗？”

“等等啊，现在手头没那么多钱。”

秀一故意松口。拓也露出满意的神情。

“你不是在便利店打工吗？说自己没钱，骗鬼呢？”

“真的。钱都花在自行车和电脑上，基本上没剩下。”

拓也把手伸到裤子后面的屁股口袋里，掏出一把刀，用拇指按下按钮，弹出刀刃。

“别再耍我了！”

拓也抓住秀一的胸口，用刀抵住他的喉咙。秀一没有抵抗，怕刺激到他，真的刺过来。

“没耍你……等两天啊。我想办法凑钱去。”

秀一咽下唾沫。从触感上看，抵住咽喉的应该是刀背。

“一开始这么说不就行了！”

“……不过，凑钱需要点时间。”

“要多久？”

“这个，两三周……”

“少开玩笑了！三天！我就等三天。”

“至少给我一周吧。那样我大概还能多凑一点。”

“多凑一点……？”

拓也有点糊涂。

“大概还能多凑10万吧。”

“……真的？”

“到现在我还敢骗你吗？你不是有证据吗？”

“哦，对，我忘了。”

“所以你先把刀子收了。被人看见可不好办。”

“啊，对对。”

拓也慌慌张张把刀刃折好，收回屁股口袋，打量四周。

抛出诱饵，总算争取到一个星期的缓冲。秀一摸着喉咙想。

现状对自己压倒性不利。在这段缓冲时间里，必须要想出某种对策。

宣告午休结束的铃声响了。

下午上课的时候，秀一的大脑全速运转。

“与先生相识是在镰仓，那时我还是个年轻的学子。”①

这是《新国语Ⅱ》的课。被点名的学生正在朗读夏目漱石的《心》。

拓也的威胁要怎么处理?

很显然的是，绝对不能按照他的要求交钱出去。

从这一点上说，拓也的威胁，也暴露了他的手法拙劣。因为他等于从一开始就宣称后面还会不断敲诈。

在这样的情况下，其实应该说自己只会要一次钱，哪怕这种假话会被一眼看穿。毕竟，受威胁的人也可能相信他的话，乖乖按照要求去做。

“……两天之前，我去过由比浜，蹲在沙滩上长时间观察洋人们下海的模样。”

话说回来，拓也的话，自己本来也一个字都不相信。

不可忘记的重要原则是：“不能向恐怖分子和胁迫者妥协。”无意义的让步，除了会让对手变本加厉，没有任何作用。一开始就必须做好心理准备，付出一定程度的牺牲，彻底解决问题。

---

① 引自谭晶华译《心》，上海译文出版社，2017。——译者

但是，难就难在如何彻底解决。

当前的情况下，最过激的手段，就是和曾根一样，也把石冈拓也“强制结束”。

但是，这里存在明显的难点。

石冈拓也已经知道自己杀了人。所以他应该清楚自己也可能成为目标。

这与曾根那时候有着明显的区别。曾根没有任何戒心。他做梦也没想到自己会被杀。

要实现完全犯罪，这是很大的阻碍。

那么，反过来说，这次又有哪些对自己有利的地方呢?

首先想到的就是体格上的差距。曾根是个相当壮实的男人，恐怕经历过不少大风大浪。尽管后来整天泡在酒里，但如果正面冲突，自己并没有打赢他的自信。

但石冈拓也就不用怕了。他虽然独来独往，但都是虚张声势，而且害怕遇上真正的恶棍。他要反抗自己的父母和哥哥，也想依靠刀子，实在没什么胆量。

拓也的个头挺高，只是骨架脆弱，没什么力气。大概空手也能轻松杀掉。秀一仔细想象了一下那个过程，忽然感到一股呕吐般的冲击。自己到底怎么了？拓也和曾根不一样，他以前还是自己的好友啊。自己竟然想要杀他，就像要踩死虫子一样。杀过一次人的人，就会毫不在意地继续夺走别人的生命吗?

……不过，没有任何别的办法，这也是事实。给拓也钱，并不能解决问题，而除此之外，也没有阻止威胁的手段。如果自己杀了曾根的事情败露，受波及的不仅是自己，母亲会很伤心，遥香也……

只能动手。

“……那时候，我在心里开始尊敬你了，因为你向我展示了毫不客气地从我胸中捕捉活生生体验的决心，还想打开我的心脏，吸吮我流淌着的温暖的鲜血。那时我还活着，厌恶死亡，才拒绝了你的请求，另约他日再谈。此刻，我想自己捅破心脏，让我的鲜血喷射到你的脸上。在我的心脏停止跳动之时，若能在你的胸中孕育出一个新的生命，我就满足了。”

……刀。

《心》的这一段，在秀一听来，宛如天启。

那把刀太妙了。就算警察调查那把刀的来历，也不会调查到自己这里。知道拓也的刀在自己这里的，只有他和自己两个当事人……

想到这里的时候，秀一突然一怔。他想起还有一个人知道。

纪子。在江之岛约会的时候，自己顺口说出来了。

为什么要多嘴说那个？有什么办法不让纪子乱说呢？

不过，以后可以找些借口。推说自己还掉了也行。

日野原老师看向这里，秀一把注意力转回到上课上。再怎么想，也想不出更好的点子。不管怎么说，纪子应该不会那么神经质吧。期中考试的成绩不行，上课再走神，老师们就会对自己投来过分关注的目光。

以前读过漱石的《心》，不过故事情节全都忘光了。课本上的是精华版，秀一急急忙忙重读了一遍。

一般认为故事的主人公是漱石自己，从偶然认识“先生”这个人物的地方开始。主要内容采取的形式是主人公收到的“先生”书信，也就是遗书中的坦白。

在东京的大学读书时，“先生”爱上了借宿处寡妇的独生女“小姐”。那时候，为生计所困的好友 K 和他住在一起。K 的性格孤僻，不过慢慢也融入了住处的氛围，向“先生”坦白自己倾心于“小姐”。

“先生”冷静地观察三角关系中的情敌。

“当我发现 K 在理想和现实中犹豫彷徨、摇摆不定的时候，我的着眼点集中在如何才能将他一举击倒。我当即乘虚而入。”

“先生”以语言做武器，对 K 进行精神折磨，更是谎称生病，甩掉了 K，成功与“小姐”结婚。

然后在某天晚上，“先生”发现 K 自杀了。

“那时候我所得到的第一印象，与 K 突然进行爱的自白时差不多，一看到他室内的景象，我的眼球就像玻璃假眼珠那样失去了转动的机能，我就像一根木头一样竖立着一动不动。宛如一股疾风刮过我身之后，心想：糟透了！一道一切无法挽回的黑光，将贯穿我的未来，瞬间恐怖地笼罩住横亘在我跟前的整个人生。而且，我颤抖瑟缩起来。”

这个人到底怕什么呢？秀一觉得很怪异。自己漏掉了什么重要的地方吗？也许是在暗示 K 的死只是伪装成自杀，实际上是“先生”杀害的？

但是翻了好几遍，并没有找到类似那样的描写。

一切都在如愿发展，为什么还要这么后悔？这甚至不是完全犯罪。“先生”根本没有自己动手啊。

接下来“先生”的真心懊悔，更加超出了秀一的理解。

“一年过去了，还是无法忘掉 K，我时常于心不安。为了驱逐这种不安，我努力让自己沉溺在书本中，开始用狂热的劲头用功起来，还期待着用功的成果有朝一日可以公之于众。然而，勉为其难地设定一个目标，又想着勉为其难地使之达成，那是骗人的，也是令人不快的。我怎么也无法把自己的心埋入书本。于是又合抱双臂，眺望起人世间来。”

“同时，我还在反反复复地思考 K 的死因。”

“从那个时候起，我的心中不时会闪现出可怕的阴影。一开始，那是从外面袭来的，令我十分惊讶，寒毛凛凛。可是不久之后，我的心就与那可怕的阴影相互呼应起来，最后，即便不从外面闪现，也宛如天生潜藏在自己心底似的存在。每当此时，我都会疑心莫非自己的脑袋出了什么问题，然而，我不想请医生或其他任何人为我诊治。”

这完全是抑郁症吧，秀一想。K 的自杀引发的某种罪孽妄想……神经细胞内缺乏血清素的结果。尽快去看医生才对吧。虽然明治时代的精神科医生有没有本事治疗抑郁症也是个问题。

然后，“先生”那过于脆弱的心灵，终于撑不住了。

“……当我在这一牢笼之中再也无法枯坐下去，又实在无法冲破牢笼之时，我感到归根结底，对我而言用最最轻松的努力能做成的事，唯有自杀。或许你会瞪大眼睛问为什么。其实，始终攥住我心的那股不可思议的可怕的力量控制了我活动的方方面面，只留下一条死路供我自由行走。除非你一动不动地待下去，只要稍稍有所行动，那么，除了这条死路，便别无他路可行。”

听着朗读，秀一也逐渐感到抑郁痛苦。

照这样发展下去，也许迟早只会剩下自杀这一条路。

既然如此，还不如现在自杀轻松吧。这样大概也不会牵连家人。自己死了以后，拓也应该也不至于故意宣扬自己杀人的事情。秀一听说过，嫌疑人死了，警察就不会再用心搜查……

啊，不行。

自杀是最后的手段。

等一切破灭、全盘失败之后，再想这个吧。

没事的。自己能搞定。

酒精中毒的人渣按计划“强制结束”了。拓也肯定也能同样顺利处理掉。

不管采用什么手段，自己肯定会赢。

从刚才开始，纪子就一直出现在视野的一角，看着自己。

难不成自己的样子有哪里不对吗？一定要小心。不能再让她怀疑了。动作要自然、普通。让她觉得自己没什么奇怪的地方。

但是直到上完课，秀一也不敢和她对视。

借着荧光灯的光线，秀一仔细观察戈博的标识。

看上去就很危险，果然是相当有名的刀。紧挨刀柄的地方刻着“GERBER”，刀身中间刻着“MARK Ⅱ”。用这两个单词在网上搜索，秀一总算弄清了这把刀的情况。

这把刀两边都有刀刃，算是匕首。从刀尖往下看，刀身呈现扁平的菱形。这叫做“蛤刃”。

据说，“MARK”的原版是越南战争时制造的，后来又有了复刻版。这一把应该是复刻版。原版的价格已经十几万了。那个价格，拓也肯定买不起。

刀身用的钢材是440C不锈钢。原版的“MARK Ⅱ”用的据说是L6高速钢。从锋利度和刚性上说，原版的材质更好，但因为容易生锈，所以戈博公司近年来的刀具全都改成了不锈钢。

如果是L6高速钢，为了防锈，刀身就应该磨得像镜子一样闪闪发亮。这也可以看出它是复刻版。秀一拿到的这把刀的刀身，有着细微的研磨线。

刀柄是铝质，用装甲加工方式加工成灰色石材一样的外观。黑色的刀鞘是尼龙的一种，防弹尼龙。原版用的应该是褐色的皮革。

把刀从鞘里拔出来，只见上面粘着细微的黑色小点。仔细观察，好像是贴在刀鞘内侧的硬质橡胶碎片。

刀刃整体长达17.5厘米。其中靠近刀柄的地方是锯齿状的波浪形刀刃。这种形态似乎叫做半锯齿型。

枪支刀具管制法的限制是6厘米。这把刀如果没有锯齿部分，原则上禁止进口。不过，用这把刀真正刺人的时候，锯齿会拉扯伤口，反而更增加危险性。

刀柄和刀身之间有着向两侧伸展的刀锷，也叫护手。带有护手的最大目的，当然是为了防止手滑，握到刀身而受伤。不过反过来说，有了护手挡住手，就能用力把刀身刺进去。

秀一眯起一只眼睛，从侧面观察“MARK Ⅱ”的刀身，确实带有很小的斜度，大约相当于2度左右。

之所以存在这个斜度，按照网上查到的资料，有两种说法。

其一认为是为了隐藏的时候紧密贴在身上，不过这个理由好像并没有什么说服力。

另一个认为“MARK Ⅱ”从一开始就是以杀人为目的设计的刀具，在横向刺入的情况下，带有角度的刀刃，更容易插进肋骨之间。

这样的话，确实可以迅速杀死一个人。作为凶器，没有比这更好的了。

就在这时，小学一年级时的记忆忽然浮现在脑海里。

他和拓也两个人曾经去镰仓的山里捡橡子，结果迷路了。都说秋天日落得早，刚觉得西面的天空变红了，周围就急速暗了下来。秀一都要吓哭了。

可是，拓也反而先哭了起来。秀一看到这个样子，觉得自己必须振作起来，于是牵着拓也的手，鼓励着他，穿过漆黑的山谷，寻找回去的路。

终于找到来时道路的时候，两个人都松了一口气。谁也没有说话。虽然没有必要再握手了，但拓也到最后也没有放开手。

……而现在自己却在计划刺杀他。

秀一摇摇头，挥去感伤的情绪。

没有别的办法。

如果自己在这里让步，那么杀死曾根的事情迟早会败露。到那时候，不仅自己，母亲和遥香也会坠入地狱。

现在不能放弃。走到了这一步，已经不能回头了。

而且说到底，拓也干出敲诈勒索这样的卑鄙行为，本身就是他的错。

秀一在手中盘弄“MARK Ⅱ”。粗糙的刀柄像石头一样冰冷，剥夺着手掌的温度。左右对称的刀刃，散发出近乎冷酷的美艳光芒。

单看外表，只有一侧刀刃的求生刀也许显得很凶恶。双刃的短剑型匕首会给人一种难以言喻的优美印象。但是，要切割人体、破坏心脏，这是最合适的形状。它与划破空气的最尖端喷气战斗机一样，有着独特的功能之美。

自己真打算用这把刀刺破拓也的心脏吗？秀一扪心自问。

近来一直都有着不明所以的沉滞气氛。不知怎么，总是意气消沉，好像一切都在下坠。就像是与破灭的预感结伴而生一样。

不过，在此刻的心中，隐隐的激昂不断沸腾。青之炎再度熊熊燃烧。

有人敲门。

秀一迅速把“MARK Ⅱ”收回到空的电脑机箱里，伸手点击鼠标，把刀具相关的网页窗口关掉。

又是敲门声。秀一默默起身，慢慢走过去，打开门。外面果然是遥香。

“怎么?”

“嗯，哥哥你又关在车库里了……”

遥香不高兴地噘着嘴。

“我很忙啊。”

“可是，不是约好的……”

“等我空了会来的。”

遥香又想像前一次一样进到车库里。

“睡觉去吧。”

“让我进去一下嘛。”

“不行。这么晚了，孤男寡女同在一间密室，不好吧?”

“哎？可是，我们是兄妹啊。”

遥香还不知道。不过，自从知道事实以来，秀一看遥香的态度禁不住就有了微妙的变化。

“就算是兄妹，不行就是不行。”

秀一想要关门，遥香双手推门抵抗。

“你……？”

遥香的表情变得很严肃。

“果然是这样。”

“是哪样？”

“我们不是亲生兄妹吧？”

秀一顿时语塞。她发现了？可是，当下自然不能简单地承认。

“你说什么？”

“因为很奇怪啊。我小时候的照片，一张也没有。问妈妈也总是不肯正面回答。”

“……”

“我不是妈妈的孩子吧？对吧？”

“怎么可能……”

“我……其实是那个人的女儿？”

那个人指的是谁，不用问也知道。

“你在说什么啊。你怎么可能是那种人的孩子？”

秀一终于开口。

“你当然是妈妈的孩子，是我的妹妹啊。”

“可为什么没照片？”

“照片之类的东西，逃离那个人的时候没带上。妈妈不是说了嘛。后来大概被他扔了。”

“真的？”

“是啊。所以你别胡思乱想了。”

“唔……可是……”

“可是什么？”

“那个人说过，‘你是我女儿’。”

秀一愕然。

“那家伙什么时候说的？”

“以前不是和你说过，有一回我打开门，看见他站在门外吗？后来他又敲过门，就在那时候小声说的。”

“那当然是骗你的！那家伙是变态，只是想骗你开门。”

“可是他还说他得了癌症，快死了，想多看看我……”

“哎？”

“而且后来不久他就真的死了。所以我想可能是真的。”

“笨蛋。你就这么容易相信啊！”

秀一再次感到对曾根的愤怒。都已经死了，还在惹麻烦。

“而且他也不是因为癌症死的吧？”

“嗯……可是，毕竟是死了，确实觉得他有点可怜……”

遥香的话让秀一怒火中烧。

“不许同情那种人渣！那种人渣被杀也是自找的！而且……”

秀一猛然顿住了。

遥香目瞪口呆。

要想个办法把不小心说漏嘴的话掩饰过去。可是，自己的头脑一片空白，一个字都说不出来。

“你们在干什么？”

友子的声音从遥香背后传来。

“已经很晚了。”

“嗯、嗯。我只是来看看哥哥在车库里干什么。”

友子奇怪地来回看他们两个。秀一有种平白无故被冤枉的感觉。

"看，妈妈生气了吧。"

秀一终于回过神来，推着遥香的背说。

"好，好啦。"

离开的时候，遥香回头看了秀一一眼。她的眼睛闪烁着秀一以前从未看到过的沉重光芒。

"心连心"便利店的招牌就像是在漆黑的夜里照亮海面的灯塔一样耀眼。

简单的商标，一支箭射穿重合的两颗心。

"心连心"商店。作为破坏第二颗心脏的舞台，还真是合适。

"今天天气很不错啊。真的是梅雨季节了吗?"

店长神崎的脑袋里，好像依然还是想着冲浪。

"明天多云，天气预报说的。"

"多云啊。反正不至于像气象局的'梅雨通告'那么不准吧。"

蓄着漂亮胡须的脸上满是忧虑。人生如果只有这样的烦恼，实在是幸福的人呢。

"那么，接下来就拜托了。"

"是的。"

走了几步，神崎又折了回来。

"怎么了?"

"栉森，前几天你不是说有点事情的吗?我说可以帮你想想办法，结果就不了了之了。"

"啊，那个，已经没事了。"

秀一挤出笑脸。店长好像也挺担心自己。

“真的没事？”

“没事的。已经过去了。”

不过又有了新问题。这话秀一没说。

“是吗。那就放心了。还继续打工吗？”

“嗯，我也想继续打工。”

前提是这家店没倒掉。

“那好，以后也多多拜托了。”

“您客气了。”

店长也好，老板也好，都是很好的人。再过不久，自己就要给这家便利店带来很大的麻烦。秀一微微有些心痛。

等到只剩下自己一个人，秀一再次仔细观察店内。不过，有闭路电视监控，他也不能有太奇怪的举止。

借着整理杂志、重贴商品价格标签的机会确认要点。

店内共有六台监控摄像头，其中四台从四个角监控陈列商品的货架，一台拍摄入口。因此，拍摄收银台内部的只有一台。

其中一台似乎是为了监控店员的非法行为而设置的。所以拍摄的主要是收银台的抽屉，而地面附近则有很多死角。

秀一其实很想去工作间仔细确认监控的区域，但不管顾客再怎么少，收银台也不能没有人，而且如果这个行为日后被发现，那将是致命的。

监控摄像头的角度基本上都记下了。临近行动前确认一次应该就足够了。

这一次的计划大纲，必须比上次考虑得更加周详才行。

用戈博的“MARK Ⅱ”刺杀拓也固然可行，但问题在于如何脱罪。可选的方法有几种。伪装成自杀。伪装成他人的犯罪……但是，每一种恐怕都不会顺利。

不过，最难的还是避开所有人的耳目，杀掉拓也。一切顺利的可能性虽然不是完全没有，但最终可能还是要依靠偶然性。秀一实在不想将自己的命运交给偶然。

既然如此，便只能设计出这样的情况：自己正大光明地刺杀他，但又不会被问罪。比如说，正当防卫。

……偷梁换柱。

想到这个词，以及选择这家便利店作为舞台的刹那，计划便完成了九成。剩下的就是一个个解决掉有可能相伴发生的问题而已。

最后还有两个问题。其中一个是如何把拓也骗到这个计划里。不过，这大概不是什么难题。他头脑简单，很容易上钩，再加上小孩子般的脾气，就像会穿校服溜进学校那样，应该可以利用。剩下的就是用话术对付了。

然后只有处理“凶器”的问题了。

这一点，秀一起初没有想到容易的办法。不过，距离便利店后门 20 米左右的邮筒成为最终的答案。而且必要的准备工作自己已经做完了。

秀一看看手表。刚过半夜 3 点。和平时一样，进入了平静期，没有一个顾客上门。这也是计划的要素之一。

当然，执行计划的当天，半夜 3 点之后也会有顾客偶然上门的可能性。但是，整个计划所需的时间仅仅是三四分钟，计划执行过程中遭遇顾客上门，从至今为止的经验看来，这种可能性可以不必考虑。

秀一观察着店里的布置，特别是入口到收银台的距离、收银台地面的情况、从收银台通往工作间的门等等，在脑海中绘制图像，不厌其烦地确认。

凌晨5点，下了夜班回家的时候，秀一已经有了十足的把握。

计划需要新的代号。稍微想了想，秀一决定命名为“毒刺行动”。这有双重含义，一是取自海湾战争中声名大振的地对空导弹，二是像毒蛇的毒牙一样“刺”的意思。

秀一还想到描写诈骗犯的著名电影《骗中骗》[1]。不过，秀一并不想安排一个电影那样的温暖结局。

第二天6月6日是星期天。秀一忍着大夜班的睡意，趁上午去了藤泽市内的购物中心，买齐了必要的材料。

吃过午饭，小睡了一小时，在闹钟响起之前按掉闹铃，来到车库。

工作台上放好了几种木板、圆棍、金属零件，还有螺丝等小东西。

在工作之前，首先要让头脑清醒。去购物中心的时候，顺便买了咖啡豆。很久没有磨豆子了，磨完之后车库里就充满了芳香的气息。他在马克杯上放好滤纸，从上面慢慢倒入热水。

加入砂糖和奶精搅拌，一口喝完咖啡，再从一贯的隐蔽场所取出戈博的“MARK Ⅱ”。

从刀鞘里拔出刀，用餐巾纸擦掉黑色橡胶的碎屑，再一次仔细观察。

---

① 这部电影的原名 *The Sting* 有“刺”之意。——编者

“毒刺行动”里，需要两把刀。一把是实际刺杀拓也的凶器，另一把是掩人耳目的刀。

凶器已经在这里了。如同长有致命毒牙的眼镜蛇一样的刀。剩下的就是掩人耳目的刀。秀一起初觉得简单，但现在又开始觉得这个问题或许相当难办。

本来最好的办法是再搞一把同样的刀。这样的话，就不可能分辨出两者。

不管如何坚硬的刀，只要用带有金刚石磨具的手持研磨机去研磨，总能把刀刃彻底磨平的吧。就算握住刀身、摩擦脸颊，也会像初生的小蛇一样毫无危害性。

但是，这就需要再搞一把“MARK Ⅱ”，而这显然是相当冒险的行为。如果穿上西装去著名刀具店，大概也不至于要求出示身份证明。但是，这种刀估计卖得不多，而且购买的时候有可能被店员记住自己的长相。

另外，就算顺利搞到了“MARK Ⅱ”，用研磨机磨平了刀刃，还是会有问题。即使没有刀刃，这么薄的坚硬金属板，在激烈的打斗中，依然相当危险。弄不好也会有受重伤的可能。

另外，如果同时研磨刀身两侧，直到把刀刃完全磨平，刀身就会变得很窄，锯齿部分也会完全消失。这样的话，与凶器相似的前提就难以成立了。

还有，在“处理”的阶段，“MARK Ⅱ”的 225 克重量，也可能成为一大障碍。

基于上述的思考，秀一决定自己制作一把外表和“MARK Ⅱ”相似的假刀。

当然，尽管对自己的手艺有些自信，但也不敢说自己能做出肉眼区分不出的精巧模仿品。不过，便利店里的监控摄像头，一般只有极差的分辨率。用的镜头很便宜，磁带也是反复使用的。所以即使是录下来的影像，结果常常连自己的家人都认不出来。“心连心”鹄沼店当然也不例外。

尽管如此，还是要考虑到警察会对录像进行计算机处理、提高清晰度的可能性。要尽可能制作出逼真的模仿品。

起初秀一想做那种能把刀刃缩回刀柄里的玩具刀。不过那种刀的机构很复杂，而且看过“MARK Ⅱ”的精细做工，知道这条路走不通，于是秀一改变了方针。他的目标是追求简单而真实的模拟。

首先要决定木头的材质。

秀一从买来的东西当中取出最轻的美洲轻木的木板。秀一记得自己小学的时候经常用这个做模型飞机。这种木板又轻，又容易加工，是他最中意的材料，不过强度如何还是个问题。

美洲轻木用大美工刀就能轻松切割。秀一先试着把它切成“MARK Ⅱ”的刀身形状。

他用手指挤压揉搓切好的假刀身，发现并不像想象中那么脆弱。执行“毒刺行动”也要不了多长时间，也许能撑得住。

不过，厚度好像是个问题。现在用的是1厘米厚的木板。这显然厚了很多，但如果削薄的话，强度又明显不够了。

果然还是需要使用更硬的木头。

秀一把各种木板削薄，确认强度，最终决定刀身用轻而结实的桧木，刀柄部分用坚硬的栎木。

首先从刀柄做起。用线锯把栎木棍锯出必要的长度，然后用凿子凿出大致的形状，再依次使用雕刻刀、锉刀和砂纸进一步加工。

不过，防弹尼龙加工出来的粗糙质感确实很难模仿。用最粗的砂纸打磨表面，再涂上厚厚的模型用银色涂料。等干燥之后，再用美工刀的刀刃轻刮表面，然后用一次性筷子涂上薄薄的灰色涂料。

秀一想做出细微颗粒发光的效果，但成品并不令他满意。特别是和实物放在一起，不同之处一目了然。

不过，在监控摄像机的录像里，大约分辨不出两者的区别吧。

秀一伸了个大大的懒腰。和天气预报说的一样，今天从早上就是多云，不过温度很高。紧闭的车库里没有空气流通，更感觉闷热。

擦擦额头的汗，秀一脱得只剩 T 恤和短裤，盘腿坐在椅子上。

接下来是刀身。

桧木比美洲轻木的强度高很多，但比起真正的“MARK Ⅱ”，还是要厚不少。

秀一尽量准确地临摹出几何形状，花了将近一个小时削好桧木板，又用了差不多同样的时间，拿雕刻刀仔细雕刻出锯齿的形状，最后再用小型刨刀把表面刨光滑，漂亮地完成了刀身的仿造。

打磨剩余的桧木板表面，尝试涂上银色的涂料。

不行。秀一很失望。

涂料的银色，与不锈钢的光泽毫无相似之处。相比起来，涂料完全不会反射光线。

再去一趟购物中心，买些金属材料吗？想到这里的时候，秀一忽然灵光一闪。

他出了车库，去主楼的厨房。幸好母亲不在。

打开水池上的橱柜，偷偷拿了一卷铝箔。印有银行名字的赠品堆积如山，少了一卷也没人会注意的吧。

想到这里，秀一又顺手拿了一卷塑料保鲜膜。

正要关上柜门的时候，他忽然看到了另一样东西。为了封住水池的缝隙，贴了许多铝质的厨房用宽胶带。这个比铝箔纸厚，而且可以直接粘贴。

秀一快步走回车库。两相比较，铝箔纸太薄，还是铝胶带用起来更方便。

秀一先在一开始用美洲轻木做的刀身上贴了铝胶带试验。

感觉很不错。虽然不管怎么贴都有皱褶，但用塑料尺来回刮几次，就消失得干干净净。

再把真正的“MARK Ⅱ”刀身拔出来仔细对比。

肉眼能够看出明显的差异，不过用监控摄像头应该分辨不出来了。

虽然这么想，但以防万一，秀一还是决定要多多小心。

再一次把真刀和假刀放在一起比较，贴了铝胶带的假刀，光泽更亮。

“MARK Ⅱ”的刀身是经过研磨的，仔细看去，纵向有着无数的细线。当然，便利店的摄像头不可能看到这些细线，而用同样的方法，也许可以调整光泽的强弱。

秀一用黄铜制的裁纸刀反复沿纵向摩擦贴了铝胶带的轻木刀身。果然和预想的一样，有了纵向的细线，光泽就和真正的刀身相似了。

那么接下来就是桧木刀身的加工时间。秀一花了许多时间研磨胶带，做出了相当满意的东西。

最后制作的是护手部分。在某种意义上说，这可能是最困难的地方。虽然只是个小部件，而且涂黑就行，但要怎么保证它的强度，反而是个大问题。

秀一决定用买来的材料中最坚硬的橡木做护手。但是，如果削成和真刀一样细，总担心容易折断。监控摄像头拍到假刀的时间最多只有几秒钟，但如果中途撞到哪里坏了，那就万事皆休了。

所以秀一用薄薄的金属片像三明治一样上下夹住木片，提高强度，然后用强效胶水紧紧贴上，再涂上黑色涂料。

等护手部分干了以后，再把各个部件组装起来。这里也必须把强度作为第一目标。

用三根最粗的铁丝，插到栎木做的刀柄里，涂上足够的木工胶，套上护手，再插进刀身。

终于完成了。

秀一检查自己的劳动成果。即使作为演出的道具，大约也可以归在制作精美的一类当中吧。这样的假刀既不用担心受伤，在善后处理的时候，重量也不会引起他人的怀疑。慎重起见，秀一用秤称了称，只有120克。大约是真的“MARK Ⅱ”的一半。

松了一口气，看看时间，距离晚饭还有30分钟左右。

秀一把吊在车库天花板上的自行车车架放下来，从车胎里掏出一把小小的钥匙。

“毒刺行动”是孤注一掷的作战，必须做最坏的打算，要考虑警察来家里搜查的可能。这样的话，这把钥匙的存在将是致命的。

直接扔掉也是一个选项。但是，如果可能的话，还是希望给未来留一个选择的余地。

思来想去，秀一认为最妥善的方法是寄存这把钥匙。

当然，寄存的地方需要慎重挑选。

秀一拿过油画的颜料盒。

纪子也有一模一样的颜料盒。他们一起去买的。颜料管的大小是 20 号，刚好能装下钥匙。

选什么颜色也要考虑。秀一挑出“朱红”“绯红”“氧化铬绿”三种颜色候选。其中纪子最不会用的应该是“氧化铬绿”。那是很暗的绿色，介于绿色与灰色之间。纪子绘画的特征是犹如基督教圣画般鲜艳的色彩，应该没什么地方用到这种颜色。

说起来，这种颜料的名字直接来源于“氧化铬”，大约也说明就连颜料的厂家也对这种颜色评价不高。

秀一用刚才从厨房拿来的保鲜膜包住钥匙，用透明胶带固定，取下“氧化铬绿”颜料的盖子，又从尾部打开，慢慢把钥匙塞进去。等同于钥匙体积的颜料自然从前面挤出来。

把颜料管复原，今天的工作便全部完成了。秀一把现场仔细收拾干净，离开车库去吃晚饭。

星期一是下雨天。虽说梅雨季节里下雨实在正常不过，但是最近好像从来没有晴过。

秀一的脑海里，从清早开始就萦绕着卡朋特《下雨天和星期一》的旋律。

放学以后，做完当天的值日清扫，秀一去了美术室。包括纪子在内的三个女学生，正在认真画画。

秀一一进来，三个人都抬起头，不过立刻又埋头去画自己的画了。纪子也一样。

秀一来到她身后，盯着她的画看。

纪子默默地画了半晌，终于沉不住气，回过头。

“有什么事吗?”

“没事，只是看看画。”

“……哦。”

她又转回去接着画，但显然很在意秀一。

“我想和你解释一下。”

“嗯?”

“撒谎的事。”

纪子默默回头，盯着秀一的脸。

“……对了，海獭原来真的存在。我很惊讶。”

“哦。”

纪子的表情明显在说，别管这些小事了，赶快讲要紧的。

“那幅画，我带回过家里，想再润色润色。然后看来看去，结果突然发疯，把画布戳破了。”

秀一把纪子的颜料一根根拿起来，在手里摆弄着说。

“为什么?”

“因为我也觉得很奇怪。明明是晴天，非要画雨天的景色。”

“……这，难道是因为我那么说了?”

“也有这个原因。”

秀一偏开视线。他无法直视纪子的眼睛。

“不过，说到底，真正的理由还是我自己不喜欢吧。”

“那后来呢？”

“戳破画布以后，我才注意到木框上有人写了奇怪的字。”

纪子的脸红了，她低下头。

“所以我也不能丢掉。”

“为什么呢？只是……只是乱写的呀。”

“可能吧。不过对我来说可不是乱写。”

看到纪子的反应，秀一感到强烈的罪恶感。但是事到如今，只有把谎话说到底了。

“所以我从头把画又画了一遍，把新画换到写了字的木框上。但是，我忘了湿度的问题，结果变成那副惨样。”

房间里的另外两个女生完全停下了手里的画，竖起耳朵在听。

“可是，为什么要费那么大力气重画呢？”

“因为怕被你知道我舍不得扔掉那些字，感觉很丢脸。”

纪子连耳朵都红了。

“我想说的就是这个……”

秀一说到这里，盯着纪子。

纪子转回到画架的方向，胡乱画了几笔。但是，显然她的心已经不在画上了。

“好了，明天见。”

秀一悄悄离开。

“哦，嗯……明天见！”

纪子依旧面对着画，声音显得很开心。

另外两个女生看着纪子，悄悄咬起耳朵。历来都是一副超然模样的栉森，突然对纪子“告白”的消息，明天就会在整个校园里传开吧。

关上美术室的门，秀一摊开手掌，看着刚刚换掉的“氧化铬绿”颜料。

和预想的一样，一次都没用过。

下楼梯的时候，秀一感到莫名的烦躁。为什么呢？明明一切在按计划进行。

为什么心口会感觉如此苦闷？

第八章

毒刺行动

秀一推开半地下的咖啡馆大门。

石冈拓也坐在里面的包厢。这么热的天，他终于脱掉了皮革上衣。黑色 T 恤的胸前印的是白色的生物危害标志。他叼着一根香烟，看见秀一，举起手。

秀一点点头，坐到拓也对面，忽然有种一切都没变的错觉。就像两个人还是好朋友的时候。

秀一点了冰咖啡。拓也半个身子靠在靠垫上，眯起眼睛，吐出白烟。

“钱弄好了吗?”

今天刚好是一周，和拓也约好的期限。

“该怎么说呢……”

秀一扫视了一圈咖啡店里。现在是工作日的下午，除了他们，只有一对大学生或者兼职打工模样的情侣。男的留着褐色长发，戴着耳环，女的对头发做过脱色，奇怪的发色让人联想起《麦克白》里的魔女。他们完全沉浸在二人世界里，对秀一这边毫不关心。

“怎么说？”

拓也生硬地挤出笑脸。

“怎么说都是屁话吧？弄到钱了，还是没弄到钱，到底是哪个？”

“现在，我身上没钱。”

“说的也是。”

拓也依然笑着，连连点头。就在这时，服务生送来了冰咖啡。一个人穿着校服，一个人穿着便服，不过两个人看起来应该像是感情很好的老朋友吧。

“想要好好赎罪是吧？我反正无所谓。”

“上次也说了，我现在手里没什么钱。”

“手里没钱，直接去横滨银行的 ATM 取啊。等你一周时间，不就是给你弄钱的吗？”

难得拓也能说出这么有道理的话，秀一颇为感慨。

“所以我想了弄钱的办法。”

“哦。”

拓也把香烟捻灭在烟灰缸上。指尖白白的。

“那我就听听咯。”

“我打工的便利店里，有一笔现金。”

拓也脸上依旧挂着假笑，盯着秀一。

“你是真傻吗？”

“真的有现金。”

“要不，你当我是白痴？”

拓也的声音带上了一丝胁迫的味道。那对情侣中的女方瞥了他们一眼。

“便利店的销售收入，每天都会全额送去总部。特别是像你打工的夜间，只会留下一点找零用的钱吧？”

“真的有钱。”

秀一像是故意惹恼拓也似的，慢悠悠地把糖块和鲜奶加到冰咖啡里，用吸管搅动。

“我也是打工之后才知道，便利店里总会放上一笔现金，防备强盗进来。”

“什么意思？故意给强盗送钱？”

“为了保护店员的生命。如果觉得不太危险，就坚持说没钱。但如果认为真的有危险，就老老实实把钱拿出来。员工手册上都是这么写的。”

拓也露出半信半疑的表情。

“……行吧。然后呢？怎么拿到那笔钱？”

“按手册做。强盗来了，我就乖乖给钱。然后强盗就可以安全逃走。”

拓也笑了起来。他点了一根新香烟。拿打火机的手抖个不停。

“所以你是让我去抢便利店？嗯？我说的是让你弄钱吧。你让我冒险去抢钱？”

“没有冒险。”

秀一探出身子，斩钉截铁地说。

“让我来安排，肯定能拿上钱安全逃走。”

“听你放屁！”

“真的。首先是时间段。星期五夜里，其实是星期六凌晨，过了3点，那家便利店就不会再有人去了。我们管那个时间叫

‘平静期’，你知道吧？你上次半夜去的时候，有顾客吗？”

拓也拿香烟的手停在半空。

“监控摄像机拍的录像，我看过好几次，很模糊。就算你露脸进来，估计也很难成为证据。如果像上次那样戴着头盔进来，那就更完美了。”

“……”

拓也的表情显示他已经快上钩了，就差一点点。

“万一警察来调查你，我也会作证说，强盗绝对不是你。就算整个脸都遮住，我也不可能认不出老朋友。”

“怎么保证你不会出卖我？”

“你想想啊，如果我说自己和你合谋抢便利店，我不是也有罪吗？”

“可是……还是有点……”

“而且，如果我背叛你，你也会向警察揭发我溜出学校杀曾根的事吧？所以不管警察的调查怎么严，我也只能庇护你啊。”

“呵。”

拓也的眼神左右摇曳，显得沉不住气了。

“那，有多少现金？”

“刚好一百万。”

“真的？”

拓也的眼睛亮了。

“用东京三菱银行的纸带捆着。而且特意用了旧钞，免得强盗怀疑。”

“钞票上的号码没有记录吗？”

“太麻烦，没记录。就算记了号码，也不知道会在哪里用，本来也没办法追查吧。”

“说的也是。”

秀一流利地说出一个接一个的谎言。说着说着，秀一觉得自己也要被自己的话骗了。拓也不断点头。刚才的冷笑已经烟消云散。他靠在沙发背上，狠狠地抽烟。

想要钱当然也是原因，不过拓也大概也渴求危险的刺激。他本来就喜欢装腔作势，能够安安全全扮演强盗的机会，肯定不会放过。现在他的犹豫不决，大概是正在说服自己吧。

果然，过了一会儿，拓也下定决心似的探出身子。

“那，怎么动手?”

终于上钩了。秀一有种小小的胜利感。这个刹那，“毒刺行动”开始向前推进了。

秀一放低声音，开始细致讲解步骤。拓也一脸认真地听着。弄错一点就会被抓，变成罪犯，当然要认真。

如果能把这种注意力放到学习上，现在应该会走上完全不同的人生吧。

秀一和拓也约好执行计划当天傍晚再碰一次头，把东西给他，然后分头离开了。

拓也先走上楼梯。秀一极力不去想自己正计划要杀害儿时的伙伴，冷静地打量他的体格。

身高 1 米 75，体重六十二三公斤。

也许需要找差不多体格的人，预先练习一次。

大门一下子失去平衡，倒在木地板上。

“什么啊，你在干吗？站起来啊。”

“不行了。”

大门细声细气地说。

“好了好了，就一次，你认真点，想办法把我扔出去。”

“不了，我没那个本事……”

大门刚站起身，秀一便抓住他的肩膀，脚下一绊。大门又摔了个头朝下。他大概也不懂摔倒的时候怎么保护自己。如果没有秀一抓着他的肩膀，头部说不定会受重伤。

“你这样子，会被欺负啊。”

大门苦着脸抬头看秀一。

“你这是什么表情嘛。简直像是我在欺负你一样。”

“就是啊。”

“这才是热身吧？……偶尔练练格斗技巧，对你也有好处吧？”

“我没兴趣啊。”

“为什么？被我摔来摔去的，你就不想也摔我一次？”

“一点也不。”

“骗人。你再怎么‘无敌’，心里也生气吧？一直被我摔。”

“不是那样的。”

“那你生气啊。偶尔也……”

“我不生气。”

大门站起身，要往体育馆外面走。

“等等。”

秀一抓住大门的胳膊。大门站住了，像是等着他来摔一样。秀一终于意识到自己选错了人。

“……抱歉，我本来没打算这样。”

"没事。"

"你揍我一拳吧。就算扯平了。"

"真没事的。"

大门摇摇头。

"哎，我真觉得很对不起。你嘴上虽然这么说，心里还是生气的吧？好了，你揍我两下，出出气也好。"

"真的没生气啊，一点也没有。我从不生气的。"

"什么啊？"

秀一有点糊涂了。以前以为他是沉稳的性格，可是这样子简直是基督了。

"瞋恚是三毒之一。"

"嗯？"

"一旦点起火，瞋恚的火焰就会无边蔓延，最终把自己都烧成灰烬。"

"你在说什么啊？"

"这是我爷爷说的。"

"你爷爷好像是寺庙的住持吧？"

"是士兵。战争中去过中国。"

大门直直看着秀一。

"据说爷爷本来和我不一样，是个很有男子汉气概的人，很豪爽，但是战争结束回到日本以后，就像完全变了个人一样，整天都不说话了。我只见过后来的爷爷，他一直到前年过世，每天都在抄佛经。"

"那，你那个不生气，是你爷爷的遗言？"

"也不算遗言，他和我说过好多次，不管遇到什么事，心里都不要有瞋恚。”

“这……做不到的吧？在这世上生活，怎么可能完全感觉不到愤怒？”

“完全感觉不到大概不可能，不过我觉得，控制还是可以的。”

“那也不可能吧。照那样子，不就天天被坏人欺负了吗？”

“那也没关系啊。”

大门露出笑脸。

“与其被自己的瞋恚毁灭，那样的人生要好很多啊，我觉得。”

大门的话刺进秀一的心口。这一次，他只能目送大门走出体育馆。

“真差劲。”

背后有人说话。回过头，纪子站在那里，严厉地看着他。

“怎么了。你什么时候来的？”

秀一露出羞涩的笑，但纪子没有笑。

“有个初一的学生说你在体育馆欺负大门，我就过来看看，没想到竟然是真的。”

“等等啊……该怎么跟你解释……”

秀一意识到自己的语气就像是和拓也说话一样。

“没想到你是这种人。欺负不还手的人，是最恶劣的行为。”

“哎呀，我没打算欺负他。”

“不管你是怎么打算，对受欺负的人来说，有什么区别？”

纪子转过身就要走。秀一跑到她面前。

“怎么？这次还想对女生动手？”

“不是啊……求求你，听我解释。”

纪子默默抱起胳膊。

“那个……其实是……”

秀一本想努力解释，但看到她的眼睛，意识到毫无意义。

“是我不对。刚才我也向大门道歉了。”

“你以为不管什么事，道歉就能被原谅？”

“不知道，不过大门大概原谅我了……吧。”

纪子叹了口气，摇摇头。

“你为什么要那么做？”

“那个……我本来是想试试柔道的。其实也想让他摔我几回。可是大门根本不想动手，结果变成好像我在欺负他一样。”

“跟小学生一样。简直像白痴！”

“不是像，我自己都觉得自己就是白痴。”

纪子的严厉表情终于缓和了一点。

“以后别再这么干了。”

“嗯嗯，不干了。”

“不管什么原因，我绝对不会原谅欺负人的事。”

你不原谅的事情有很多吧，秀一想。当然，他没有说出口。

“……午休快结束了，要赶快回教室去。”

纪子终于意识到两个人靠得太近，有点不自然。她带点尴尬地转过身。

秀一下意识地抓住她的双肩。

“什么？”

不知所措的声音。秀一轻轻把她的身子扳过来，凑近她的脸。

“啊……”

纪子没有抵抗。秀一抱住她，吻上她的双唇。很久没有接吻了。嘴边感受到她的呼吸。秀一再度感觉到女孩子的唇是如此甜美与柔软。牙齿和牙齿轻轻碰在一起。秀一悄悄把舌头探进去，纪子没有抗拒。不仅没有抗拒，还带着一点畏缩地将舌头交缠起来。秀一恍若入梦一般，在这样的触感中沉浸了足足十秒。

分开之后再看，纪子的脸上露出兴奋的神色。

“为什么……？”

“为什么……那当然是因为喜欢你。”

“不是这个啦，为什么要现在？”

她抬起眼睛看秀一，神态中带有难以言喻的妩媚。

“我刚才还在生气呢！因为你欺负大门。可是突然你又这样。”

“又生气了？”

“……笨蛋。”

纪子笑了。这次是她搂住秀一的脖子，吻了上来。

说真的，自己为什么突然想吻纪子？秀一问自己。以前明明都有无数机会。

为什么现在突然想吻了？

不过，怀里真切存在的少女体温和重量，以及那令人心悸的甜美热吻，让所有的疑问都随风而逝。

杀人这种事，到了第二次，多少也会习惯些吗？

秀一在新林公园等待拓也的时候想。

看看手表，下午 6 点 45 分。距离执行还有不到 8 小时。

忽然，焦躁般的心情涌上心头，让秀一浑身发颤。就像是身体在哀号说，“受够这样的事了”。但秀一还是努力把这股心情压了下去。

已经骑虎难下了。

事到如今，不能中止了。如果放弃将拓也“强制结束”，那自己也就单纯成为便利店强盗的共犯而已。这样的话，自己到底算是在干什么啊。

不过拓也真晚啊。秀一在川名大池的岸边焦急地来回踱步。约定的时间是 6 点 15 分。已经晚了 30 分钟。虽然白天在变长，但再有 10 分钟，太阳就要落山了。已经赶不上晚饭时间了。

背后响起摩托车的引擎声。回过头，正好看见拓也的黑色烤漆摩托车，停在离他大约 30 米的地方。

周围虽然没有人，秀一还是装作不认识他的样子。

拓也脱下头盔，若无其事地朝这里走过来。

“太晚了！”

秀一小声抱怨。

“抱歉。出门的时候和老爸吵了一架。”

“还是那样子？”

“嗯。不过啊，果然还是像你说的，揍一次是对的。”

拓也的语气显得很亲密，就像暂时又恢复了原先的朋友关系一样，奇妙的感觉。

“……之前你可没这么说。”

“哎呀，那时候出了很多事，我也生气嘛。不过我知道，我大闹过一次，让他们见识到我的厉害，后面他们也就开始拿我当回事了。不管怎么讲，只要我保证不用暴力，他们就能好好听我说。”

“就像白头山导弹。”

“啊？那是什么？”

“白头山天灾，你不知道？”

“不是白头发天才？”

“发音是有点像。朝鲜发射的导弹飞向日本啦。”

“不知道你在说什么。行了，你要给我什么？”

拓也有点不耐烦地说。

秀一从包里拿出收在刀鞘里的假刀。

“喂，这个……”

“里面不一样。”

秀一拔出假刀给拓也看。拓也愣了一会儿，拍手大笑。

“这个厉害……！漂亮。你真是够闲的。”

“特地为了今天做的。要是受伤就不划算了。”

“做得真不错。佩服。你很有干劲啊。”

拓也嘿嘿笑着，看来很高兴。

“铝胶带容易受损，千万别摸刀身部分。还有，在用之前一定要收在刀鞘里。”

“知道，知道！”

拓也看起来相当期待今晚的冒险，很是兴奋。

“等下就和说好的一样，过了凌晨 3 点，你随时待命。等客人都走了，我会把杂志的颜色从红色换成蓝色。”

“我知道了。”

拓也竖起大拇指，戴上头盔，朝摩托车走去。

秀一目送拓也披着夕阳的余晖离去，直到消失不见。染成血红色的皮夹克宛如洒满了鲜血。

遗憾啊，白头山导弹的命运，注定会在明天黎明前被毒刺导弹击落。

“天灾飞过……白头山、导弹。”

秀一哼起老动画的主题曲，自己换了歌词。

他故意搞怪，希望略微缓解一点即将到来的重压。

但是，一想到接下来的事，他就抬不动腿，喉咙也开始发干。

“电击作战”是在没有旁人的密室里，而且对象处于不省人事的状态。

“毒刺行动”不是这样。对手精神十足。必须迅速干掉他。

而且一部分过程要在摄像头下面进行。

过了半夜2点还有顾客，对“心连心”来说也是很难得了，而且居然有三个人。

距离“毒刺行动”的执行时间还有一个多小时，但秀一已经坐立不安了，不停在手表和顾客之间来回看。

其中两个人一直黏在杂志架前面。都是年轻的男子。一个是长头发的胖子，戴着度数很深的无框眼镜，脚下的篮子里放了意面、草莓蛋糕、栗子蛋糕等等，好像是宵夜。

另一个是瘦子，脸色很差，鬓角很长。好像一开始就为了蹭漫画看。

第三个人是眼神空洞的年轻女子，已经在店里徘徊了半个多小时，最后才像是下定决心一样，把篮子放到柜台上。里面只有一双丝袜和一个猫罐头。秀一用设备扫描条形码的时候，女子一直盯着秀一的脸。

女子离开后又过了一阵，胖子也像是终于要结账了。秀一看他一直在看杂志，本以为他就是蹭读的，结果在宵夜上面还放了一本大开本的杂志。封面上是个最多十几岁的女孩子，身穿泳装，微笑着摆出 AV 女优般的煽情姿势。里面的内容要是放到对儿童色情严格管理的国家，大概会害人坐牢的吧。

一直黏着看漫画的瘦子，过了 2 点半，突然像一阵风一样离开了。最终他什么也没买，不过秀一还是按照手册的要求，说了声“感谢惠顾”。

距离凌晨 3 点还有一会儿，不过店铺已经进入了“平静期”。

看来不会有新顾客了。不过，秀一还是想按计划等到 3 点以后。拓也大约也没有就位，如果早早给出信号，自己不知道拓也什么时候会出现，精神上的压力难以承受。

秀一和平时一样，在没有顾客的店里打扫卫生、整理商品，打发时间。

监控摄像头的存在占满了他的意识。

他想起美国某个农产品期货交易所发生的事。那里的交易员会用肢体动作下达交易的指令，日本的证券交易所直到不久前也在用这种方法，但到底有没有下单，经常会产生争议，所以交易所就在场内安装了摄像头。

结果，围绕交易的争执没有了，但整天处在摄像头监视之下的压力，让交易员一个接一个去看心理医生。

现在秀一感觉到的压力，是那些交易员都比不了的。

案件发生之后，警察必定会调取监控摄像机的录像带。在那时候，不仅案件当时的录像会受到详细调查，之前的录像肯定也躲不过。便利店强盗和店员串通一气的新闻并不少见，如果真是那样的话，在店员的态度或者举止中，也许能够发现可疑的表现。

眼下，没有任何人在看监控录像。

但是，从这时候开始，警察就已经在监视自己了。

必须意识到这一点。

心脏快要跳出胸口了，但绝对不能让镜头背后的那些人察觉。

一方面随时意识到摄像机的存在，另一方面又绝对不能朝它看。要保持一切自然，行动要和平时一样……秀一觉得自己在被迫表演没有过场的独角戏。

也许还是有顾客上门比较好。有人陪同演出，时间才容易打发。

不过算了。无聊就像无聊的样子，没事做就像没事做的样子，行为举止保持自然就好了。演得太过，看起来反而不自然。

秀一看到入口的自动门上有一块小小的污渍，于是用布去擦，同时透过玻璃望向漆黑的外面，但看不到拓也有没有来。

他装作随意地看了一眼手表。如果看手表太频繁，会惹人生疑。想到这一点，秀一极力忍耐，不过觉得差不多也过 3 点了吧。

手表上的时间刚好指向 3 点 05 分。

血压顿时上升。

时间已经到了。

拓也应该也已经在附近待命了。

接下来就看自己的判断了。随时都可以吹响行动的号角。

怎么办？

秀一走到杂志架前，开始整理杂乱摆放的周刊、漫画、杂志等。

除了将封面朝内摆放的书架之外，还有朝店外展示的地方。那里有灯光照射，所以夜里也能清楚看到。

再拖下去并不好。

说不定会有人经过，看到等在外面的拓也，感到奇怪。另外，虽然概率很低，但也难保不会有顾客登门。

现在就是最好的时机。

哪怕再往后拖一拖，状况也不会更好了。

秀一低低说了声“好！”摄像头不记录声音。“时间差不多了……动手吧。”

他把红色封面朝外的女性杂志拿下来，拿起蓝色基调的《横滨 Walker》，准备放上去。

这一刹那，他的内心狂跳不已。

放上这本杂志，再过一两分钟，就要按计划杀死拓也了。

真要这么干吗？

别做蠢事吧。

现在收手还来得及。

借着月光手牵手走在漆黑山谷里的记忆浮现在脑海里。

一旦点起火，瞋恚的火焰就会无边蔓延，最终把自己都烧成灰烬……大门的声音在耳朵里回响。

秀一闭上眼睛，深深吐了一口气。

别犯傻了。我可以完美控制自己的愤怒。而且，一切都是深思熟虑之后的结论。走到这一步，已经无法回头了。

就在这时，他仿佛看到漆黑的视野中有青色的火焰静静燃烧。

秀一睁开眼，把《横滨 Walker》放到约定的位置上，然后故意放慢脚步，用悠然的步伐回到柜台后面。

都准备好了。秀一不动声色地瞥了一眼脚下的垃圾箱。柜台下面，垃圾箱后面。监控摄像头的死角……

他慢慢把抹布搭到柜台上，顺手把收银机也擦了擦。

秀一望向入口。外面虽然亮着路灯，但也看不到太远的地方。

还没来。秀一有点焦急。不过转念一想，自己放出信号刚刚才 1 分钟。不要急，冷静点。按照排练时候的去做就好了。动作很简单。也不需要追求准确性。虽然目标是第四肋骨和第五肋骨之间，上下错一根也没什么大影响。“MARK Ⅱ”应该能刺入心脏。

自动门外面很黑。拓也还没出现。

快点来啊。在干什么啊。时间快要来不及了。柜台这边已经没什么事情可以做了。秀一在心里抱怨。

难道又迟到了？搞什么啊。连这种时候都……

自动门外出现了戴头盔的身影。

来了。

别紧张，保持平静。冲突不是自己引发的。像木偶一样站在原地，等拓也过来。

自动门开了。皮夹克、黑 T 恤、牛仔裤。

“欢迎光临。”

摄像头不会录声音，但秀一还是按照员工手册的规定打招呼。镜头背后的警察也许会观察嘴型。

拓也没有摘头盔，径直大步走向秀一。

很好。和商量的一样。做得不错。

“把钱交出来!”

拓也的声音有点嘶哑。

“哎？等等——”

自己也按照剧本，用不知所措的声音回应。

“闭嘴!”

拓也一屁股坐到柜台上，横向跨进来，用刀抵住秀一。他什么时候把刀拔出鞘的？秀一脑海中浮现出这个疑问。

“赶紧拿钱!”

和商量的一样，拓也左手抓住秀一的肩膀，刀抵在咽喉处。别太用力啊，会被发现是假的。

“你在干吗？钱呢?”

“先打几下……”

秀一在拓也的耳边低语，嘴唇尽量不动。

“交钱啊！想死吗?”

拓也完全沉浸在演技里。他用假刀抵在咽喉上，步步紧逼，把秀一往后推。

很好，就是现在。

秀一用力抓住拓也的双肩。他伸腿绊住拓也的小腿，就在柜台下面，摄像头拍摄死角的地方。

“草你妈，干……!”

拓也失去平衡，踩到垫子上。秀一顺势拉着他仰面摔下去，后背重重撞到地上，刹那间呼吸都卡住了。

拓也发出痛苦的哼声。

两个演员都消失在摄像头的视野里。人偶剧转变成柜台下的暗斗。

“喂……这和说好的不一样吧？”

倒在一起的拓也愤然大叫，不过声音是不会录下来的。

秀一的左手绕到拓也背后，抓住他的夹克。同时伸出右手，拿住藏在垃圾箱后面的“MARK Ⅱ”。那里是监控摄像头的死角，拓也的头盔也在阻挡摄像头，应该看不见。

拓也还没弄明白情况，只是挣扎着想要站起来。

秀一横过“MARK Ⅱ”的刀身，对准穿着黑 T 恤的左胸。第四肋骨和第五肋骨之间。那是在头脑中排练过无数次的步骤。他靠背肌的力量把身子弯成弓状，用尽全力从下面往上刺。

尖锐的刀尖轻松穿破了薄布和肌肉。抵住护手往里刺，双刃的匕首几乎毫无阻碍地进入拓也体内。刀身的中心擦过肋骨，锯齿部分扯开肌肉，让整个刀身完全埋进身体里，直到护手和拳头都撞上身子才停下来。

伴随着惨叫，秀一左手抱住的拓也身体，激烈抽搐起来。

堵住伤口的匕首一晃动，鲜血就喷了出来。黏稠温热的液体像热水一样，洗遍秀一的拳头、手腕、小臂、手肘、肩头。铁锈般的气味直冲鼻腔。

要赶紧放开匕首。秀一想松开自己的右手，但太过紧张，鲜血染红的五根手指像是粘在刀柄上。

手指和手指之间拖出血红的线。秀一用左手，从拇指开始，一根根掰开手指。

“你……你……”

头部的晃动让头盔掉落下来，露出拓也在痛苦中扭曲的脸庞。

“为什么……？”

拓也用哭泣般的声音，艰难地挤出这几个字。然后细微的呻吟戛然而止，身体也瘫了下来。似乎因为大量失血而昏厥了。

秀一从拓也的右手拿走假刀，抓起空掉的手，引导它抓住刺在左胸的刀柄。放开手，拓也的手臂无力地掉在地上。

秀一将压在自己身上的拓也躯体静静推开。尚温的身体转了半圈，摊开双臂仰面滚在地上。

单薄的胸口直直插着“MARK Ⅱ”的刀柄。下面，温热的鲜血依然像泉水一样汩汩涌出。

地上真的成了一片血海。刚才被压在下面的秀一，从右臂到围裙，全都被鲜血染红了。

秀一小心避开摄像头，将假刀插到裤子里，用围裙遮住。

他抓住柜台边缘，摇摇晃晃地站起身。

手脚都在颤抖。这绝不是演技。脸色肯定也是煞白的。

这一刹那，秀一仿佛看到无数警察正透过摄像头监视自己。他们通过分辨率很差的录像目睹这一场景的时间虽然还没有到来，但受到审视的场景，毫无疑问就是这一瞬间。

看了一眼倒在地上的拓也，秀一打了个寒颤。

他别开脸，踉踉跄跄走向工作间。

打开门，终于躲开了摄像头的监视。

秀一喘着粗气，迅速看了一眼时间。3 点 08 分。

不敢相信，距离刚才看时间的时候，刚刚过去 3 分钟。

不过，接下来的动作还要更加迅速才行。

首先把双手冲洗干净。手上不仅有血，还有涂在手指和手掌上的浆糊，那是为了避免指纹留在“MARK Ⅱ”上，必须彻底洗掉。冲洗后的水，就像是洗过颜料一样，被染得通红。秀一用肥皂搓出泡沫，把直到手肘的血洗掉，再用毛巾仔细擦掉水汽。手肘往上的部分，只能先忍着了。

他脱下围裙，把假刀从裤子里拔出来，也用水龙头的水冲洗，将只沾了一点点的血痕洗掉，用毛巾擦干。

将假刀装进准备好的泡沫信封里，仔细封好。脱下沾了血液的黏糊糊的运动鞋，只穿着袜子，从后门跑出便利店。

看过周围没有人，秀一一路跑到邮筒旁边。

梅雨间歇期间的黄色月亮，透过薄薄的云层俯瞰大地。路灯的光芒在路上拉出奔跑的细长人影。

将信封丢进邮筒，秀一又跑回去。计算时间的话，到返回工作间，只需要 1 分钟吧。

就算是警察，大概也不可能在便利店发生刺杀案件时，搜查附近邮筒的信件。无论如何，杀死拓也的凶器，本来也完好地留在案发现场。更何况，永远不会有人知道他在新宿有个私人邮箱。钥匙也早就塞进颜料管里，交给纪子了。

秀一将手伸向工作间的电话。拿起听筒，秀一在脑海中再次确认是否还有剩余的处理没有完成。

深吸一口气，用还在颤抖的手指按下 110。

“你好，这里是 110。”

突然涌起一股既视感。以前好像也有过这样的场景……不过秀一马上想了起来。对了，自己真的打过电话。“发现”曾根尸体的时候。虽说那时候打的是 119。

“喂？喂喂？”

电话那头传来的声音，带着几分急躁。大概怀疑这是恶作剧电话吧。

“啊……喂。”

秀一的声音很冷静，让自己都觉得意外。

“你好，这里是110。”

“这里是‘心连心’鹄沼店……”

“啊？心什么？”

对方好像不知道“心连心”。如果是711或者罗森，大概不用解释吧。

“便利店。藤泽市鹄沼地区的。那个，刚才，来了强盗……”

“是。然后？强盗做了什么？”

对方的声音带上了几分紧张。

“那个，好像死了。”

“哎？死了？”

对方重复了一遍，似乎无法相信。

“他拿了刀，好像是摔倒的时候刺到了自己。”

这段通话正在接受录音。不过，秀一没有感到太大的压力。分辨率再怎么低，监控摄像头也在监视自己的一举一动，和那个比起来，录音算不了什么。秀一按照预先想好的说辞讲了一遍，挂上了电话。

听筒上留下淡淡的红色指纹。秀一又仔细洗了一遍手。途中胃液反流，让他稍微呕了一点。

擦过湿手的毛巾已经染成了粉红色，秀一不想再用。他拿出自己的手帕，从手指到肩头擦了一遍。

他想把被血糊弄皱的衬衫和裤子脱掉，但没准备换的衣服，只能忍着。

秀一再次穿上被血染红的运动鞋，关掉工作间的灯。原因他自己也不是很明白，只是觉得在黑暗里似乎更安全。

远远传来警车的警笛声，逐渐靠近。

一切应该都按计划完美实现了。秀一很有自信。

但是，与之相反的是，随着警笛声逐渐变响，心跳也越来越疯狂。手掌和后背都渗出难受的汗水。

看看手表，在黑暗中发光的指针，正指在 3 点 11 分的地方。

……能不能早点结束啊。

想到接下来等待自己的将是警察的询问，就很想叹气。

他向通往店面的门望去。门缝下面漏出光线。

就在仅仅三四米的地方，躺着拓也带有余温的尸体。他怎么也无法相信这个事实。就在刚才刺杀拓也的触感，还真实地残留在右手上。但是，所有这一切都像是虚拟世界中发生的，怎么也无法认为实际发生过。

只要紧紧关着门，就看不到尸体。眼睛看不到的东西，大概就不存在吧。

想睡觉。他突然感到难以忍耐的疲劳。想就这样躺到床上，一觉睡到天亮。秀一闭上眼睛。

但就在这时，警笛声在店外停了下来。秀一叹了一口气，睁开眼。没办法，该出去面对了。

他站起身，转动门把。几乎同时，自动门开了。警察们涌进店里。

荧光灯的光线白得几乎不像现实，从推开的门缝间射入视网膜。同时，紧张交谈的警官们的声音和无线电的声音也冲击着鼓膜。

秀一摆出老老实实的表情，坐到椅子上。

这是藤泽南署刑事科的大房间。时间眼看就是凌晨 4 点 30 分。不愧是刚刚发生过案件，许多职员进进出出。原来在这样的时间段，警察也没休息。

颇为滑稽的是，坐在办公桌前的状况，和被老师叫到办公室的情况差不多。不过，自己现在的身份不是接受教育的学生，而是案件的关系人。而关系人说不定什么时候就会升级成重要关系人、嫌疑人。

“啊，让你等了半天。抱歉，抱歉。”

山本警部补终于回来了。他双手各端着一个冒着热气的咖啡纸杯。

一杯是给秀一的。秀一道了谢，不过并不想喝。

“对不起啊，这么晚的时间，还要把未成年的你留下来，真是很不想。不过毕竟死了一个人。”

“没关系。我打工的时间到 5 点，而且明天学校也休息。”

“是吗？你能这么说，我们办事也方便些。”

山本警部补睡眼惺忪地喝了一口咖啡。

“他们去联系你母亲和店长了，再等一会儿行吗？”

“好的。”

秀一看看自己的身子。警察似乎并没有体贴到借他一身衣服换的地步。

“不过哪，短短几天，已经第二次了，和你这么谈话。”

“嗯……”

“上一次是你以前的父亲。这一次是你的同班同学。”

“上一次和这一次……”

“啊，没错。情况当然完全不一样。”

山本警部补露出笑脸。

“那么，我想再确认一遍，你发现罪犯是你的同学石冈拓也，是在什么时候?”

“那个……我想是在头盔脱落的时候。”

“什么意思?”

“他倒下去之后，头盔掉在地上了。因为他低着头。”

“是吗……”

山本警部补双手捧住咖啡杯，露出沉思的表情。

“不过，你打电话报警是在那个之后吧。那时候你为什么没说自己认识罪犯呢?”

秀一提高了警惕。小心点。如果这里回答不妥，很容易招来警方的真正怀疑。

“……我也不知道。”

“不知道?”

“不知道自己为什么没说。有太多事情要说了。大脑一片空白……”

“这样啊。是啊。应该很震惊吧。嗯。那也很正常。”

山本警部补用力点点头。但是不是真的相信了，从表情上不太看得出来。

“那，石冈和你，平时不太往来?”

“小学和初中的时候关系很好。高一也经常说话。但是到了高二，他就不太来学校了。”

“哦。你在那家便利店打工的事呢？”

“啊。这个他知道。他来过一次。”

“哦？什么时候？”

“大概是一个月前，或者一个半月前的样子。”

也许不说更好。不过，不说的情况下，万一拓也以前来过“心连心”的事情被警察知道了，警方将会大大怀疑自己的诚实度吧。

“那时候穿了什么衣服？”

“衣服？”

“石冈拓也的。他穿的衣服和今天不一样吗？”

“唔……那个，我不太记得了。大概一直都是穿成那样的吧。”

“今天，看到衣服，你没认出是他？”

“确实没有。那种打扮的人太多了。”

“是吗。那么，那时候你和石冈说了什么？”

“我也不太记得了。大概说了说学校，还有朋友什么的。”

“石冈是知道你在那里，所以才来的？”

“这个……不是，我想他不知道。感觉应该是他夜里来到便利店，偶然遇到了我。”

“说的也是。”

山本警部补靠在椅子背上，在西服内袋里摸出香烟，叼起一支，然后又像想起什么似的，放了回去。

“说实话，你认识石冈，而且两个人还是同学，这一点让上头很奇怪。”

“很奇怪?”

“要说是偶然，也太巧合了。”

“这意思是说，我和他是共犯，想一起抢便利店?”

秀一故意强硬地回答山本警部补。

“啊，不，不是。要是那样的话，为什么会出现这种‘事故’，也很难解释。夜里便利店不可能有很多钱，这点你肯定很清楚。”

“嗯。当然。”

秀一松了一口气。

“但是，如果只是单纯的抢劫，也有一些地方无法解释。”

秀一默默地等待山本警部补的话。

“抓强盗这种事，算是我的本职……”

山本警部补好像终于忍不住了，点燃了香烟。

“便利店强盗的手段，我见得很多。大部分时候，用的凶器都是刀，而且一般都喜欢外表特别华丽的。开刃菜刀、柴刀、仿造刀具等等。外国人还有用青龙刀的。年轻的罪犯喜欢用外形帅气的刀，很多人都会用求生刀。”

山本警部补慢慢吐出白烟。

“但是，这一次用的是双刃短匕首，而且是著名的戈博‘MARK Ⅱ’。当然，它看起来也有它的特点，但是为什么特地选这种刀……”

“什么意思?”

秀一不明白山本到底想说什么。他努力揣测山本的真实意图。

“几年前有个案子。一个年轻人想抢手枪，刺杀了警察。那时候，罪犯用的就是这种刀。戈博‘MAKR Ⅱ’，不是威胁人用的，而是用来真正杀人的。”

山本警部补把烟灰弹到小小的金属烟灰缸里。

“只要对刀具稍微有些了解，就应该知道这一点。刚才我也看了录像。如果像那样子抵住咽喉，只是想要威胁的话，双刃刀反而不好用。随便碰到哪一边，都会割破皮肤流血，容易让受威胁的一方惊慌失措。”

山本警部补似乎瞥了一眼秀一的脖子。

“……也就是说，石冈从一开始就打算杀我？”

“这种可能性也不能排除啊。”

山本警部补的眼神像是在探寻。

“你有没有这样的线索？石冈拓也对你怀恨在心之类的？”

“……没，没有。”

警察沿着这个方向调查也没关系。不过，秀一还是谨慎地做了回答。如果让他们认为自己很欢迎拓也怀有杀意的说法，反而不好。

“你和石冈以前关系很好吧？但是，石冈不来上学了，而你又是成绩特别好，将来大有希望，对吧？”

“并不算优秀……前几天的期中考试就一塌糊涂。”

“但是，石冈对此感到某些不满，有这种可能吧？”

“就算有一点不满，也不至于为此就要杀我吧。”

“说的也是。”

山本警部补掐灭香烟，眯起眼睛。自己的回答让他满意吗？

“好吧，选这种刀，也可能只是罪犯的个人喜好。不过，其他还有几个疑点。比如说，怎么带刀的问题。”

山本好像停不了烟，又点了新的一根。

“那种刀都有刀鞘。不然刀身裸露在外很危险。但是，石冈拓也的尸体身上，并没有刀鞘。”

秀一很想叹气。拓也没听自己的话，没有把假刀收在刀鞘里。

“我们在距离便利店 50 米左右的地方发现了他的摩托车。大概本来是藏在摩托车后备厢里的吧。不过那应该也是装在刀鞘里更方便。但是下了摩托车，前往便利店的这段路上，他是直接把刀拿在手上的。那段时间再怎么没人，这种做法也太莽撞了。万一被什么人看到，恐怕马上就会打 110。”

拓也是怎么把假刀带过来的呢？秀一也觉得奇怪。进入“心连心”的时候，已经拿在右手上了……

“不过，如果是这样的话，到底是怎么回事呢？”

秀一问。就算这个问题被扔回来，他也不打算回答。

“还不知道。不过，和这个问题相关，还有一个谜团。”

山本警部补把双手背在脑后，就像举手投降一样。

“虽然没有在石冈的尸体上找到凶器的刀鞘，但在屁股口袋里找到了另一样东西。”

“……什么东西？”

“另一把刀。”

山本警部补从桌子抽屉里取出装在透明塑料袋里的折叠刀。秀一吃了一惊。这是拓也去学校威胁自己的时候，从屁股口袋拿出来的刀。

“怎么了？你见过？”

“没有。”

秀一连忙否认。他担心这样是不是会显得不自然，不过山本警部补似乎没有怀疑。

“这是一家名叫卡米卢斯的公司制作的刀，叫做‘CUDA’。和‘MARK Ⅱ’比起来，刀刃长度短很多。你看，这里有个按钮，用拇指沿着沟槽滑过去，一下就能把刀刃打开。用熟了的话，虽然不至于变成飞刀，但只要没有用弹簧，也就没办法列入管制对象。”

“但是，这有什么问题呢？”

“抢便利店的时候，身上带两把刀，不觉得挺奇怪的吗？”

秀一装作思考的样子。

“这……确实搞不懂。那家伙到底在想什么……”

“嗯，是吧。”

山本警部补看看手表。

“今天晚上……其实已经是早上了，就先这样吧。等明天再找你好好谈谈详细的情况。”

“好的。”

终于解放了。秀一松了一口气，正要站起身。

“最后还有一个问题，不是石冈，而是关于你的，可以吗？”

“是的。”

当然不能说不行。秀一再一次坐到椅子上。

“你平时总会在柜台下面放一根防身用的金属球棍，对吧？刚才神崎店长说的。”

“嗯。”

“今天晚上为什么没有呢？”

秀一望向山本警部补。他的脸上还是带着笑容，仿佛很关心自己似的。

“嗯，我一般都会放在店里，但是偶尔也会带回家……”

秀一迅速开动大脑。他感觉，没什么特别的理由，反而会显得更真实。不过，山本这个人是不是真会接受自己的想法，那又是另一个问题。

“这段时间运动量不足，我想偶尔空挥几下动一动，后来就忘记带过来了……”

“哦，这样啊，知道了。那，今天晚上先回去吧。你母亲在等你，一直很担心。”

山本警部补先站起身，拍了拍秀一的肩膀。

“你很冷静，对我们很有帮助。”

“没有……我很害怕。”

“遇上抢劫，强盗还死了，虽然是意外，确实也有很大压力。而且他还是你的同学。”

他是想说，自己都没一点悲伤的样子，很不自然吗？

秀一默默低头不语。

出了大房间，母亲和神崎迎面走过来。

秀一松了一口气。让他自己也很意外的是，泪水从眼睛里掉落。

两滴、三滴……

母亲在哭。她快步走过来，紧紧抱住秀一的头。神崎似乎也说不出话，但大约也想给秀一鼓鼓劲，不断地点着头。

秀一在想，自己的眼泪有没有被山本警部补看到。

身心都已经极度疲劳，但一部分神经还是紧绷着，无法进入熟睡状态。

辗转反侧间，秀一在浅睡和清醒中反复。

即使是做梦的时候，也清楚地知道那是梦。这好像就是所谓的“清醒梦”。

秀一在黑暗中奔跑。

四肢着地。自己好像正在变成老虎。

背后飘浮着许多人类的感情。愤怒，悲伤，激昂，以及，杀意。

那些明显都是朝向自己的感情。这大约也是理所当然的吧。因为自己袭击了许多村子，杀了许多人。

吃人的老虎，迟早会被村民杀死。不过，如果是真正的野兽，并不会意识到这一点，而是会一直绝望地战斗到最后的刹那吧。

不知何时，秀一开始从外面凝望老虎的身影。

泪水打湿了枕头。不是为那些被虎吃掉的牺牲者，而是为接下来等待老虎的苦难之旅。

第九章

暴雨

山本警部补不停地眨眼，显得相当憔悴。浓密的胡须从脸颊蔓延到下颌，产生的阴影让人联想起歌舞伎的妆容。

“昨天晚上，或者说今天早上，睡得还好吗？”

提出这个问题的山本自己，给人一种根本没睡的印象。

“不，不太好。”

秀一老实地回答。他自己也知道自己在紧张。昨晚刚刚执行完“毒刺行动”，处于异样的兴奋状态中。现在冷静下来，便敏锐地察觉到自己处在一个难以处理的状况之中。

今天不是在大房间，而是在小房间里问询，更增加了压迫感。

“是吗，是啊。发生了那样的事情，大概是睡不着吧。马上又带到警察局，也是太难为你了。”

“不，我还好……是因为石冈死了。”

“嗯。总而言之，我们也想尽快得出结论。”

山本警部补用下巴示意放在桌上的小小显示器。

“后来把店里的监控录像又看了几十遍，托它的福，到现在眼睛都睁不开。”

“……有什么奇怪的地方吗?”

“奇怪的地方吗?嗯，说奇怪也是奇怪，说不奇怪也不奇怪。”

山本警部补含糊其辞地说。

“一般来说，这样的录像带，不会给案件的当事人看，不过还是想请你看一看。”

“当事人”这个词，也是很微妙的说法。也许并没有很深的含义，但听上去像是故意避免使用“嫌疑人”。

山本警部补按下放映机的播放键。

秀一屏住呼吸。安装在“心连心”天花板上的监控摄像头所拍摄的画面出现在屏幕上。

秀一站在柜台后面。正对的自动门打开，戴着全罩式头盔的拓也走进来。

拓也笔直朝秀一的方向走去。

山本警部补按下暂停键。

“到这里，注意到什么了吗?”

秀一重重吐了一口气，感觉背上的汗毛都竖了起来。

“注意到什么?”

秀一再次望向屏幕。画面暂停在拓也大步走向柜台的瞬间。磁带似乎受损很严重，画面边缘就像是画布涂抹剩下的样子，闪烁不定。

“特别是这里……”

山本警部补指向拓也。

“你没觉得，自动门一打开，石冈就笔直朝你那边走过去?”

"嗯，是啊。不过，那又怎么……"

"便利店里亮，外面暗，所以外面往里面看的时候会比较清楚。但实际上，店里面有朝外摆放的杂志，玻璃上又会贴海报，所以除非凑近看，否则无法确定里面有没有顾客，我没说错吧？"

"嗯，我想应该是的。"

"我们也调查了安装在其他地方的监控录像，没有发现石冈在外面观察的动作。但是，自动门一开，他还是目不斜视朝你那边走。一般来说，门打开的时候，总会停一下，看看店里面的情况吧。"

秀一舔舔嘴唇。

"他是不是本来就知道那个时间段没有顾客？"

"是吗？那个时间段一直没有顾客吗？"

"嗯……通常都没有。我和店长会把那段时间叫做'平静期'。"

山本警部补默默抱起胳膊。

"唔。不过，一般人不是店员，应该不知道这一点吧？"

"……是啊。如果以前也在这个时间段来过，说不定会知道。"

"那需要来好几次吧？"

"嗯。"

"或者说，和店员闲聊，偶然听到的？"

秀一停了一会儿，才回答说：

"你是说，拓也是从我这里听到的？"

"我觉得也许有这个可能啊。上一次石冈去的时候也是半夜吧？那时候有没有说过？"

说不定这是个陷阱。秀一小心翼翼地回答。

“可能有过吧，不记得了。”

“嗯，对哦。毕竟是一个多月前的事了。”

放映机好像超过了暂停的时限，画面又动了起来。山本警部补按下倒带按钮。

逼近秀一的拓也退了回去，自动门关上。秀一不自然地擦拭柜台，又急匆匆出去，向杂志架伸出手。

再次暂停。

“这里，你在重排杂志？”

“嗯。因为不忙。”

“整理杂志我明白，不过半夜里为什么非要把朝外摆放的杂志换掉？”

“没有其他事情的时候，我会时不时换一换。”

秀一坦然回望对方的眼睛。

“原来如此。时不时啊。”

这一次，山本警部补按下快进键。

秀一动作怪异地回到柜台后面，自动门打开，拓也进入。

换成播放键。

拓也大步走向秀一那边，抬起右腿，坐到柜台边上，翻过去。这时候，右手已经拿上了刀子。落到柜台里面，便立刻用刀抵住秀一的咽喉。

暂停。

“这里。我怎么看都像石冈拿刀抵住你的咽喉。”

“看起来确实是这样。”

“但是，实际上并没有抵住？”

秀一再看了一次画面。和偷拍用针孔摄像机差不多的清晰度，连表情都看不清楚，更看不出刀子与咽喉的皮肤之间有没有空隙。

“我觉得可能没有接触。”

“记不清了？”

“嗯，如果被抵住的话，应该留下割破的伤口吧。”

“哦。为什么你会这么觉得？”

“只要看那把刀……”

说到这里，秀一意识到危险。从拓也举刀，到刀身刺入，应该没有时间让他细细观察那把刀。

“昨天晚上你对我说过，那是双刃刀，不适合抵住咽喉威胁人。”

“嗯。确实说过。你记得很清楚啊。”

“恐怕一辈子都忘不了。”

山本警部补点点头，再次按下播放键。

拓也用刀抵住秀一的咽喉，用力将他的身体往后推。相对的，秀一是处于防御的一方。

秀一抓住拓也的双肩。

暂停。

“这里。你用两只手抓住石冈的肩膀。”

“是啊。不过我完全记不得了。”

“通常如果咽喉被刀子抵住，就会很担心刀。要么会用手挡在刀子和咽喉之间，要么至少也会条件反射性地去抓对方拿刀的手。而你的动作相当大胆啊。”

“这个，我刚才说过，完全记不得了。说不定连他用刀抵住我都没意识到。”

“会这样吗？他刚才可是让你清清楚楚看到刀子了……”

山本警部补按下播放键，然后立刻又暂停。

“还有这里。”

画面上扭打的两个人失去平衡，即将摔倒。

“你练过柔道？”

“嗯。初中参加过柔道社。”

“段位呢？”

“只有初段。”

与事实有关的问题，只能老实回答。秀一尽可能迅速坦诚地回答。

“我虽然这副样子，其实是三段。大学也是柔道社的。虽然是轻量级，但一直做先锋，号称得分手。现在时不时还会去警察的道场练一练。”

“是吗。”

秀一感觉到问题正在慢慢逼近核心。心跳逐渐加快。

“看这个画面，希望你能回想一下。”

山本警部补指指画面。

安装在柜台内侧天花板上的摄像头，从斜上方俯瞰两个人的身影。

秀一的身体朝后仰，微微屈膝，右腿踏出，腰部扭转，左腿似乎在离地。不过，小腿往下的部分都在画面外。

“我感觉你的左脚正要把石冈的右脚从外往内绊。”

“嗯？”

秀一发出疑惑的声音。

“但是，完全没拍到脚啊。”

“嗯，确实，关键的地方看不到。不过，这时候你正要做的是支钓入足吧？上身扭转，左脚去刈对手的右脚，然后……”

山本按下慢速播放键，秀一的身体慢慢下沉，消失在画面下方。拓也倒在他身上。

“看起来你像是倒向正后方，施展引入技的样子。当然，在柔道中，不可能有这样的连续技。因为你后背先着地，会被对手得分。但是，这里不是柔道比赛，我猜你是不是打算用寝技制服对手。”

不知不觉中，秀一不禁想要认同他的话。他赶紧把这个想法拨开。被他的花言巧语迷惑，那就完了。这说不定也是个陷阱。秀一振奋精神，用强硬的语气抗议。

“请别开玩笑。那怎么可能做到？”

“做不到？”

“那时候有刀抵着我的咽喉啊。那么危险的时候，怎么可能施展引入技？”

“就在刚才，你还说你没意识到有刀。”

“那是……”

秀一调整呼吸，飞快思考对策。

“可能是吧。总之我完全不记得细节了。但是，刈对方的腿，倒向正后方，再用寝技对付，怎么想都感觉很奇怪。”

“奇怪吗？”

“如果没有意识到对手的刀，应该用体落技。就算柜台内侧太窄，用不出来，也应该退后，用大外刈摔倒他。”

“就是说，你往后倒是偶然？”

“嗯。踩到什么东西，脚下滑了……总之，事情太突然，脚下也没站稳的状态。”

“是吗。看你的动作，倒觉得很沉稳。”

秀一意识到山本警部补的态度和昨晚有着微妙的差异。开始怀疑自己了吗？

“嗯，没关系。你既然明确否认，那么绊脚的事实应该不存在吧。”

两个人的身影都从画面上消失了。但是，仔细观察，倒下去的拓也的运动鞋还在画面上。

山本警部补解除了慢速播放。画面稍微清楚了些。

就这样继续播放。拓也的脚在画面里时隐时现，像是在挣扎似的。

秀一感觉自己的心脏仿佛被紧紧抓住。冷汗直流，头晕眼花。他简直无法继续看下去，但还是靠意志坚持注视屏幕。手指甲嵌入掌心。渗出的汗水悄悄擦在裤子上。

他知道，山本警部补的视线一直盯在自己身上。

好吧，再怎么怀疑也正常。那本来就是刑警的工作。

不过，怀疑终究只是怀疑。要建立能够通往真相的假设，需要发散的想象力。无论如何，应该绝对找不到确凿的证据。

秀一按捺住起伏不定的心情，对自己说。

拓也的脚，突然跳了一下，然后掉在地上，痉挛般地抖了两三下，然后再也不动了。

“这里。”

山本警部补暂停了画面。

“你现在看到，有没有觉得奇怪？”

"……唔，怎么了？"

再一次倒带，播放两个人倒地之后的录像。

"刀子刺进石冈的胸口，一直以为是在两个人一起摔下去的那个瞬间。右手握住刀子的状态下，倒下去的时候右肘顺势向前伸，刀刃刚好就会刺到左胸。因为是整个体重压上去，所以刀刃进得很深，直达心脏。这个解释是最合理的。但是，看这段录像，这个前提就有点奇怪了。"

秀一沉默不语。

"倒下去之后，从石冈的脚看来，并不像是临死前的抽搐，只是一般的挣扎而已。但在几秒钟后，突然展现出激烈的摆动，然后逐渐减弱，直到停止。也就是说，将这个激烈摆动的时间点视为刀子刺入心脏的时刻，才是最合理的吧？"

秀一克制住内心的冲击，摆出严肃的表情，望向山本警部补。

"什么意思？是说我抢了石冈的刀子，刺死了他？"

山本警部补挑起眉毛。

"即使是那样，大概也是正当防卫吧。"

"别开玩笑了。我绝对没有那么做。仅仅几秒的时间，把对手紧紧握住的刀子抢过来，反手刺死他，我哪有这个本事？而且自己一点伤都没有？"

秀一摊开双手给山本警部补看。

"……你说的没错。那确实非常困难。"

山本警部补意味深长地看着秀一的手掌。他在看自己的抓痕。秀一的直觉意识到不对，缩回了双手。

"只是，按照最初的想法去看，还是有很多地方解释不通。

其实，我也期待你能帮我解答这些问题。”

山本警部补静静地看着秀一。

“绝不是对你抱有什么怀疑。”

画面中，流淌出的血淤面积迅速扩大。

回到家，秀一重重吐了一口气，试图恢复平静的态度。今天母亲坚持说要跟着，但自己说服她不要来，果然还是正确的。如果一起来的话，她就会看到自己在接受询问之后的不安模样。

不过，总之这样就是告一段落了。警察该问的也应该都问完了。如果接下来还有询问的话，那应该就变成对嫌疑人的调查了。

但那是不可能的。不应该可能。

这一点很有自信。

没有任何物证。单靠今天山本警部补那种旁敲侧击般的薄弱证据，应该无法逮捕自己。而且他们连真相都还没发现。

不可能发现。警察也许很擅长仔细搜查现场，用易于找到的物证构建事实关系。即使是监控摄像机拍下来的画面，也看得非常仔细，让秀一叹服。不过，靠那样的方法，绝对不可能跳跃性地想到，刺杀拓也的刀子本是在别处。

可以想到的危险，只有沿着山本警部补的怀疑继续下去，把那个绝无可能的故事完善起来而已。比如说，两个人一起倒下去的时候，拓也不巧弄掉了刀子，被自己迅速捡起，刺杀了他……

即使他们真的做出那样的推测，只要自己不承认，也绝对不能提交公诉。前提本来就错了，也找不到间接证据。

而且，在这样的剧本中，自己被判谋杀的可能性几乎为零。

山本警部补提到的正当防卫，还有面临生死危机时的心神恍惚，这样的抗辩理由应有尽有。

最终除了不予起诉、当庭释放外，不可能有别的结果。

也就是说，手里已经有了九成九的胜算。接下来只要不轻举妄动，就没有任何可担心的。

正要从口袋里掏钥匙的时候，门开了。

“你回来了。”

友子微笑着站在门后。

“我回来了。”

秀一走进玄关，就听到咚咚咚的脚步声，遥香飞奔出来。

“哥哥！没事吧？”

秀一苦笑。

“没事没事。只是走个流程问问我而已。”

“嗯……太好了。”

遥香眼中含泪。秀一脱了鞋进屋，摸摸妹妹的头，把她的头发揉乱。如果是平时，这样拿她当小孩的做法肯定又会遭到抗议，唯有今天随他揉了。

“客人在等你。”

友子带着笑说。

“客人？我的？”

“嗯。非常可爱。”

遥香有点吃醋地别过脸。

来到客厅，只见身穿朴素上衣和短裙的纪子，正拘谨地坐着。看到秀一的脸，满脸紧张地站起来。

“……栉森。”

“纪……福原，怎么了？”

“我还想问你呢！我听到了新闻，虽然没有报出栉森的名字，但我想说不定就是你，所以给很多人打了电话，找到了店长的联系方式。”

纪子顿了一下。

“你有没有受伤？我简直不敢相信，强盗竟然是石冈。怎么会变成这样……”

“好了，请坐下说。没事的。秀一也很走运，没有受伤。”

友子柔声说，扶着纪子的肩膀，让她坐到沙发上。

秀一也默默坐到对面的单人沙发上。

桌上放了茶壶、茶盘和四个茶杯。纪子向秀一的杯子伸手，遥香抢先一步，给秀一倒上红茶。

秀一往杯子里加入砂糖和牛奶搅拌。一时间，客厅被沉默包围。他知道纪子一直在看着自己，但却不敢抬头。

“刚才，加纳律师打电话过来，他很担心你。如果有什么需要，他随时都愿意帮忙。”

“这次不需要律师。”

秀一淡淡地说。

“我又不是嫌疑人。”

“嗯……是啊。”

“我说，栉森？”

纪子小心翼翼地开口。和学校里的态度判若两人，简直可以说是一反常态。

“你受了很大的打击吧？我很理解你的心情。”

“不可能理解吧？”

秀一冷冷地回答。

“除非你有过同样的经历。”

“这……当然没有。”

纪子努力想说什么。

“我只是想，那肯定是非常可怕的经历……所以如果能让你的心情稍微缓和一些，我什么都愿意……”

纪子红着脸，没有继续说下去。她大约意识到，在母亲和妹妹面前说这种话，实在太羞耻了。

“那，有一件事想拜托你。”

秀一喝了一口红茶，用生硬的语气说。

“嗯！随便什么事，你说吧。”

纪子眼中闪着光，探出身子。

“你能回去吗？”

“嗯？”

纪子好像一下子没能理解秀一的意思。

“我很累。昨天基本上没睡，刚才又一直在警察局。我想好好休息休息。”

“啊，对不起，我……”

纪子有点沮丧。

“秀一，人家难得来看你，怎么这么说话？”

“不不，是我太鲁莽了。对不起。我回去了……”

友子想要挽留，纪子还是站起身，匆匆道别。再走出客厅前，她又回身微微鞠了一躬。

秀一依然望着杯子，一动不动。

玄关传来轻轻关门的声音。

"……好吧，很累了吧，去睡一会儿？"

友子看到秀一的态度，似乎很同情纪子，但也并没有训斥秀一。

"嗯。我去睡了。"

秀一出了客厅，去车库拿了 101，回到自己房间。

仰面倒在床上。天花板感觉比平时遥远。

疲惫感从身体的深处渗透出来。整个房间仿佛在滴溜溜地旋转着。

在刚刚"强制结束"曾根之后，他曾经感觉到自己做下一件无法挽回之事的恐惧。而现在他连拓也都杀了的时候，强烈涌进心中的，是胸口开了一个无底大洞般的丧失与空虚。

这样的感受，到底要忍受到什么时候？

到了明天，会有一点改变吗？或者后天……

现在什么都不想思考。他只想尽早消除自己的意识。秀一抱起 101 的瓶子直接喝。食道的灼热刺激感呛到了他，让他咳嗽起来。慢慢地，就像麻醉生效了似的，大脑变得朦胧，终于一切都暗了下去。

星期一，秀一和平时一样去上学。

遥香劝秀一说，"休息一天才好"，但秀一害怕的是，哪怕只休息一天，自己恐怕就再也没办法去学校了。

从他在停车场锁自行车的时候开始，就感觉到学生们仿佛在远远围观。走进校舍，那感觉更加清晰。

没有任何人靠近自己。在走廊和楼梯上，学生们露骨地避开他，在足够远的地方交头接耳。

秀一来到教室，之前的喧闹声刹那间安静下来。

默默坐到座位上，纪子在旁边座位问候了一声，“早上好”。

秀一没有回应。他从书包里取出课本和笔记，放到桌子上。

“那个，前天对不起，我……”

纪子正要说话，教室的门打开了，“哈巴狗”走了进来。离班会还有不少时间。看到秀一的时候，他露出惊愕的表情，朝他招招手。

秀一没有看纪子，站起身，走向“哈巴狗”，被他带去了教师办公室。

令人吃惊的是，教师们的反应和学生们几乎没有什么不同。年轻教师投来好奇的视线。女教师的举止中仿佛流露出怯意。接近退休的老教师则是冷淡地无视。

“今天本打算下了班去你家的。还以为你会休息。”

“哈巴狗”的声音中带着困惑，似乎是不知道该以怎样的态度对待秀一。

“星期六接到警察的通知，今天一早召开了紧急教师会议，唔，总之这次的事情，责任完全在于过世的石冈……”

“哈巴狗”喋喋不休地说着教师会议的事情。秀一半路打断他的话。

“老师，您要和我说什么?”

“哎，啊，要说什么嘛……”

看他的表情，似乎真的相信自己喋喋不休说这些没内容的话，就能安慰学生了。

“我以为，教师会议的内容，告诉我也没什么用处。”

“嗯，说的也是……”

“栉森！”

背后传来怒气冲冲的声音。

“你那是什么态度？有没有做反省？”

那是教日本史的老教师，公认的废话多。

“反省什么？”

秀一平静地反问。办公室里顿时鸦雀无声。

“你！你的同学死了，你就没有一点……”

“您是说对于石冈拓也的死，我负有责任？”

从来没有还过口的学生的突然反抗，让日本史教师有点吃惊。

“这，那个，法律上也许没有责任……”

“那么，您是说道义上有责任？”

“责、责任、那个责任……”

“好了，小中老师，别说了。栉森也受了很大的打击啊。”

“哈巴狗”试图调停，但秀一并不领情。

“我只是在便利店打工而已。是石冈拓也拿刀闯进店里。他用刀抵着我，纠缠中摔倒下去，失手刺中了自己的胸口。这种事情，我到底有什么过错？”

日本史教师仿佛被秀一的言辞压倒，声音降了下来。

“我并没有说那是你的责任。只是班上的一个同学失去了宝贵的生命，对此至少应该有些严肃的态度……”

“您是说，我要对那个想杀我的人更加表示出悼念？”

“没、没有要杀你吧。只是一时头脑发热，想要抢钱……”

“小中老师，石冈事先和您商量过犯罪计划吗？”

“你、你说什么？”

日本史教师一脸茫然。

“否则，您到底有什么根据来推测石冈的动机呢？”

“栉森，好了，别说了。”

“哈巴狗”不知所措地说。

“石冈从一开始就想杀我，绝对没错。”

“你，你说这话……”

“我是案件的当事人。我清楚地感觉到他的杀意。请不要仅凭臆测就随便说话。询问我的刑警也认为，石冈是怀着杀我的目的闯进便利店的。如果您有疑问，不妨去向他了解一下，自然就会清楚。他是藤泽南署的山本警部补。”

办公室里的所有教师都仿佛石化一般，连咳嗽声都没有了。

秀一环视他们一圈，说了一句“对不起”，走出了办公室。

连续几天都是阴云密布的天气。

秀一伸展身体，像是伏在桌上一样，打量教室。开着日光灯，教室里也还是有些昏暗。

面对讲台，小小的桌子和椅子排成六列。现在是午休时间，座位上没有学生。只有无人的课桌反射出钝光。这到底是哪里？我在这里做什么？为什么大白天关在这样的箱子里？

秀一闭上眼睛。传到鼓膜里的，是和平时一样犹如潮水般无意义的喧嚣声。

聚集在教室门口的学生们兴高采烈地聊着没什么意义的话题，哄笑不已。秀一只觉得他们如今都是非常遥远的存在。

距离事件发生大约过了一周。虽然敏感的反应潜伏下去，但基本上所有的学生还是不会和他说话。例外的只有大门和纪子，以及始终坚持做生意的“盖茨”几个。

秀一睁开眼睛，茫然望向同样年纪的少男少女们。在他们当中，许多人已经有过性爱的经验，九成以上都有喝酒的经历。说不定还有人尝试过轻度的毒品。

不过，说到杀人，恐怕终其一生，也不会有人经历吧。

而我确实杀了人。

初中生、高中生因为一时冲动而持刀杀人，可能不是什么稀奇的事。

但是，基于缜密的计划，杀死两个人的高中生，应该没有几个吧。

而且不仅没有受到惩罚，还能在这里悠然自得。虽然说是自己制订的计划，但也觉得相当不可思议。

教师和学生们都装作看不到自己的样子。秀一觉得，也许自己真的变成透明人了。

入口附近的谈笑声忽然停了。抬眼望去，纪子正在走进教室。她的脸色虽然苍白，但嘴角带着活泼的笑容。她径直朝秀一走来。

学生们注视着纪子，看来都很关心接下来会发生什么。

够了吧。没必要顶着众人的嗤笑纠缠自己吧。秀一满心烦闷。

“栉森……”

纪子打了一声招呼。

秀一站起身，默默地转过身，背对纪子离开。

正要出教室的时候，有个声音从背后传来。

“又被甩了？栉森有那么好吗？嗯？实在不行，我来顶替他吧？”

秀一回过身。

调戏纪子的是堀田亮。他趿拉着室内鞋，勾肩缩背，手插在口袋里。纪子绷着脸，转过头不理他。

“怎么啦。别不理我嘛。试着和我交往看看嘛。”

堀田露出猥琐的笑容，去抓纪子的胳膊。

突然之间，堀田那张长满青春痘的油腻脸庞逼近秀一的眼前。细小的眼睛震惊地望向秀一的时候，秀一才意识到是自己猛扑了过去。

他扑向了比自己高出将近10厘米的对手。

周围的桌子翻倒在地，发出轰然巨响。女学生尖叫起来。

秀一骑到堀田身上，正要再给他几拳。但不知为什么，身体无法动弹。似乎是好多只手从背后拼命抱住了自己。

好几个人把秀一从堀田身上拉开。

“你他妈干什么？找死啊？”

堀田一起身，就捂着脸怒吼起来。他流了鼻血。看来至少有一拳正中他的鼻梁。

“你他妈脑子进屎了……？”

堀田还想继续骂，但是看到秀一的脸，气势就弱了下去，不再作声了。

沉默笼罩了四周。秀一伸开双臂，表示自己不打算再动手了。后面抱住他的两三个人慢慢放开手。

秀一扫了纪子那边一眼，她正脸色苍白地捂着嘴望向自己。

秀一大步走出教室。他一走过来，大家纷纷让开道路。

经过走廊，上了楼梯。教室里的情况不看也知道。纪子应该低下头，孤零零地坐在座位上。堀田大概会满含怨恨地踢身边的桌子。而同班学生们则是兴奋地交头接耳。

你已经变成大家的笑柄了。为什么不在乎呢？

只要你想，马上就能找到更好的男朋友吧。

是的，秀一很想对纪子这么说。但是，现在他连纪子的面都不愿意见。他无法正视纪子的眼睛，那双清澈如水的眼睛。总是闪闪发亮，如同黑色的宝石。

在去楼顶的楼梯半路，秀一遇到了正从上面下来的“盖茨”。

“喂，订货。”

秀一一说，“盖茨”点点头，但并不显得怎么高兴。

“我要波旁。”

“101 还没进货啊。”

“什么都行。更便宜的。”

“盖茨”皱起眉头。

“……四玫瑰、早时倒是马上就能拿来。”

“我说了什么都行。五六瓶吧，一起给我。”

“喂，你……”

“没要你一次带过来。分两三次也行，每天一瓶也行。对了。最好别在学校里。约在外面哪里吧。”

“我说你啊，喝太多会搞坏身子的。”

“盖茨”居然会关心自己的健康，秀一苦笑。

“没事，你只管拿来。一手交钱一手交货，没问题吧？”

他拍拍“盖茨”的肩膀，没再说什么，跑上楼梯。

通往屋顶的铁门开着。

天空更加阴沉，仿佛马上就要下雨。这样的天气，难怪屋顶没人。

不过，却像是很适合他现在的心情。

秀一抓住铁丝网，眺望占据了整个视野的相模湾景色。远处一艘大型货船正在缓缓航行。

他张开右手，举到眼前。

忽然间，刺杀拓也时的触感，清晰地浮现出来。

粗糙冰冷的刀柄。蛤刃刺入拓也肋间时的虚无手感。手上的刀整个戳进胸口的那一瞬间，刀身看起来仿佛凭空消失了，就像魔术一样。

秀一颤抖起来。

他从未想象过自己会有这样的反应。

日本人和“罪与罚”之类的强迫观念无缘，因而很适合进行杀人的完全犯罪。他曾经愚蠢地这样认为。

到了现在，他才第一次认识到，折磨杀人者内心的，不是对神的畏惧，也不是良心。至于世人的评价或者外人的流言，更是无关紧要。

犹如受诅咒的头箍般紧紧勒住心脏的，乃是简简单单的事实。自己杀过人的记忆。不管去哪里，自己这一生，也逃不出那个记忆。

不管杀掉的是什么样的人渣，不管有多要紧的理由，那些都无法成为辩解，也无法成为安慰。

今后不管人生中会有怎样的快乐、遇到怎样的感动，过不了多久，还是会想起自己杀过人的事实吧。

秀一深深叹了一口气。

情绪的突然变化，自己也没有想到。本以为那种深深的低落、无精打采的状态会一直持续下去，但却也会像刚才那样突然爆发。

自己到底还能不能控制情绪，秀一已经完全没有了自信。酒精也只能是暂时的逃避而已。

也许还是需要借助药物吧。他想，是不是该在那个“K’s Convenience Pharmacy”网站上订购精神安定剂了。

但是，他想起自己没办法用私人邮箱收货。钥匙在纪子那里。

既然这样，不如去涩谷或者新宿，从日语怪异的商贩手里买危险的药物。秀一自暴自弃地想。

私人邮箱的事情，一直沉重地压在意识的角落里。

邮箱里还躺着假刀。用诡计谋杀石冈拓也的决定性证据。

当然，自己预付了半年的使用费，也没有别的包裹寄去，应该不会有人出于怀疑去开启，更不可能交给警察。

但是，掌握自己命运的证据一直悬在半空，这似乎加剧了情绪的不稳定。

要说悬而未决的事情，被拓也拿走的电线当然也是。按照拓也的性格来想，他大概会直接塞到桌子抽屉里。不过，附上纸条解说真相之类的安排，他应该不会去做的。

事件过去了一周，遗物可能也整理过了。就算被拓也的父母发现，大概也只会当成普通的杂物吧。

秀一一度考虑过要不要借上香的名义去拜访拓也的家。如果幸运的话，说不定能找到电线，偷偷拿回来。

但是，这一点很难。

比起儿子的死，拓也的父母似乎更震惊于儿子抢便利店的事实。他们显然希望将这一事实隐瞒起来，尽早忘记。葬礼也是悄悄举行，没有通知任何人，更是顽固拒绝与事件相关者的接触。

拓也的父亲只有一次打电话过来道歉，母亲说，他们希望今后让事情默默平息。

虽然是受害者的身份，但拓也死了，自己却毫发无伤，所以如果主动要和对方接触，他们也会犹豫吧。

而且，万一被警察知道自己在拓也家找电线的事，那才是自寻死路。

秀一忽然发现有人从校舍里走出去。是两个人。全都穿着白衬衫，手里抱着外套。怎么看都不像是学校的老师。

秀一把脸贴到铁丝网上，仔细望去。

果然没错。

右边那个是山本警部补。还有一个人不认识，但肯定也是刑警。

他们来学校干什么？

秀一意识到自己的腿在发抖。

警察还在继续搜查吗？到学校来调查，可能是在怀疑自己。

不对，等等。

这里也是拓也的母校。虽然近来都没上学，但听听班主任的介绍，也是很正常的吧。

是的。而且，在办公室，自己对小中那个蠢货发火的时候，提到了山本警部补的名字。学校方面说不定为此向警察提出了抗议。虽然是抢劫未遂而死，但没有证据就给拓也按上杀人未遂的罪名，那算是怎么一回事。

山本警部补也许是为了辩解和道歉来学校的。

但是，心里的某个地方，知道那只是自我安慰。

警察没有那么闲。要调查拓也的情况，现在也太晚了。

虽然不知道在怀疑什么，但目标显然是自己。

仿佛和秀一心有灵犀似的，在走到校门的时候，山本警部补抬头朝这里望来。

秀一条件反射地缩回身子。

被看到了吗？心脏怦怦直跳。

虽然是阴天，但天空背景还是有些亮光，而且还有铁丝网挡着，应该分辨不出自己的相貌。

白痴，有什么好慌的？

这所学校的学生，从楼顶往下看，到底有什么错？根本没必要慌慌张张躲起来。

但是，心脏的疯狂跳动毫无平息的迹象。怎么也拿不出再度靠近铁丝网朝下看的勇气。

每天去学校上学，逐渐变成一种酷刑。

骑自行车在湘南公路上奔驰的时候，也常常有种警察在某处监视的感觉。

搜查在自己一无所知的情况下缓缓推进的噩梦，以及毫无来由的、总有一天自己将会被逮捕的恐惧，正在逐渐变成现实。

也许就在上课的当中，教室门突然打开，走进来几个刑警，然后就在全班同学面前宣读逮捕令，把他铐上手铐带走……

不管怎么告诉自己，那种事情绝不可能发生，但恐惧还是挥之不去。

情绪依然在低沉和相反的突然激昂之间来回反复。但从时间长度上说，绝大多数都是心情抑郁的期间。

在这样的时候，头脑中反反复复的只有悔恨。

秀一不断幻想着事情没有发展到现在这种状况的场景。在某处的平行世界里，事态展现出完全不同的发展。一切都自然而然地得到解决，简直像是轻喜剧一样。

曾根因为某种缘故，没有来栉森家。或者来了之后很快就死于癌症。还有在策划杀死曾根的计划时，他却死在交通事故中。

曾根在别处惹到了其他人。赛车场上不巧遇到了那个仇家，被他用切生鱼片的刀刺死了。秀一听到这个消息，非常震惊。在晚饭的桌上，一家人感慨日本的治安也不行了。遥香担心地说，哥哥，太危险了，还是别去赛车场了。自己说，不会去的。自己虽然喜欢骑自行车，但隔着铁丝网看比赛，一点也不好玩。

自己成功停止了曾根的心跳，回去的路上发现拓也骑摩托跟踪自己，于是将电线直接拿到学校，藏到柜子里。虽然差点被纪子发现，但还是妥善处理掉了。

最终，拓也什么也不知道。他后来也没有再来学校，就那样游手好闲地度过了一生。

拓也从由比浜沙滩拿走了电线。但是，回去的路上被卡车撞了，当场死亡。检查事故现场的警官看到了拓也带的电线，迷惑不解。这是什么东西？不过反正和交通事故无关，当然很快也就被遗忘了。

拓也并没有想要威胁自己。在那之后，他大概是想再找人聊天，经常深夜里到便利店来玩。秀一和他聊得多了，没过多久，以往的友情又复苏了。而电线也成为一段尘封的往事……

然而不管怎么想，现实不会改变。

这样的日子要持续到什么时候？

自己什么时候才能忘记这一切？

在这样的胡思乱想中，一堂课又结束了。

铃声一响，秀一立刻出了教室。他寻找没有任何人发现的地方，漫无目的地在学校里徘徊。

旁边座位总是投来温柔守护自己的眼神。对于秀一来说，那也是他无法留在教室的原因之一。

每天早上，纪子都会向秀一问一声“早上好”。即使没有回应，她也依然带着笑容。休息的时间，她也会小心翼翼向秀一搭话，不惹他生厌。不管秀一如何无视她，她的态度从来没有改变过。

纪子似乎想要把自己从痛苦中拯救出来。然而一切都是基于误解。她以为自己是因为好友死于事故而产生了荒谬的罪恶感。

对于秀一来说，那份温柔和体贴，是令他难以忍受的东西。

6 月 25 日，星期五。从早上开始就下起了瓢泼大雨。

尽管紧紧关着窗户，教室里还是回荡着下雨声。

第一节课上完的时候，纪子说：

“栉森，今天能去你家吗？”

她的态度就像是这两周以来，秀一一言不发的事情从未存在过似的。

秀一终于回了她一句。

“去干什么？”

终于有了回应，纪子笑了。

“准备考试啊。再过一周就是期末考试了。两个人一起准备，不是更好吗?”

秀一望着打满雨滴的窗户。

“今天下雨，你坐江之电来的吧？一起回去吧。”

秀一沉默不语。他生气自己忍不住还是接口了。接下来再也不说了，直到纪子放弃。

但是，纪子似乎把秀一的沉默自说自话地理解为答应了。

“可以哦？我不会待很久的……”

就在这时，铃声响起，教师走了进来。对话就这样中止了。

一整天的上课内容也完全没听，6 个小时的课程就这样结束了。班会一过，秀一便迅速拿上书包起身。

“啊，等等，一起走。”

虽然纪子在喊，但秀一不理不睬，跑出教室。

三步并作两步跑下楼梯，来到玄关。

雨势太大，一群女学生举着伞在犹豫。秀一推开她们，撑起伞跑到外面。

手上感觉到雨水打在尼龙布上的冲击。很快，袜子和鞋子都湿了，脚下带起的飞沫甚至溅到了脸上。

但秀一还是埋头往前跑，总之要甩掉纪子。如果她到了车站也找不到他，应该就会放弃了吧。

不过，跑到半路的时候秀一忽然想到，下一趟开往藤泽的电车是在 39 分发车。他以往都是等班会结束以后，仔细收拾好，慢悠悠走过去，刚好赶上开车。

这样自己会被追上的。

秀一穿过江之电的由比浜车站，来到海岸路旁的一家咖啡店。

看到秀一湿透的样子，店员给了他一条毛巾。秀一点了一杯热咖啡。

天气太差，除了秀一，一个客人都没有。店里的桌子上放了四五本杂志。秀一打算在这里打发些时间再回去。

把杂志全部读完之后，秀一抬起头。雨势依然没有减弱的迹象。

差不多该回去了吧。

在鹄沼站下车的时候，时间已经过了 5 点。

秀一看着湿透的柏油马路往前走。

从孩子的时候开始，他就一直喜欢下雨，原因他自己到今天也不知道。让他画景色的时候，其他孩子都会千篇一律在右上角画个太阳公公，唯独他会高高兴兴画下雨。

下雨是上天的恩赐，能够抚慰干涸者的心灵，消除愤怒的火焰，化作奔腾的泪水，吸取痛苦和悲伤。以前虽然没有明确意识到这一点，但如今却有了真切的感受。

他不禁想干脆丢开伞，让从天而降的清净之水好好洗涤，将自己身上一切污秽都洗干净。

快到家了。收起伞也没关系吧。回去立刻洗澡就行了。那样至少心情能好一点。

不过他还是垂着头，握着伞把。他觉得，自己连丢开伞面对上天的资格都没有。

雨水在柏油马路上蜿蜒。静谧的雨声在伞上打出不规则旋律。仅仅是这些，就似乎足够安慰自己了。

来到家门口，收起伞的时候，秀一吃惊地站住了。

纪子站在门前。

“……你好慢呀。”

红色的雨伞下，纪子朝自己露出笑脸。

“你来多久了？”

秀一不知说什么。湿透的头发和校服，还有毫无血色的嘴唇。不问也知道，一放学纪子就过来了。

母亲还没回来，遥香今天也说好了回来晚。纪子一直在瓢泼大雨中等自己。按照刚才的雨势，有伞也没什么用吧。

“先进去吧。”

心里满是罪恶感。这样会感冒的。秀一打开玄关的锁，招呼纪子进去。

“会弄湿走廊的。”

“行了，别管这些，快上来。”

秀一把纪子带到二楼的浴室，自己回了房间。

她显然需要换衣服。遥香的衣服怎么看都嫌小，而拿母亲的衣服也不大合适。最后，秀一还是拿出了装在塑料袋里的全新衬衫、内裤、以及相对中性的成套运动服。

纪子像是刚从水里捞出来的样子，等着秀一。上半身完全透出了里面的内衣和肌肤。

秀一尽力不去看纪子，打开淋喷头放热水，调节温度。浴室里顿时升腾起雾气。

“栉森，你先洗吧，我没事。”

“我没那么湿，快进去，会感冒的。”

秀一说完，走出浴室，关上门。门后传来纪子的声音，“嗯，谢谢”。

大约两分钟时间，纪子就出来了。胭脂色的运动服果然太大了，她把袖口和裤脚都往上折了些。

“洗完了?”

“嗯，多谢你，我已经暖和了。”

纪子偏着头，用毛巾拍干头发。刚才近乎苍白的脸色已经完全恢复了血色，肌肤也熠熠发光。

“你也快去洗吧。”

“嗯……在我房间等会儿吧。就在那边。”

秀一把吹风机递过去，纪子的脸上显出小小的酒窝。

往头上淋热水的时候，秀一意识到现在的状况很暧昧。

孤男寡女独处在家轮流洗澡。

而且母亲和遥香短时间内都不会回来。

混蛋，你在想什么呢?

秀一赶走脑海里的甜蜜幻想。

你以为你还有这个资格吗?

秀一匆匆洗完出来，穿了和纪子不同颜色的蓝色运动服，走进房间。

纪子鸭坐在地上，用电吹风吹头发。那是只有女生才能做到的姿势，小腿向两侧叉开，屁股坐到地板上。

“我的衣服放在洗衣筐里了，我去拿一下。”

她说着话站起身。

“校服和内衣都放到干燥机里了，大概要一个小时才能干。”

“呃，你把我的衣服从筐里拿出来了……”

纪子满脸通红。

“别犯傻。我整团放进去的，没有乱翻，放心吧。”

“哦，可是……”

“没什么可是的。你那样子回去，也不合适吧？”

“话是这么说……”

“只是裙子可能会有点皱。”

纪子扭扭捏捏地说。

“栉森，你是不是有点看不起我？”

“哎，什么意思？”

“因为我随随便便跑到你家，连内衣都乱放……”

“别说傻话了。像遥香那家伙，就算当着我的面也会乱脱衣服。”

“她是你妹妹嘛。”

秀一意识到自己不知不觉又恢复到原先那种肆无忌惮的说话方式了。

我确实喜欢纪子啊。在丧失了爱她的资格之后，才意识到这一点，真是太讽刺了。

秀一突然沉默下来，纪子担心地看着他。

“栉森，你的头发还是湿的。”

秀一摸摸自己的头，默默点头。没有好好擦，不过放一会儿也会自然干的吧。

“等等。”

纪子站起身，来到盘腿坐的秀一身后。感觉到她在摸头发，秀一试图回头。

“你……？”

“别动。我帮你擦。”

“没关系的。”

纪子用毛巾轻抚般擦拭秀一的头发。如果要甩开她的手，那也显得太过分了，秀一只好保持原来的姿势。

纪子纤细手指的抚摸非常舒服，秀一闭上眼睛。

如果只是要把水分从短短的头发上弄掉，最多一分钟也就够了。但纪子并没打算用吹风机，一直用毛巾擦他的头发。

秀一轻轻叹了一口气，好想一直这样下去。

如同盔甲般紧紧封闭起来的心灵，松开了一道缝隙。就像甘甜的雨水滋润了久旱开裂的大地。

自己能接受纪子的温柔吗？

不行。理性的声音说。最终只会伤害到她。

但是，渴求救赎的情绪，已经高涨到无法忍耐的程度。已经到极限了。我想有人接纳自己。希望有人对自己说，你不是坏人。

回过神来的时候，秀一的右手已经抓住了纪子的手。

“放手呀，没办法擦了。”

但是，纪子的手完全没有做出挣脱的动作。

秀一站起来，把纪子紧紧抱进怀里。

“栉森……”

纪子满脸通红地仰头看着秀一。

“我喜欢你。”

“我也是……”

长长的吻。自从体育馆那次以来。纪子的嘴唇，甜蜜、温暖、柔软。她的气息芬芳，让秀一头晕目眩，身体被感官的欲求填满。

“纪子……”

“什么？”

“可以吗？”

没等纪子回答，秀一便把手伸到她的膝后，抱起了她。纪子吃惊地全身紧绷。秀一就这样把她抱到床上。

自己正在利用她来逃避痛苦。这样的想法掠过脑海。但是，已经无法停止了。

再次短短的一个吻，秀一拉住运动服，准备脱掉它。

“啊，等等，我自己来……”

纪子害羞地转向一边，双手交叉掀起运动服的下摆。乳房立刻显露出来，让秀一心神荡漾。虽说她没有换洗的内衣，这也是当然的。

纪子的脸变得通红，大概是很不好意思。

但是，秀一现在没有去照顾纪子心情的闲暇了。纪子脱下运动服之后，急忙双手掩住自己的胸，但秀一抓住她的手，强行拉开。

纪子稍微抵抗了一下，立刻就不再用力。

她的乳房形似洋梨，像牛奶一样雪白，透着少许青色的静脉。因为是仰躺，所以有些扁平，但还是显出隆起的形状，证明尺寸很大。秀一从下缘向上握住，轻轻揉搓，手感犹如蓬松的蛋糕。

纪子怕痒似的扭动着身体说：

“你太坏了……”

秀一下意识地要缩回手。

“只有我脱了。”

“啊，对了，抱歉。”

秀一用在舞台后面换装的速度脱掉了运动服。

剩下的只有内裤。纪子瞄了一眼鼓起的部分，不知所措地挪开视线。

秀一再次伏在纪子身上，用口含住乳房。乳头立刻有了反应。他的右手同时爱抚另一只乳房。

纪子已经任由秀一摆布了。她的呼吸逐渐变得急促起来。

秀一抓住运动裤的边缘。这次纪子没有抵抗，一动不动。

不过，下面露出自己准备的男性内裤，让秀一不禁苦笑。

“这个果然难看啊。”

前开的纽扣穿在女孩子身上，有种怪异的猥亵感，不过那宽松的沙滩裤造型，素色的纹理，又有种我见犹怜的感觉。让纪子穿成这样，秀一觉得很对不起她。

“我应该准备好替换的衣服……如果一开始知道会这样。”

纪子噘起嘴说。

“性感内衣吗？”

“一般的啦……”

“嗯，反正都要脱掉，没区别。”

秀一伸手去脱内裤，纪子慌忙用双手挡住。

“怎么了？”

纪子紧闭着嘴不回答。

“啊，知道了。是要我先脱吧？想看我的？”

“才、才不是！”

说完这句，纪子背过了身子。秀一一时不知道该怎么办，只得从背后贴过去，抱住她的身体，在耳边柔声低语。

“怎么了？我该怎么做？”

纪子用细不可闻的声音说：

"你……有经验吗？"

"嗯，两三次吧。"

秀一这才反应过来。

"你是第一次？"

"嗯。"

秀一先是意外，然后心中充满了怜惜。那些家伙说她在做援交，真是该死。

"这样啊，我知道了。"

秀一又一次吻了纪子。比刚才的更加长久、浓烈。

"不用怕，交给我吧。"

说着，秀一握住纪子的手。纪子露出安心的神色。

她爱我、信赖我，将一切都交给我。想到这里，秀一的心中再度燃起对她的浓浓爱意。

肌肤与肌肤紧贴在一起，用身体感受彼此的激情，这是多么亢奋的愉悦啊。两个人都知道彼此的青涩和稚拙，但两个人之间也存在着足以超越这一切的牵绊。

尽管如此，秀一心中依然盘踞着无法挥去的阴影。

即使在将膨胀欲裂的高昂部分缓缓插入纪子体内的时候，一块犹如乌云般漆黑的东西依然牢牢盘踞在意识的角落里。

纪子终于迎来的小小高潮，只不过是对将来的真正高潮做出的预告而已。不过，她的身体中切实生出极大的满足，而秀一也随着她的感觉，差一点在两个人的合体中释放。

不过，即使是在那最高潮的瞬间，那黑云依然死死占据在同一个地方，如同雪白墙壁上的黑色斑点。

第十章

$Q = IVt$

敲打房顶的暴雨，将整幢古老的木造建筑化作共鸣箱，创造出神奇的音响空间。

基调是纤细的杂音，像是将空气无限细筛的结果。雨滴敲打窗户玻璃的声音，还有流过粗大水管的雨水声，混成潺潺小溪般的声响。

秀一出神地听着雨水的合奏。

右手抚摸纪子的头发。她的右耳紧紧贴在秀一赤裸的左胸上，像是在听他的心跳一般。

他下意识地用手指缠绕纪子的头发，弄得乱糟糟的，但忽然停了下来。

“怎么了？”

纪子抬头看着秀一的脸问。声音和平时一样，但秀一觉得听起来格外娇媚，是错觉吧。

“没什么……这是我的习惯动作，经常这样弄遥香。”

“嗯，你也可以这样弄我的。”

不喜欢别人弄自己的头发吗？秀一刚这么想，纪子却把头凑了过来。

“这样好像和妹妹在一起，还是算了。”

“你更喜欢遥香吗？”

纪子噘起嘴。

“笨蛋。喜欢和喜欢不一样啦。”

“唔，是嘛……”

她有时候非常敏感，能够读取人心。秀一必须努力不让惊讶显露在脸上。

“对了，现在几点了？”

“快6点吧。”

“你家人快回来了吧？”

纪子忽然担心起来。

“放心吧，再躺一会儿。”

秀一搂住纪子的肩膀。

“……可是……”

“没事的。就算被发现也没关系。”

“怎么会没关系！”

纪子猛地坐起，又慌忙遮住身体。

“帮我把衣服拿来吧？”

“说不定还没干呢。”

“没关系的。”

秀一不情不愿地起身，只穿了短裤走去浴室。

他停下干燥机，拿出纪子的衣服。潮湿的热气扑面而来。衣服有点发烫。秀一本想看看里面有没有干，但是又想纪子不愿意让人看内衣，于是也就这样子拿回了房间。

“可能才干了一半吧。”

纪子摸摸校服，皱起眉。

“真是的，都这么热了，还是湿的……”

“前面又冷又湿的时候，你也没抱怨。”

纪子一脸嫌弃地拿过内衣，瞪了秀一一眼。

“你转过去。”

“都现在了，不用了吧……”

“转过去！”

秀一没有再多嘴，自己也转过身去，穿上衣服。

“你不去再冲一下吗？”

“不了，没时间了。回去会洗。”

身体上还留着纪子的气息。秀一今天都不想洗澡了。如果纪子也这么想的话，他很开心。

“……好了，转回来吧。”

纪子恢复了原本的校服装扮。她反复拨弄头发和裙子。

“有没有穿衣镜？”

“没事的。看起来又没什么奇怪的，而且一出去又要被雨淋湿。”

“哼。真没办法。”

纪子用小孩子的语气说完，拿起书包。

“我该回去了。”

“嗯。”

秀一送她到玄关。

“说起来，你不是来准备考试的吗？”

“是啊。”

“结果根本没复习啊。”

“怪谁？”

纪子斜眼瞪秀一。这个神态完全和以前的纪子一样了。

秀一正要去抓玄关的把手，外面有人插钥匙转动。两个人不禁对望了一眼。

进来的是友子。头发上沾着细细的雨滴，雨水顺着伞尖滴落。

“今天雨真大。哎？欢迎欢迎。”

“打扰了。”

纪子躲在秀一身后，微微鞠了一躬。

跟在友子后面，穿着红色雨衣的遥香走进来。她看到纪子，一脸惊讶，来回打量穿校服的纪子和穿运动服的秀一。

“难得来一次，喝杯茶吧。”

友子虽然这么说，纪子还是摇摇头。

“谢谢，不过我回家要晚了。”

“是吗？那真遗憾。”

遥香默默经过三个人身边，上楼去自己房间了。

“那，我……”

“秀一，去送送吧。”

“嗯。”

气氛比较微妙，感觉在家里待不住，秀一穿上运动鞋，拿上伞，和纪子一起出去了。

“其实不用送我。”

“没关系。我也想去外面走走。”

“早 5 分钟出来就好了。”

“说了没关系。”

雨势还是很大。走到江之电的鹄沼站，秀一的运动服已经湿了一半。纪子的校服已经从不舒服的半干状态，返回到紧贴肌肤的湿冷状态了。

“不过，真好呀。”

纪子若有所思地说。

“是吗？有那么好吗？身为男人，我也很骄傲哦。”

“哎……？笨蛋，不是说那个啦！”

纪子松开两个人握住的手，捶了秀一的肋部一拳。

“痛。”

“不是那个。我是说，你又恢复精神了。”

“因为年轻嘛。就算是现在，只要有点时间，立刻又能有精神……”

同一个地方又挨了一拳。这次是真的痛。

“我真的很担心你。”

“是是是。”

“完全不说话，我都不知道该怎么办。”

“对不起。”

事情既然发展到这一步，那也只能和纪子像以前那样交往了吧。秀一心中暗想。不，不是。要比以前更亲密。

独自伫立在瓢泼大雨中的纪子身影，自己一辈子都忘不了吧。

秀一感觉，如果和纪子在一起，自己就能继续前进。不能总是停在同一个地方自寻烦恼。忘记所有的一切，开始新的人生。

来到鹄沼站，看看手表，6 点 12 分。下一趟电车还有 5 分钟。两个人继续牵着手，等待电车。

“……我知道你因为那件事自责。但是，你一点责任也没有呀。”

“嗯。”

“我这么说好像对死人不敬，不过那根本是自作自受啊，谁让他拿刀来抢劫呢？结果刺到自己的胸口了，是吧？”

“是吧。”

秀一不想深入讨论这个话题。但是，今后如果想和纪子建立稳固的关系，这个话题也避不开。

“而且，他知道那天晚上是你值班吧？”

“大概知道吧。不过现在已经没地方问了。”

“可是，为什么呢？栉森你明明为石冈操了那么多心……”

她知道自己和拓也以前很亲密。秀一想，如果解释说，拓也只是想抢钱，大概很难说服她。

这里借用山本警部补的说法，大概可以吧。

“他可能装作强盗，实际上是想杀我。”

突然间响起一声炸雷。握着的双手猛地一抖。

“嗯？”

纪子惊叫了一声。

“这……为什么？”

“我也不知道。问我话的刑警是这么说的。”

“可是，怎么会那样？”

“我拿他当朋友，但是他好像对我有很多不满，忍了很久的样子。这段时间他一直没来学校，和他父母的关系也很糟糕。我觉得他父母应该也有问题。这次他死了，我才知道原来这世上真有人只想着自己的脸面。”

又是一声炸雷。这次比刚才更近了。秀一的双腿不禁绷紧。雾水般的细微飞沫溅到脸上。

“……可是，就算这么说，石冈又为什么要杀你呢?”

“他恨我。因为我挑唆他去打他的父母，从那以后，他在家里就待不下去了。那么说起来，我确实也有责任吧。”

“石冈自己这么说的?”

“嗯。距离那件事情一个半月前，他来过‘心连心’一次。那时候他说的。”

“那你们偶尔也会见面呀。”

秀一摇摇头。

“今年以来只有那次，还有事件发生的时候。他没脱头盔的时候，我都没认出是他。”

纪子闭上眼睛，大概还是没想通吧。

“可是……可是，那也许只是刑警自己的推测吧。随时随地保持怀疑，本来就是他们的工作。石冈也许只是想吓唬你呢？就连抢钱说不定也不是真的。只是想吓唬吓唬你，让自己出出气……？嗯，一定是那样的!”

“要是那样该多好啊。”

秀一把目光从纪子脸上移开，仰望昏暗的天空。

“可是，就算是刑警，没有任何根据也不会那么说。看到那把凶器就会知道，他的目的不是吓唬我。”

“凶器是刀?”

“嗯。抢便利店的强盗一般经常会用求生刀。看起来很吓人，能够轻松吓到对手。但是，那天晚上，他拿的是两侧都开刃的刀，最适合用来刺杀人。那刀看上去不起眼，可是杀伤力超强……”

秀一停住了话。

两只手分开了。

他望向纪子的脸，只见她瞪大了眼睛。

“怎么了?”

“什么时候?”

“嗯?”

“你什么时候把刀还给他的……?”

“还?”

秀一意识到自己犯了致命的错误。

“去江之岛的时候，你说过的。石冈想杀他的父母，所以你把刀拿走了。那刀看上去不起眼……杀伤力超强，和你刚刚说的一模一样。”

“……那是——”

秀一发现自己突然陷入了绝境。他想说那是另一把刀。但是，如果她要求看那把刀，那也难办了。要圆回自己的失言，只有一个办法。

“我想已经过去了，把刀还他也没关系了。他应该不会再想着要杀父母了。”

“但你是什么时候还他的?”

“什么时候，我也忘了……”

“骗人。”

纪子喘息般地说。

“什么啊?”

“你刚刚不是说过吗？今年以来，你只和石冈见过两次。那么，把刀还他的时候，只有上一次石冈来便利店的时候。但是，那时候你怎么可能预见到他会来，随身带上刀子呢？”

“纪子……”

秀一走近一步，纪子往后退了一步。

“怎么了？你不会真以为我把拓也……”

泪水从纪子的眼中溢出，她喃喃自语般地说：

“为什么？我不相信。为什么……你会？”

电车缓缓驶入站台。

“骗人……栉森你……骗人……肯定……”

纪子忍不住哭了起来。她用手帕捂住脸，转身跑进了车厢。面朝对面车门站立，后背微微颤抖。

坐在这边的一个乘客，探头看了看纪子。

门关上，电车启动了。

秀一茫然目送电车远去。

身体还残留着她的体温。耳中还回荡着她的声音。眼里还烙着她的身影。

但是，这一切都刚刚从自己的手中滑走。

盘旋在秀一脑海中的唯一想法只有，自己失去了最珍贵的东西。

回到家，在房间里又换了一身衣服的时候，房门敲响了。

“怎么？”

背朝房门问了一声，身后传来开门的声音。

“哥哥，有点事想问你，行吗？”

遥香的声音带着几分认真。秀一没有转身，慢吞吞地扣上衬衫的扣子。

“能等到下次吗?”

“不行。现在一定要问。”

“是吗……”

遥香走进房间，关上门。

“今天，她来我们家干什么?”

“什么干什么?”

“哥哥，你和她上床了吧?”

“你在说什么哪?”

“别装傻。我都知道……”

秀一回过身。遥香看到他的神色，不禁停住了。

“哥哥，你?”

“嗯?”

“怎么了?”

“没怎么啊。”

“骗人。你看起来很伤心的样子……”

“是吗……”

秀一也不想再说谎了。

“难道……和她吵架了?”

“嗯，算是吧。”

“……哦。”

不知怎么，遥香似乎松了一口气。

“好吧，看你可怜，和她上床的事情，我就不告诉妈妈了。”

你都发现了，妈妈当然更知道了。不过秀一心里虽然这么想，嘴上并没有说。

“嗯，那就拜托了。”

“啊，果然上床了呀！”

遥香的脸一下子红了。

“什么啊，你是唬我的呀？”

“没有啦，我只是想会不会那样……”

“你就是要问这个？”

“呃，另外还有一件事想问。”

遥香有些担心地看着秀一。

“很重要的事吗？”

“对我来说非常重要。”

“好吧，那你问。”

“嗯。”

遥香半天没说话，最后终于下定决心开口问：

“哥哥，是你杀了他吗？”

秀一半晌都像石化了一样。

“……你在说谁？”

他自己都觉得自己的反问很无力。

“那个，曾根。”

秀一跌坐在椅子里。

“今天真是我的厄运日啊……”

“和我说实话嘛。”

“他不是心肌梗死死的吗？”

“嗯，但是哥哥上次说过，那个人渣，早晚被杀也是自找的……”

“那只是说说的。”

“是吗?”

“是开玩笑啦。”

“可是，哥哥你那时候的表情很认真。”

秀一无法回答。

“是为了我吗?”

“为了你? ……你在说什么?”

“那，是为了妈妈?”

“别犯傻。”

纪子也好，遥香也好……秀一摇摇头。女人真的能跳过一切逻辑细节，仅凭一个直觉就轻易抵达真相吗?

如果是这样的话，藤泽南署的刑警可以全部退休，完全换成女高中生好了。

“你真以为我做了那种事?”

遥香的眼睛里蕴含着令人心痛的光。

“不管发生什么，我和妈妈都站在哥哥这边。”

“……”

“所以，求求你，告诉我真话吧。”

秀一眨了眨眼。

“我也许不是哥哥的亲生妹妹……”

“笨蛋，你是我妹妹啊，你在说什么!”

“不是。我知道的。我确定过了。”

“嗯?”

“我去过区政府，看了户籍誊本。我全都知道了。”

“你……”

这样的话，遥香就知道她的亲生父亲是谁了。

“那个人说的话，是真的呀。”

果然。秀一闭上眼睛。如果知道亲生父亲被我杀了……他再也不敢看遥香了。

“所以我无论如何也想知道真相。求你了。只告诉我一个人，行吗?”

遥香渐渐带上了哭腔。秀一闭着眼睛，始终没有回答。

过了半晌，遥香像是终于放弃了，传来轻轻的关门声。

秀一依然没有睁开眼睛。

紧闭双眼，一直坐在椅子上，一动不动。

7月1日开始的期末考试，结果比期中考试更惨。自己基本上没怎么听课，就连考试的时候也无法集中精神，这个结果也是当然的。

自从那天以来，纪子和他完全没有说过话。相互连眼神都在躲避。

秀一有时候会偷偷去看纪子，只见她的大眼睛里总是笼罩着悲伤。

让她变成这样，是自己的责任。然而事到如今，自己又能做什么呢?

如果没有发生亲密关系，纪子受的打击可能还小一点吧。只是现在这么想也没用了。

在她视野里消失，也许能让她稍微轻松些吧。

虽然这样想，秀一还是没有请过一天假。他有种确切的预感，自己所能经历的高中生活已经所剩无几了。

7月23日。暑假的第三天。

刚刚开始吃早饭的时候，栉森家玄关的门铃响了好几次。

秀一去拿咖啡杯的手，停在了半路。那种按门铃的方式和推销员不同，有一种高压的持续感。

“哪位？”

友子朝对讲机说，随后一下子变了脸色。

“嗯？啊，好的。请、请稍等一下……”

遥香茫然看着母亲慌乱的样子。

秀一目送母亲的背影，慢慢站起来。

他知道，该来的终于来了。

走向玄关的路途中，他的膝盖不停颤抖。

恐惧。想要不顾一切逃出去。但是，他不能只顾自己逃跑，让母亲面对大众的指责。

站在玄关外面和友子争论的是三名刑警。山本警部补也在。

“啊，秀一，你来得正好。”

“等等。你们这也太过分了。这么一大早，突然跑来我家，秀一也需要做些心理准备……”

友子试图继续抗议。

“不必担心。我们不会让秀一为难的。”

山本警部补向着秀一说：

“栉森秀一，我们想请你一起回一趟藤泽南署。自从上次事件以来，随着调查的进展，又有各种问题想要确认。”

友子在一旁愤然说：

“我拒绝！秀一是那场事件的受害者吧？精神上也受到冲击，

再让他回想……”

秀一无法继续听下去。他咬紧牙关，用仅剩的一点点勇气，温和地拦住母亲。

“妈妈，我去吧。”

“不行！那怎么可以。”

“没事的。晚上就回来了，是吧?”

他向山本警部补问，对方暧昧地点点头。意思大概是，如果调查之后不是当场逮捕的话。

“警察的调查必须要配合啊，毕竟死了一个人。”

“可是，那也不是你的错啊？事件发生以后，也是调查来调查去的，那时候虽然也很难受，但确实应该配合，可是都过了这么久……”

“我不要紧的。”

秀一装出笑脸。

“哥哥……”

遥香来到他背后，脸色苍白，嘴唇颤抖。

“他们要把哥哥带走吗?”

“嗯。不过，没事的，你不用担心。”

“秀一，我马上和加纳律师联系!”

“妈妈，我又不是被逮捕。”

“是的。我们只是请他以当事人的身份回答一些问题。”

山本警部补也补充解释说。

友子又抗拒了一会儿，但秀一的意思很坚决，最后只得同意他去藤泽南署。然后她还想一起跟去，不过还是在秀一的劝说下，打消了念头。

天空一片晴朗，和昨天的多云截然不同。

白色的五座丰田皇冠停在外面，把家门前的狭窄小道完全堵住了。

两名搜查员把秀一夹在中间，坐到后面的座位上。

汽车开动了。经过拐角，看不到茫然站在门前的母亲和遥香的身影之后，秀一才问坐在副驾驶位置的山本警部补。

“……你们是特意等到放暑假的吗？”

“嗯？哦，是啊。因为很多问题，可能一天问不完。你在暑假里也比较方便吧？”

“不，其实我倒是盼着你们在期末考试的时候来。那样我考得这么烂就有借口了。”

山本警部补沉默了一会儿，终于低低笑了起来。

秀一知道自己被带到的地方就是所谓的审讯室。换句话说，虽然名义上是当事人，实际上已经不是自愿的配合调查，而是审讯了。

尽管如此，秀一还是对房间的狭小感到吃惊。

这里和刑侦电视剧里出现的大房间截然不同。电视剧里，审讯员问到一半，会站起身走来走去，眺望窗外。然而在这里，这些都不可能。

也许是为了防备逃跑吧，这个房间在建筑内部保持孤立，没有窗户。大小也只有两叠左右。

正中间放着一张桌子，一边是两名刑警，另一边是接受审讯的人，非常拥挤。仅仅面对而坐，秀一就感觉到呼吸困难，非常压迫。

桌子上也没有电视剧里经常出现的台灯之类。大概不放任何能让嫌疑人发疯乱砸的东西吧。

“不用太紧张，放松一点。”

山本警部补开口说。

“老老实实把你知道的事情说出来就好了。”

语气虽然平稳，但态度明显和上次询问的时候不同。坐在旁边的年轻刑警梳着三七开的头，双手叉在笔记本上，用锐利的目光盯着秀一。

“我想先问一件事。”

秀一无视年轻刑警的视线说。

“什么事？”

“我到底有什么嫌疑？”

山本警部补露出大白牙。

“嫌疑？我应该说过，只是把你作为当事人问几个问题。”

“不是所谓的‘重要当事人’吧？”

“要说重要不重要，你的证词当然很重要。不过，你为什么这么想？”

秀一环视房间。

“这里的氛围。”

“嗯，是有点小，不过仅仅因为这个，就觉得我们拿你当罪犯，那是想多了。”

“……是吗。”

这一回，秀一才迎上年轻刑警瞪着自己的视线。

“首先想问你的是刀子的情况。”

山本警部补的话拉回了秀一的注意。

“那把刀，是在心脏上形成刺伤，导致石冈拓也死亡的刀……”

他不知是不是故意选择了这样的说法，听起来颇为拗口。这是吉兆，还是凶兆？

“你以前见过那把刀吧？”

秀一顿了一下，这才回答。

“没有。”

“哦？真的没有。”

“是的。”

山本警部补皱起眉头。这个动作大约表示他并不相信吧。警察确定自己在说谎吗？

秀一在脑海中尝试列举自己想到的各种可能性。想到纪子的时候，心里暗暗一惊。如果纪子告诉警察自己曾经拿到过刀，可就难以自圆其说了。

“那把刀的刀身上有编号，从编号查销售店，我们发现那是石冈拓也两年半前在东京的刀具专卖店购买的。”

看来不是纪子。秀一松了一口气。如果获得了纪子的证词，他们不会不说。光凭那一点，大概就能申请逮捕令了。

“有段时间石冈拓也经常拿那把刀出来炫耀。但在大约一年前，他再也没有把刀拿出来过。他的某个朋友问过，石冈拓也说，刀被人拿走了。那个朋友虽然想不起拿刀人的名字，但记得是石冈拓也的同学。”

“你们认为那个人是我？”

秀一冷静地问。

“不知道啊。不过在你们的同学当中，好像也没有其他可能的人了。”

“我不记得自己从石冈拓也那边拿过什么刀。”

“真的?”

“我从来没有做过恐吓别人的事。而且我为什么要拿刀呢?你们随便去问谁都行，我没有这方面的兴趣，更不用说从那时候起……”

差点说漏嘴了。一定要小心。

“……总之，那种证词，我觉得可信度很有问题。”

“确实，他那个朋友和你这样的优等生不同，品行很有问题。”

记录秀一发言的年轻刑警，好像终于忍不住似的，插口说：

“但也不是无缘无故说谎的家伙!”

“那，如果有什么缘故，他也会说谎咯?”

“什么?”

年轻刑警一脸怒色，山本警部补拦住了他。

“好了好了，浅野，冷静点。我来问。”

“对不起，队长。”

“好吧，你从来没见过那把刀，也没有从石冈拓也手里拿走。这样可以吧?”

“是的。”

秀一心里捏了把冷汗。拓也还有那样的朋友，出乎他的意料。不过，仔细想来，自己也不可能掌握他的全部交友信息。

尽管如此，如果那个朋友记得自己的名字，很可能一切都完了。本以为完美无缺的计划，竟然如此漏洞百出。

其他地方会不会还有很多同样的破绽？

“关于那把刀，有很多难以解释的地方，让我们很伤脑筋。”

“以前你也这样说过。”

“嗯。总之，那么锋利的双刃刀，从石冈拓也的摩托车到便利店的 50 米距离里，他也没装在刀鞘里，直接拿在手上，是吧？”

“那个时间段，路上基本上没人。”

“我们也这么想过，可能石冈拓也认为反正不会有人看见，就那么拿着了。但是，仔细调查之后，还是解释不通。”

从刚才开始，山本警部补的右手手指就在桌子上抖动，大概是烟瘾发作的症状。

“我们调查了石冈摩托车的后备厢内部，然而没发现任何符合那把刀刀身的擦痕。如果放在行驶中的摩托车后备厢里，必定会撞到内壁，不可能不留下擦痕。而且，我们也没找到可以用来包裹刀身的纸张或布匹。”

秀一沉默不语。他决定先不说话，看看对方有什么证据。

“就在百思不得其解的时候，我们在监控录像中获得了新的发现。用计算机处理入口附近拍摄的录像，提高清晰度后，我们能够看到石冈拓也即将进入便利店前的样子。就是这个。”

山本警部补从依然怒目而视的浅野刑警手里接过一份 A4 大小的文件，递给秀一。纸上隐约可以看出面朝自动门的拓也。和店里的录像相比，虽然不太清楚，但脸和手的位置却很清晰。拓也的右手撩开上衣下摆，放在右腰附近。

“这是第一张。这是第二张。”

第二张比前一张更清晰，大约是自动门正要打开的时候。拓也的右手处于比腰稍高的位置，可以看到他朝下握着刀。

“也就是这么一回事：石冈从下摩托车到便利店的50米距离里，是把刀插在裤腰里，用上衣遮挡刀柄，然后在即将进店的时候，才拔出来。”

那个蠢货。秀一真想闭上眼睛。

“你知道吗？人的大腿根部附近有大动脉。不管是谁，如果割破这里，很容易死亡。所以动刀子的时候，首先的目标不是脖子，也不是心脏，而是这里。”

山本警部补站起来，指向男性要害部位的侧面。

“然而，那么锋利的危险刀子，石冈随手插在裤腰里走，你不觉得那是自杀行为吗？”

“我不明白问题的意思。听起来是说拓也有自杀倾向吗？”

山本警部补再度坐回椅子。表情比刚刚更加严肃了。

“……另一方面，从石冈拓也的司法解剖结果中也发现了很有趣的情况。他的右手手腕有扭伤。”

手腕扭伤……秀一一时看不出关联。

“扭伤的组织肿胀，也有皮下出血的情况。显微镜观察还确认了轻度的韧带损伤。”

“所以呢？”

“你和石冈拓也扭打过吧？那时候看到他右手手腕有扭伤吗？”

“这，没看那么仔细。”

“当然，靠肉眼确认肿胀的程度，那确实不可能。不过，如果右手扭伤的话，动作当然应该会有变化吧？”

“如果右手手腕从一开始就扭伤的话，我想他不会右手持刀进入便利店。”

山本警部补笑了。

“对，没错。也就是说，石冈的扭伤是在进店以后发生的。那样的话，只可能是在和你一起倒地的时候。但是……”

山本警部补右手握拳，放到左胸前。

“右手握刀刺入左胸……这样的动作，怎么也不可能扭伤右手手腕。因为手腕的可动范围受到手臂和刀的限制。那么，石冈的扭伤是怎么发生的？刚才说的组织肿胀、皮下出血、韧带损伤，从程度上看，是由于手腕严重向内弯曲导致的。”

山本警部补右手笔直向前，将拳头下弯。因为两人的距离短，所以拳头几乎就在秀一的眼前。

“这样往前倒，就会产生和石冈手腕同样的扭伤。就像相扑中说的‘庇手’姿势，手里握着什么东西，导致拳头撞到地上。”

难道拓也在倒下去的时候出手护住自己，避免体重整个压到自己身上吗？秀一心中涌起复杂的感情。

“也就是说，摔倒的瞬间，石冈应该是手臂向前伸的。因此，不可能刺中自己的胸口。录像中石冈的鞋子剧烈抖动的时间，刚好也是在倒地后的数秒内。结论和这个事实完全吻合。”

“你是想说，拓也摔倒的瞬间，扭伤手腕，刀子脱手，我迅速捡起，刺死了他？”

“不，不是。”

山本警部补抱起胳膊。

“一开始我们确实是这么想的。但是，这样的话，无法解释石冈随手把刀插在裤腰里的事实。”

难道警方已经发现了？秀一第一次对眼前的山本和警方的能力产生了畏惧。

“所以让我们回到一开始说的，有人拿走了石冈的刀这件事上。如果石冈的刀一直在某人手上……”

“但拓也是拿刀进入便利店的。”

“录像上看起来确实如此。但那是假的。”

山本警部补探出身子，紧盯秀一的脸。

“只是把玩具刀，所以放进摩托车的后备厢也不会留下擦痕，插到裤腰里也不担心受伤。”

秀一承受不住视线的压力，转开眼睛。

“也就是说，有两把刀。否则无法解释所有的事实。石冈拓也拿的假刀，和你准备的真刀。”

“……你说的这些……”

“嗯？”

“对我的怀疑，难道说是我预先计划要谋杀拓也吗？”

秀一按捺住心中的震惊，反驳说。

“如果实际情况真如你刚才说的那样，那么那把假刀在哪里？”

“你在报警之前，应该有足够的时间处理。”

“怎么处理？”

“大概是从便利店后门附近的邮筒寄走了吧。”

“寄到哪里？”

“这就要问你了。”

“也就是说，证据不在任何地方？”

防护墙一层层在眼前崩塌。不过最后一堵墙应该绝对不会倒。只要找不到能证明现在这一说法的物证，法院不可能判他有罪。

“**不在任何地方吗**？”

“嗯？”

“你说，‘证据**不在任何地方**’，而不是说‘**没有任何证据**’。”

别上当。秀一告诉自己。这种骗小孩子的把戏，没有任何意义。

“明确回答吧。你杀了石冈拓也吗？”

“不，我没有杀。”

山本警部补的眼神变得尖锐起来。

“说到底，我为什么非要杀拓也呢？我没有动机啊。”

“是吗。”

山本警部补露出谜一般的微笑。他缩回探出的身子，靠到椅背上，换成浅野刑警提问。

浅野刑警的提问，只是语气尖锐，大部分都是在重复山本警部补指出的事实。至于山本警部补，却是一直抱着胳膊，一言不发。

问了很久，终于到了午饭休息的时间，但也不许秀一走出审讯室一步。说是让他叫外卖，秀一以为是警方付钱，结果还是自费。

秀一几乎没有食欲。精神处于高度紧张状态，胃里装不下东西。

但他也知道，这场以协助调查为名的审讯下午还将继续，因此必须保持体力。秀一叫了天妇罗盖饭，努力让自己多吃点，但也只吃了一半。

到了下午，提问者又换回了山本警部补。但他的提问完全出乎秀一的预料。

“你经常从你同学笈川伸介那里买酒吧？”

山本警部补的语气比上午柔和了几分。

“嗯。”

事到如今也不可能隐瞒了。而且他们肯定已经从“盖茨”那边了解了一切。

“听说以前你只买波旁101，最近换成了更便宜的牌子。你喜欢波旁酒？”

浅野刑警听到牌子，瞪了秀一一眼。

“我确实还没成年……”

“这里不是要追究喝酒的事。只是听笈川说，你订过一次烧酒是吧？”

“是的。”

“而且是名酒‘百年孤独’。为什么？”

浅野刑警又是一副怒不可遏的表情。

“我本想送给加纳律师。”

“律师？有事情要委托他吗？”

“唔，各种事情……”

“曾根隆司的事？”

“是的。”

“原来如此。曾根偷喝了那瓶酒，心肌梗死而死。那时候现场发现的就是那瓶酒吧？”

“嗯。”

“旁边还有乌鱼子，那也是你买的？”

“是的。”

“同样的原因？”

“是的。”

“嗯。印象中那时候你只说是准备送礼的，并没说是你买的。不过，你虽然在打工，但靠高中生的零花钱买这几样，还是挺困难的吧。”

秀一认为这话并非是提问，于是沉默不语。为什么现在又说起曾根的事情？他心中有些不安。

“那时候我给你看过血压计的数值。你记得吧？”

“是的。”

“最后的数字是，唔……高压 130，低压 94。都是正常值。时间是 12 点 13 分。”

山本警部补翻着笔记说。

“也是死亡推定时间。”

秀一一言不发。

“曾根在去你家之前，住过横滨的简易旅馆。在那里，他曾经感觉到身体不适，去医院看过病，结果发现是癌症末期，不过这一点现在也无关紧要了。”

秀一吃了一惊。

曾根对遥香说的是真的。这样的话，他的一切努力全成了冲动之下的白费功夫吗？自己本来只应该专心保护母亲和遥香，坐等他的死期到来。

然而在那时候，自己并不知道那个情况。秀一在心里大叫。我在自己能想到的范围内尽力了。

“……问题在于曾根的血压。医院记录的血压偏高，平均而言高压 145，低压 105 左右。和血压计记录的数值差异明显，所以我们甚至猜想那也许不是曾根的血压。”

山本警部补淡淡地说。他一直没有继续提问，反而让秀一开始感到不安。

“在那之后，我们对曾根隆司做了司法解剖，结果发现了几个奇怪的地方。首先，左臂有红色带状痕迹。那应该是血压计的腕带痕迹。第二，左腿足三里的穴位上隐隐发红。第三是排便。另外还有一点，是在现场发现的……”

山本警部补停住话头，盯着秀一。

秀一忍不住想打哈欠。

审讯室里响起砰的拍桌子声。浅野刑警一脸怒色瞪着他。

“遗憾的是，那时候我们没弄明白这些疑点意味着什么，所以只能当作睡眠中的突然死亡处理。这实在令人遗憾哪。如果那时候能够弄清真相，就可以预防第二次谋杀了。”

“真相？”

“只有验尸官野间警视，从一开始就认为他杀的可能性很高。”

秀一吃了一惊。验尸官说的就是那时候看到过一眼的老头子吧。他为什么那么想？

不过秀一马上又释怀了。最后他的意见并没有被接受，这说明他也没有什么过硬的证据。

“把一切联系起来的关键，是在石冈拓也的遗物中发现的这个。”

山本警部补从放在地上的纸箱里拿出一个里面装了东西的大塑料袋。

一看到袋子，秀一的心脏便猛地一跳。袋子里面装的是分叉的电线，头上各连着电瓶夹和鳄鱼夹。

“你认得这个吗?”

“……不认得。”

秀一听到自己的声音很嘶哑。

“是吗？那就怪了……好吧。发现这个之后，我们才知道，曾根很可能是被人用前所未有的方法杀害的。也就是通过电流，人为引发心室颤动。触电死亡的时候，经常会留下特有的灼烧痕迹，而在同时发现的东西中，有这个。”

山本警部补拿出小小的塑料袋。不用看也知道里面是什么。

“医疗用针。将这个刺入体内通电，就不会留下什么痕迹。”

山本警部补的表情并没有变化，而声音逐渐放低，变得冷漠起来。

“于是，血压计的谜团也终于得到了解答。为什么记录的血压基本上是正常值呢？130 除以 145，94 除以 105，答案差不多都是 0.9。这样我们就确定了。曾根在睡眠状态下，有人测量了他的血压。因为有确定的理论指出，睡眠时的血压通常都是清醒状态时的 90％。”

秀一拉了拉衬衫的领口。三个人挤在狭小的房间里，又热，呼吸又困难。而且空调好像也不管用。三个人都在呼吸他人排出的废气。房间里充满了二氧化碳。秀一很想呼吸外面的新鲜空气。

“这又解释了一个谜团。为什么曾根手臂上的血压计腕带痕迹那么强。恐怕罪犯在用电流让曾根心脏停跳之后，又测量了一次血压。那一次的血压接近于 0，所以机器加压了好几次。血流停止，皮肤回弹的力道也减弱了。”

秀一在椅子上坐直身体。这场问询要持续到什么时候？说是问询，但从刚才开始，就只有这一个警察在说。要问到什么时候？难不成晚饭也要在这里吃了吗……

“其他的疑点也都得到了解释。曾根腿上的发红，大概是针刺通电的痕迹。另外，它也可以解释为什么会有排便。什么原因，你大概也不知道吧？”

秀一摇摇头。

“足三里这个穴位，会促进肠胃的蠕动。”

原来如此。特意选这个穴位真是失败。纯属画蛇添足。不过也无所谓了，反正这也不是关键。

“你的牙很白。大概一颗蛀牙都没有吧？”

秀一半天才意识到这是在问自己。

“……没有。”

“是吗，真羡慕啊。我的牙齿虽然还行，但抽烟太多，都泛黄了。”

这人什么意思？秀一有点心烦。到底在说什么？

“所以，你也没去看过牙医吧？”

“没有。”

秀一冷淡地说。别再说这些无聊的闲话了，赶快结束这场闹剧。

“一开始进入曾根死亡现场的时候，我们发现地上掉了某个东西。”

山本警部补又拿出一个塑料袋。因为手掌挡着，看不到里面装了什么。

“起初，怎么也想不出为什么这东西会掉。后来发现了石冈拓也的遗物，一切都串起来之后，才知道这是最后一个失落的链条。”

山本警部补把手里握的小塑料袋拿给秀一看。

那里面是个小小的物体，闪着钝钝的银光。

是套在臼齿上的银冠。

“就是这个引起了野间验尸官的怀疑。经过科技警察研究所的调查，发现表面有极其细微的擦伤。那擦伤与这条电线上的大夹子完全一致。另外，在夹子的锯齿部分，也检测出极微量的银合金原子。”

为什么呢？秀一想。

银冠为什么会掉？

自己那时候应该没有那么粗鲁。

忽然，秀一想起来了。取下夹子的时候，确实手滑了一下，本来已经打开的夹子，又重重夹到银冠上了。

但是，这点压力，就能把银冠弄掉下来吗？那样的话，根本没办法日常使用吧。

看到秀一望着银冠出神的样子，山本警部补好像读到了他心里的疑问。

“我很喜欢吃蜂蜜。”

秀一看着山本警部补的嘴巴，怀疑自己是不是听错了。这到底是什么逻辑啊？

“早上经常会给面包片涂上蜂蜜再吃。这样头脑会很清醒。但是，我老婆总喜欢把蜂蜜收到冰箱里，结果常常打不开盖子。碰到那种时候，你会怎么做？”

瓶盖太紧打不开的时候，就浇点热水吧。秀一呆呆地想。

他有点理解了。

对了……是那样啊。

一个公式浮现在脑海里。

Q=IVt

这是让自己想到“电击作战”的契机。课本上的解说，他记得很清楚。

“电流通过导体时会产生热量，这称为焦耳热。若导体两端的电压为V，通过电荷量为1库仑时，会有V焦耳的能量以热运动能的形式传递给电子。若电流为I安培，t秒间流经的电流量为It库仑。因此，传递的热能，即焦耳热Q，可表示为Q=IVt。”

电流从曾根的臼齿通到左腿的时候，产生了焦耳热。因此，银冠发生微弱的热膨胀，于是稍有冲击就掉下来了。

秀一很想咒骂自己的愚蠢。这个知识明明就写在《物理ⅠB》的课本上。

在研究法医学书籍的时候，自己明明知道最需要当心的就是“热”……

“优等生也有疏忽的时候啊。你不知道也很正常。医保报销的银冠经常会掉。有些人一两年至少要掉一回。”

秀一歪了歪嘴唇，却笑不出来。就像连续遭受重击，脑子变得昏昏沉沉。自以为完美无缺的计划，却这么简单地暴露在光天化日之下。给他的打击无法用语言形容。

“我们认为，你是会以理性考虑事物、采取行动的类型。所以特意把我们手里掌握的情况告诉你，一般并不会这么做。不过你应该有个判断了吧。毫无疑问，两起案件的罪犯都是你。你让曾根隆司触电死亡，然后知道这件事的石冈拓也威胁你，于是你用刀刺杀了他。是吧？”

山本警部补一口气说完。

秀一喘着粗气，说不出话。

“怎么样？”

正要回答的时候，浅野刑警怒吼道：

“赶快回答！是你干的吧？”

秀一忽然反应过来。胜负也许还没确定。否则，他们不会这么急于让自己坦白。

对的。证据。山本警部补确实把罪行暴露在阳光下。但是，并没有证据证实他的说法。

“说是我干的……”

“嗯？”

“有证据证明是我干的吗？”

“有这些物证，还不够吗？”

山本警部补直指大小塑料袋里的东西。

“刚才你说的犯罪行为，确实有可能发生过。但是，有什么证据证明我和它们有关呢？那根电线是在石冈的遗物中发现的吧？那么，杀死曾根的是石冈，这种想法不是更正常吗？曾根死亡的时候，我有不在场证明……”

“你没有不在场证明。这一点你应该很清楚。你在美术课上离开了教室。骑自行车的话，那个时间足够你在学校和自家之间往返了。”

浅野刑警在旁边还要说什么，山本警部补抬手拦住了他。

“你的同学大门，在我们调查的时候，说你那天是坐江之电上学的，坐车的时候也是一直在一起。而你的女友也说，美术课上你肯定在校园里。她在美术教室的窗户里看得很清楚，而且中途还去找你聊过天。但是，他们的证词充满矛盾，显然是在庇护你。法院不会采纳的。”

山本警部补把手放到秀一的肩上。

“没有你的拜托，他们两个都自发地做了伪证。这么好的朋友，你还要继续说谎，合适吗？嗯？”

秀一难以置信，双眼不禁涌上热流。今天这到底是第几次吃惊了？然而，这一次的吃惊，和此前的性质完全不同。

“你真有不少好朋友啊，是吧？就连笈川，一开始也坚决否认卖过酒给你。”

山本警部补拍拍秀一的肩膀。

“其实，把你和两起案件联系起来的物证，就在这里。”

山本警部补拿起装了电线的塑料袋，指了指充电夹子。

“有没有发现少了什么？”

秀一凝目细看。他也明白这个动作相当于肯定了对方的疑问，但还是忍不住这么做。发现少了什么的时候，他禁不住张口要叫，不过及时忍住了。

山本警部补点点头，又拿出一个更小的塑料袋给他看。里面装着红色的绝缘胶带，中间割了好几道。

“这是你裹在这个夹子上的塑料胶带。外面擦得很干净，但是胶带内侧检出了你的指纹。本来我们就悄悄采集了你的指纹，只不过不能直接拿它当证据而已。不过，只要重新采集你的指纹加以对照，一切就会清楚了……怎么样？”

秀一深吸了好几口气，想要说些什么，却一时间心潮起伏，说不出话。山本警部补耐心地注视着他。

“能给我一点时间吗？”

秀一终于挤出了这句话。

“什么意思？”

“希望给我明天上午的时间。下午我会来自首，坦白一切。”

山本警部补凝视秀一的双眼，像是在确认他的真意。

“开什么玩笑！到现在你还想垂死挣扎？”

浅野刑警高声怒吼。山本警部补烦躁地挥挥手，让他别说话。

“能说说你想做什么吗？”

他温和地问秀一。

“我想道个别……和某个人。”

“只是这个？”

“是的。”

“好吧。”

山本警部补干脆地说。浅野刑警惊讶地叫了一声：“队长！”

“我相信你。你不会让我们失望吧？”

“不会……”

秀一停住了，说不出更多的话。他向山本警部补深深垂下头。

第十一章

跨海的风

秀一停住脚。

家门前人山人海。旁若无人停在小路上的车列。犹如电影拍摄现场般的无数聚光灯。

“记者正在案件嫌疑人、少年 K 的住家门前。众所周知，这起案件中，有两名受害者被人以冷酷无情的方法杀死……”

黄昏时分，无数乌鸦在天空中飞舞，就像是盯住猎物的秃鹰。

自从案件暴露以来，栉森家门前便聚集起抢新闻的记者。因为在狭窄道路上胡乱停车，经常和周边的住家发生争执。

无数看热闹的人也聚集在这里。新闻报道上虽然做了匿名处理，但网上揭露栉森家住址、电话、家庭成员的网站犹如雨后春笋一般纷纷冒头。寄给秀一的辱骂、恶作剧性质的垃圾邮件蜂拥而来，连秀一家的宽带都撑不住，宛如胀裂的青花鱼，肚皮向天漂浮在水面上。

学校已经不能去了。在公开审判之前，已经遭到了新闻媒体的审判，失去了所有的一切。

在玄关前，一名女记者强行采访遥香。她挡在遥香回家的路上，张开双臂，顽固地追问案件的情况。

“听说这起案件的时候，你是怎么想的？”

“你哥哥是什么样的人？”

“以前是不是会虐杀小动物？杀蜘蛛、杀青蛙、杀鸽子、杀猫、杀狗……？”

“你知道你哥哥杀了人吗？”

“据说第一个被杀的是你父亲，这是真的吗？”

“你哥哥杀了你父亲，你有什么想法？”

连绵不断的残酷问题，让遥香掩面哭泣。但记者继续穷追猛打，声称会给遥香的脸打上马赛克、做变声处理，强迫她在摄像机前回答。

友子奋力拨开混杂的人群，想去帮助哭泣的遥香，然而连友子自己也被别的记者缠住提问。

愤怒化作青色火焰，包裹住秀一的全身。

他缓缓向骚乱的中心走去。遥香先一步看到他，叫了声“哥哥！”

缠着遥香的女记者吃惊地回过头。也许是为了吸引观众的眼球，她穿了一件胸口开得很大的衬衫。摄像机也一齐朝秀一转过来。炫目的灯光犹如寻找逃犯的探照灯一样汇聚到秀一身上。无数闪光灯不停闪烁，快门的声音犹如令人生厌的虫鸣，此起彼伏。

所有人朝秀一蜂拥过来。

代表正义与良知的女记者，紧皱眉头，逼问秀一。

“你就是问题学生 K 吗？”

“大概是吧。”

“‘大概’是什么意思？你涉嫌谋杀了两个人吧？”

“这是提问吗？”

“嗯？”

“有没有涉嫌谋杀，请去咨询警察。”

“你……！好吧，至少你的一名同学失去了宝贵的生命，是吧？即使为此，你的态度也应该稍微严肃一点吧……！”

女记者开始歇斯底里般地叫唤起来。秀一右手在包里摸索。石头般冰冷的刀柄。令人怀念的、戈博的“MARK Ⅱ”……

“你到底把人命当做什么？”

“真是个很有哲学意味的问题。”

“是吗？好吧，你既然是这样的态度，我也就不客气地问了！你用刀刺死了石冈拓也吧？这件事没错吧？请问，你到底是怎么刺杀他的？”

“怎么刺杀他的？”

秀一的视线从女记者的锁骨向下移动。刚好在隆起的乳房下缘附近吧。第四肋骨和第五肋骨之间。右手在包里静静地将刀拔出刀鞘。

“就是这样的。”

秀一左手抓住女记者的脖子，宛如接吻般拉向自己。将“MARK Ⅱ”刺入大开的胸口，直抵心脏。

闪光灯与快门声顿时又如暴风雨般沸腾起来，就像是震耳欲聋的掌声，经久不息……

即使睁开眼睛，心跳也半晌不能平复。刚才的梦到底是什么？

这是用怪诞的形式告知自己将会面对的未来吗……？可是，这股让自己全身发抖的愤怒冲动又是什么？

慢慢刷着牙，秀一回想起大门的话。

一旦点起火，瞋恚的火焰就会无边蔓延，最终把自己都烧成灰烬……

也许自己在不知不觉中，已经成为激烈愤怒的俘虏了。

但如果是这样，那究竟是对什么的愤怒呢？

吃早饭的时候，大家的话都很少。那并不是不敢触碰痛处的态度，而是表达了互相之间的体谅与关怀。三个人的心中都怀着莫大的痛苦，却都努力不让它们表露出来。

“我去一趟学校。”

听到秀一这么说，友子终于掩饰不住担心的神色。

“去学校干什么？”

“去见个朋友。”

“朋友……？”

“福原纪子。前几天来过我们家的。”

“啊，那个好看的女生啊。”

“中午就回来，午饭在家里吃。下午还要去警察局。”

“哦。午饭想吃什么？”

“什么都行。呃……对了，有点想吃意大利面。”

“好的。”

友子像是松了一口气，点点头。秀一的心口微微作痛。

刚骑上自行车，遥香在他身后追上来说：

“哥哥，你是去见她的吧？”

“……你的直觉很准啊。”

“不是啦。昨天晚上打电话的时候听到了。”

遥香露出落寞的笑容。

“我……觉得，哥哥你和她很般配。”

“哎？我还以为你不喜欢纪子。”

“是不喜欢啊。以前是的……因为她把哥哥抢走了。”

“那现在怎么了？”

“因为哥哥确实需要她呀。”

秀一的心头一紧，像是被揪住了似的。

那次以后，遥香再也没问过自己有没有杀曾根。如果自己换成是遥香，那种无处着力的状态不知道能忍耐多久。然而遥香依然很关心自己。

“遥香，我也需要你啊。”

“真的？”

“骗你干吗？”

“嗯。”

“……那我走了。”

“哥哥。”

遥香又喊住他。

“怎么？”

“中午会回来的吧？”

“嗯，午饭大家一起吃吧。”

“好。那你路上小心。”

“嗯。”

秀一在遥香的目送中，骑着自行车离去。

天空一片碧蓝。半透明的高积云挂在天上，上面还有更高的卷云。漫长的梅雨季节刚刚过去，夏日的灼热阳光已经照了下来。

尽管还是上午，134 号公路上已经挤满了游客的车辆。从小动到七里浜，秀一都骑在路边，穿过拥堵的车流，向海边前进。

回过头，富士山清晰地耸立在江之岛对面。往年的这个时期湿度还很高，基本上看不到富士山。秀一停下自行车，入迷地看了半晌秀丽的山峦。那仿佛是上天为了这个特别的日子所给予的赠礼。

再度骑行在精致的铺装人行道上，秀一依旧不断眺望周围的景色，像是细细品味一般。虽然每天都是这样上学的，但从没有如此悠然欣赏过。

他想起执行“电击作战”的那一天。在学校和自家间往返的时候，周围的一切，什么都没看见。世界宛如黑白相片，褪去了颜色。

为什么这一切现在看上去会是如此美丽呢？前面明明已经没有路了。

海上吹来的风令人心旷神怡。这个时间吹来的风，也许不仅是海风，还混杂着被称为白南风或是真风的季风吧。它们是跨过遥远太平洋吹来的吗？映照着灼热的阳光，抚摸着广袤的大海。想到这里，秀一感到风中的潮水气息仿佛比平时更浓了。

然后，风也将要结束漫长的旅途了。

许多冲浪者在稻村崎出海，也不知道会不会有相互撞击的危险。也许神崎也在里面。秀一凝目细看，不过分不出来。

案件发生以来，“心连心”鹄沼店一直都没开门。关于拓也的死，店方没有任何过错，但由于违反劳动法，让 17 岁的秀一值夜班，店主富永夫妇终于下决心把店关掉了。

也许某种意义上说是顺势而为，但对于视冲浪如命的神崎而言，这也是失去了宝贵的工作机会。他很照顾自己，结果自己却给他带来那么大的麻烦，秀一感到心中充满愧疚。

无数乌鸦和黑鸢盘旋在天空，像是在追逐秀一的自行车。

前面看到了由比浜。等不及梅雨季过去的海水浴客们熙熙攘攘。沙滩伞下，许多女性把自己裹得犹如清真教徒，大约是对紫外线的恐惧逐年攀升的缘故。

秀一穿过依旧拥堵的车流，又回到靠山的一边。经过海岸皇宫酒店旁边，下意识地开始加速。

这条路，自己走过多少次了？

然而这也快要结束了。

经过镰仓海滨公园左转。

由比浜高中的米色校舍出现在右前方。看到它的时候，复杂的思绪猛然涌上心头。

经过网球场的时候，执行“电击作战”那天早上的回忆又出现在脑海里。

从早上就一直激烈跳动的心脏。祈祷般的思绪。期盼一切顺利。期盼安宁平和的早晨再度到来。

结果，祈祷并没有抵达上天。本以为完美的计划，却出现了难以置信的破绽。接下来自己不得不接受相应的惩罚。

像是要驱赶心中尚存的迷惘，秀一用力踩下脚踏。

现在是暑假，自然没有学生。不过校门开着，大约是因为社团活动吧。

秀一骑着自行车，一头冲进停车场。他用链条锁把自行车车架和铁架紧紧锁在一起，简直像是确认自己和学校之间牵绊的仪式。

看看手表，距离约好的时间还有一会儿。秀一决定在学校里四处看看。

每天熟视无睹的景色，突然间变得如此令人怀念与珍惜。是即将告别的心情带来的变化吗?

秀一独自在校园、校舍间逡巡半晌，然后才走进楼里。

毫无装饰的玄关，裸露的水泥地上排着铁皮鞋柜。宛如石砌的楼梯，不管精力旺盛的学生们如何上蹿下跳也岿然不动。还有放了低矮的杂物柜之后变得无比狭窄的走廊。昏暗的教室，每年都会迎来送走无数学生，留下许多思绪的残渣。

秀一逐一检视每个角落，仿佛要把它们烙印在自己的视网膜上。

今天，是自己一个人的、提早的毕业典礼。

做梦也不会想到，本来应该是三年的高中生活，却仅仅一年加一个学期就结束了。

时光飞逝。高一的时候，自己度过了非常充实和快乐的时光。到了高二，又和纪子重逢。现在回想起来，自己也许在那一瞬间已经爱上了她。

但是，没过多久，曾根出现了。那个破坏全家人幸福的瘟神。

在那以后，为了保护家人，自己奋力苦战。然后是突然的结局。

自己再也不会回到这里了。

秀一在沉思中走上楼梯。距离约定的时间还有将近一个小时。纪子应该还没来吧。

他拉开美术教室的门，发出嘎吱吱的声音。

纪子在里面。她拿出了画架，正在画一幅新画。

秀一扫了画布一眼。苍茫茂密的丛林间，有一条细细的小道，手拿红色气球的女孩子走在上面。纪子的画一直都喜欢用明亮的色彩，这一幅却很少见地充满了灰暗的幻想色调，不知怎地令人联想起夏加尔。

秀一站了半晌，眺望纪子的背影。

“……很早呀。”

纪子背着身，视线落在手表上。

“你更早。”

“我是想把这幅画画完。”

“很积极啊。”

“我和某个幽灵社员可不一样。”

她在调色板上混了几种颜料，一点点尝试着涂到画布上。

“什么画呀，那是？”

“我在想是不是起名叫‘栉森’。”

“嗯？”

“细密如梳齿①的昏暗森林中，一个女孩子迷路了。”

“……画得很好。”

“谢谢。”

秀一关上门，来到纪子的身后近处。她的视线依然在画上。

---

① “栉”字的本意是“梳子”。——编者

“为什么对警察说谎?”

听到秀一的问题，纪子的笔顿住了。

“不想出卖朋友，大概吧。”

“大门也是?”

“大概，也是?”

纪子又开始画起来。阳光透过枝叶，在昏暗的地上撒下黄色的光点。

“可是，那家伙为什么知道不能直说……?”

“感觉到了吧。因为和我在一起。”

“一起? 你们两个同时被警察叫去问话?”

“没到问话那种程度。大概警察认为两个人一起不容易说谎吧，结果没想到我们会那么默契。那个权限比较大的警察，叫什么来着?”

“山本警部补?”

“对对，那个表情真是漂亮，好像很出乎意料的样子。”

“但是他说，你们的话里全是矛盾。”

“也许吧。我毕竟不像某人那么善于说谎。”

“……大门更不行吧。”

“他啊，紧张得要死，说谎也是前言不搭后语。”

“毕竟他一直都是‘无敌的’嘛。”

纪子轻笑了一声。

“总比你这样到处树敌要好。”

“眼前的敌人只有警察。”

“其他人都消灭了?”

纪子开玩笑般地说。

“嗯。”

她调好了深灰色的颜料，开始在画布上涂抹。

“今天为什么叫我出来?”

“嗯，想道个别。”

秀一本以为这是最难开口的话。不过，因为纪子之前的淡淡交谈，让他相当自然地说出了这一句。

“道别?”

“嗯。”

但是，解释这一句的话语，怎么也说不出来。过了半晌，纪子打破了沉默。

“你，真的，杀了两个人? 那个叫曾根的，还有石冈?”

“嗯。”

“为什么?”

“因为没有别的办法。”

“你这么说，我不明白。”

秀一叹了一口气。

“曾根……是我妈妈的前夫。彻头彻尾的人渣。明明已经毫无关系了，还硬闯到我们家，搞得家里天翻地覆。就因为他，我们一家人都过得无比痛苦。”

“不能找人商量吗? 警察、律师……”

“找过。警察不肯出面，除非发生这回这样的案件。我还找过律师咨询，律师说，只要提出委托，他就立刻采取行动。”

“为什么不委托呢?”

“他掌握着我们的弱点……就是遥香。好像还威胁我妈妈说要杀了我。”

纪子没有再追问下去。

“那么，那天美术课上你溜出去，就是去杀他的？”

“嗯，是啊。”

“所以那块画布呢？那是你为了假装自己一直在课上画画，故意布的局？”

纪子一边说，一边露出困惑般的笑容。

“布局……没想到我会在现实的交谈里说起这种推理小说的词。”

“是吧……那确实是故意布的局。”

“既然这样，换画架呢？那也是……”

“是的。你在木框上写了字，所以为了隐瞒画画的事，只能换掉。”

“后来，你的解释……也是骗人的？”

“嗯。”

纪子的声音一下子顿住了。

“那，你说喜欢我，也是骗人的？”

秀一望向窗外。不管自己的心情如何沉重，天空依然晴空万里。

“嗯，骗人的。”

说完，秀一闭上眼睛。

纪子沉默了很久。秀一想要开口的时候，她又用嘶哑的声音问。

“……石冈又是为什么？”

“他拿到了我杀曾根的证据，来勒索我。”

“……哦。”

交谈就此中断了。秀一转过身，纪子右手拿着画笔坐在椅子上，茫然若失的样子。

看到她就很痛苦。但还有一件重要的事情要做。秀一正要开口，纪子忽然抬起头。

“给你，这个……”

她手里握着什么，递过来。

“你是来拿这个的吧？”

纤长白皙的手指缓缓打开。躺在她掌心的，是一支颜料管。标签上的文字不用看也知道。

“氧化铬绿”……

“为什么……？”

挤出这几个字，已经耗尽了秀一的力气。

“你看这幅画呀。”

秀一重新审视描绘茂密森林的这幅画。整体的基调是绿色。从近乎于黑的暗绿色，逐渐变化到浅绿。而“氧化铬绿”是近于灰色的绿。

“你用了这个颜色？”

纪子点点头。眼中满是泪水。

“猜对了！这几天画风有点变化。尝试用了以前基本不用的颜色……”

也许是泪水的关系，最后几个字有些含混。

她改变常用的颜色，是因为受到背叛而伤了心吧。而结果却是更伤害了她。都是自己耍弄的小聪明。

“用的时候发现的。我再怎么笨，也能感觉出来。和其他颜料比起来重了一点点，而且明明一次都没用过，管口却有点脏。

还有，挤颜料的时候，感觉到里面硬硬的……”

“是吗……”

“会做这种事的，除了你，我也想不到别人了。我拽出来看过。虽然我也知道，不可能是给我的情书。这是寄存柜的钥匙吧?”

秀一无法回答。

“算了，我不问了。已经好好放回去了。现在还给你。”

纪子的声音在颤抖，像是拼命忍住不哭似的。

秀一无言地接过来。

手里小小的“氧化铬绿”颜料管，仿佛有千钧之重。

山本警部补说物证已经足够了，其实是说谎。不然的话，不可能那么急于获得自己的坦白。如果真有自信，昨天也不会是让他协助调查，直接逮捕都可以。之所以给自己今天上午的时间，也是怕自己又反悔吧。也就是说，自己还有机会。

但是，如果发现了颜料管里的钥匙，那真的是回天乏术了。一旦发现假刀，山本警部补那个貌似异想天开的“存在两把刀”的假设，立刻就有了可信度。

秀一望向纪子。

脸颊上满是泪水。她努力闭紧双唇，强忍着不肯哭出声来，但肩膀的颤抖却无法停止。

秀一觉得很惭愧。

自己只想到如何利用她的善意。结果就是这个。

“那，我走了……抱歉叫你出来。”

尽力挤出这几个字，秀一打开美术教室的门。纪子在后面说。

"你要怎么办?"

"嗯?"

"去自首吗?"

秀一的视线落在右手紧握的颜料管上。太多了。说的谎太多了。每次说谎，都会伤害到某个人。

但是，最后想说实话的时候，却不能说。多讽刺啊。

"我杀了两个人，必须接受惩罚啊。"

秀一背着身，仔细选择自己的措辞。

"忘了我吧。和我这种冷血的人牵扯上关系，也是你运气太差了。"

"不是那样的。"

纪子的声音就在身后。

"嗯?"

秀一回过身。

"你不是坏人。"

"纪子……"

"因为没有别的办法。你都是为了保护你妈妈和遥香才做的，对吧? 所以，你绝不是坏人。"

纪子用手帕擦着溢出来的泪水，挤出微笑。

秀一非常震惊。自己一直在欺骗她、利用她，她却还在原谅自己。

"不要被警察抓了!"

纪子大喊。

"你不是坏人! 就算为了遥香，为了你妈妈，也不能被抓……!"

眼中纪子的身影刹那间模糊了。她最后的话，让自己本来动摇不定的心，骤然做出决定。

“对不起……我……”

“不用道歉。你不是坏人。我会去作证的。就算上法院，我也会坚持。美术课上，你没有离开学校一步。你不用担心。”

“纪子。”

秀一深深吸了一口气，向她走去。

“这个，还是你拿着，做个纪念。”

他把颜料管递过去。

“栉森……?”

“不过，里面的钥匙千万别让人看见，好吗?”

“嗯。可是……”

“拜托了。”

秀一凝望纪子。他很想用力把她抱在怀里，再吻她一次。但他强行控制住了。

“……Bye。”

纪子猛地抬起头，双眼如泣如诉，朝秀一跨出一步。

秀一在她眼前关上门。

跑下楼梯，在转角处回头看了一眼，美术教室的门依旧关着。校舍里一片寂静，什么声音都没有。秀一的脑海中浮现出悄然伫立的纪子的身影。

就这样吧……

秀一继续跑下楼梯，来到自行车停车场，打开链条锁。终于到最后了。再也不会踏入这所学校了吧。

他跨上自行车，慢慢踩下脚踏。

抬头望向美术教室的窗户。玻璃反射着阳光，看不到纪子的身影。

出了校门，秀一骑向 134 号公路。

脑海中的思绪翻滚不停。

如果向警方坦白一切，等待自己的必然是痛苦的未来。

昨天晚上刚刚在网上查过资料。自己会被关进看守所，和小偷、黑社会分子关在一起。为了防止自杀，裤子皮带和眼镜等都会被没收。还会被戴上手铐、绑上腰绳，每天在审讯室和牢房中往返。即便配合认罪，审讯的严厉也不是之前可以比拟的。

杀了两个人，而且都制订了缜密的计划，秀一知道这对自己是相当不利的。相对而言，一时冲动拔刀杀人的情况多少还能让人原谅。自己肯定会从青少年审判庭移交到刑事审判庭，被判处长期徒刑的可能性也相当高。

从过去的判例来看，少年犯的最重刑罚大约是 6 到 8 年的有期徒刑。也就是说，刑满释放的时候，自己大约是 23 到 25 岁。也许还算年轻吧。但是，本来人生中应该最为闪亮的时期，都要在监牢里度过了。

即使出狱，人生也将在一切方面遭遇极端的不利吧。不过那是自己甘愿领受的惩罚。无论有什么理由，自己终究夺走了两个人的生命，所以必然应当终生背负十字架。

但是……

秀一摇摇头。

母亲和遥香，就应该为此遭受残酷的惩罚吗？

他想起早上做的梦。

这两起案件必然会成为嗜血媒体的美食，受到大肆报道。

无论如何，就读高中的学生制订出周密的计划，并据此实施了连续杀人，这是前所未见的案例，也会让周围的一切成为新闻的来源吧。学校的成绩怎么样，交友关系怎么样，邻居的评价怎么样。

还有家人……

一度与曾根结婚的母亲，将会被挖出所有隐私，暴露在世人猥琐的好奇目光下。而曾根的亲生女儿遥香……

唯有这一点，自己无法容忍。

要在自己被逮捕、起诉之前让事件平息，只有**“嫌犯死亡”**这一条路可走。

目前这个阶段，警察、检方应该都没有获得确切的证据。既然如此，只要核心的嫌疑人死亡，无法获得口供，便很可能以书面材料送检的方式结案了。

在那样的情况下，警方考虑到对遗属的影响，大概也不会举行媒体发布会吧。

只剩下这个办法了。

秀一对自己说。他在裤子上擦了擦手心渗出的汗水，用力握住自行车的车把。

阳光映照下，秀一在134号公路上全力飞驰。海风填满了他的鼻腔。

没有丝毫恐惧，简直令人诧异。

只有自己将会就此从痛苦中获得解放的想法。

这并不是为了所爱的家人而牺牲自己。只是因为对自己来说，这是最省事的方法而已。我就是要逃避责任，选择轻松的道路。这也轮不到任何人说三道四。

纪子肯定会帮自己保守秘密的吧。

风撞上脸颊。分隔道路和沙滩的栅栏飞速后退。

唯有大海，还是一成不变地守护着自己。

眼看就是稻村崎了。

秀一深吸一口气。

就像跨海而来的风一样，自己也将要抵达终点了。他的腿终于开始有些发软。支撑他的意志去实现目标的，是脑海中爆裂的青之炎。

……不是明显的自杀，而是难以分辨自杀和事故的状态。

过了坡顶，顺着下坡，秀一一口气加速。

拥堵的道路早已经缓解，车流往来不停。

秀一从路边插入左侧的车流，瞄准对面的车辆。

大型卡车转眼就到了面前。

秀一用力踩下脚踏，紧紧闭上眼睛，将把手猛然打向右方。

后记

本书内容纯属虚构。尽管在故事背景中出现了许多现实的地名、企业名、商品名、学校名，但登场人物和故事舞台的高中都是虚构的。

此外，书中的杀人方法，由于刻意未作详细描述，基本上必定会失败。但即使不可能成功也请勿模仿。

本书写作过程中也参考了许多书籍和网站资料。由于数量太多，在此不得不割爱放弃罗列书名。

涉及文学作品的引用，参考了《新国语Ⅱ》（角川书店）。

关于法律上的诸多问题，受到了东京中央法律事务所的村山裕律师指导。不过，作品中如果存在错误，由作者负责。

此外，关于现代高中生，还向成城高等学校的大川公一先生及各位正在就读和毕业不久的高中生请教了许多。

湘南高中 OB 的中村知史先生、镰仓高校 OG 的大塚菜生先生、关东学院高校 OB 的宍户健司先生，提供了校园舞台的背景资料，THE EDGE 先生、新开刀具店、江口正明先生，提供了关于刀具的珍贵知识。

此外也感谢由于各种原因不能在此列举全名的 K 先生、DosV/R 的 T 先生两位，感谢对我的各种建议和帮助。

角川书店的立木成芳老师，自从我的处女作问世以来，一直都是我的最佳搭档。特别是这一次，与我一同骑上租借的自行车，鲁莽挑战用与书中同样的时间跑完相同的路线，差点引起心肌梗死；此外在 5 月 27 日的暴风雨中强行取材，险些被吹进海里。

最后感谢佐野洋先生百忙中作出的精彩解说。

对各位表示衷心感谢。

图字：09－2015－546号

图书在版编目（CIP）数据

青之炎／（日）贵志祐介著；丁丁虫译. —上海：上海译文出版社，2021. 3
ISBN 978－7－5327－8587－2

Ⅰ. ①青… Ⅱ. ①贵…②丁… Ⅲ. ①长篇小说—日本—现代 Ⅳ. ①I313. 45

中国版本图书馆CIP数据核字（2021）第021141号

青之炎
［日］贵志祐介 著 丁丁虫 译
责任编辑/常剑心 装帧设计/柴昊洲 封面绘图/夏小鲟

上海译文出版社有限公司出版、发行
网址：www. yiwen. com. cn
200001 上海福建中路193号
杭州宏雅印刷有限公司印刷

开本 787×1092 1/32 印张 11. 25 插页 6 字数 158,000
2021年5月第1版 2021年5月第1次印刷
印数：0,001—10,000册

ISBN 978－7－5327－8587－2/I・5290
定价：55. 00元